Tourner la page

Raphaël Eidesheim

Tourner la page

Roman

LE LYS BLEU
ÉDITIONS

ISBN : 979-10-377-4711-2

Il leur est arrivé ce que dit un proverbe vrai : Le chien est retourné à ce qu'il avait vomi, et la truie lavée s'est vautrée dans le bourbier.

2 Pierre 2 : 22, *La Sainte Bible,* traduction Louis Segond

Pour l'instant, ma gueule est sur le zinc
D'un bistrot des plus cradingues
Mais faites gaffe !
J'ai mis la main sur mon flingue !
Où c'est que j'ai mis mon flingue ?

Où c'est qu'j'ai mis mon flingue ?, Renaud

1

Mon passé trainait sur le bord de la route comme un chien hargneux qu'on ne sait plus gérer. Débarrassé depuis longtemps, je me retrouvai pourtant à patauger dans une affaire qui réchauffa mon quotidien tiède en libérant de l'ombre ce molosse laissé sur le carreau.

Ce n'est qu'après des jours de galère que le dénouement voulut bien se mettre en place. Il se présenta simplement sous les traits d'un coup de fil qui suffit à dissiper le brouillard dans lequel je gesticulais jusque-là.

Je reçus cet appel en début de soirée, à l'heure où la lumière printanière essaye fraichement de garder la face. Charly et moi étions installés à *La Tireuse*. On venait de passer une affreuse journée à tourner dans cette ville à la recherche des moins mauvaises solutions à nos ennuis, alors il nous fallait un comptoir où accouder notre fatigue. Ce bar fermait tard et surtout, il n'était fréquenté que par des pochards trop imbibés et trop vieux pour nous accorder la moindre attention. Personne ne viendrait nous chercher des noises ici. Le taulier décocha une moue glaciale en voyant débarquer deux gus étrangers aux indéboulonnables qu'il fréquentait du matin au soir, mais il nous servit quand même. Il reprit ensuite une discussion commencée dix ou quinze ans plus tôt avec les sacs d'os assis devant lui. Je connaissais bien ce genre d'endroit : le genre de café qu'on envahissait plus jeunes avec les potes du quartier, histoire d'évacuer un peu l'odeur de mort et d'abandon qui y flottait. Seulement, les années passant, aucun d'entre nous n'était encore tombé assez bas pour y retourner.

Charly, avec sa mâchoire encore douloureuse, buvait silencieusement une menthe à l'eau à la paille pendant que je plongeais le nez dans une tasse de café qui tiédissait. J'ouvris la bouche en le voyant déglutir douloureusement :

— Désolé de t'avoir embarqué dans tout ça, Charly. J'aurais dû régler cette histoire tout seul, lâchai-je un peu tardivement.

— Ça va vieux, j'en ai vu d'autres, tu sais.

Je lui jetai un coup d'œil intrigué. D'où pouvait bien sortir ce type que je connaissais depuis tant d'années ? Sa loyauté se mesurait à la profondeur du mystère qu'il laissait planer autour de lui. Je comptais le cuisiner un peu sur son passé mais mon téléphone posé sur le comptoir se mit à vibrer bruyamment : le fameux appel. Le pauvre Charly sursauta et recracha tristement un peu de liquide vert par le nez. Le passage à tabac de la nuit passée ne laissa pas seulement des traces sur son visage ; même s'il prétendait le contraire, ses nerfs aussi avaient pris un coup. Je lui tendis une serviette et attrapai mon portable qui n'en finissait pas de trembler.

Quelques mots échangés, et la voix au bout du fil m'envoya une décharge d'adrénaline et de peur qui me jeta presque aussitôt dans la rue. Charly mit en marche sa carcasse endolorie et me suivit. Mes pas résonnèrent sur la chaussée comme des coups que j'aurais aimé pouvoir porter à distance pendant que j'entendais Charly vaguement ahaner derrière moi. Je me jetai dans la voiture en lui donnant à peine le temps d'en faire autant et démarrai en trombe. Mes pneus poussèrent un hurlement à s'accorder le respect de n'importe quel cliché de cinéma et je m'insérai dans le trafic.

À ce stade, chaque seconde comptait. D'ordinaire, je traversais ces rues au rythme de mes errances et des cafés qui se plaçaient sur mon chemin. Mais cette fois, je fonçais au plus court avec une idée précise de ma destination.

— Où est-ce qu'on court comme ça ? s'inquiéta enfin Charly qui reprenait son souffle.

— Au *Smarty's* ! crachai-je en évitant de justesse un cycliste nonchalant. T'étais pas obligé de me suivre, Charly, t'en as assez fait.

— J'ai des choses à revoir avec ces gens, dit-il plutôt calmement en se massant doucement le menton avant de me laisser me concentrer sur la route.

Un peu plus de vingt heures, le reste de la circulation s'effilochait. Je slalomais entre les derniers citadins qui se trainaient sur la route comme de gros animaux paresseux et perdus. L'angoisse et la colère muselaient enfin toutes les cogitations qui me poursuivaient les jours passés. Je circulais par réflexe : coup de volant, de frein, d'œil dans le rétro, je griffais le bitume avec nervosité sans prêter attention aux coups de klaxon et aux insultes qui s'échappaient des habitacles. Le temps filait sans une seule once de compassion à mon égard, alors rien n'importait, sinon d'arriver avant qu'il ne soit trop tard.

Je filais vers la rocade, quand, manque de pot pour lui, un type devant moi se mit en tête de calmer mes ardeurs en lançant son auto dans une espèce d'embardée fielleuse, sûrement le genre de gaillard à voir une extension de sa virilité dans la mécanique graisseuse de son moteur… D'un coup d'accélérateur, j'émasculai le malheureux en emportant son aile dans un fracas de tôle et de plastique mécontents. Mon moteur vrombit de plus belle et je laissai ses pleurnicheries derrière moi. Le danger est un type bien, il simplifie les choses et indique la direction la plus courte vers ce qui parait être la solution, alors je fonçais sur l'asphalte qui brûlait sous mes roues.

Jusque-là, je ne m'étais jamais pris pour un héros. Même à l'époque où je me remuais sur un ring, même à celle où je n'hésitais pas à obtenir quelques informations en m'attirant des ennuis dans les coins les moins accueillants de la ville, je faisais simplement mon job. Alors forcément, le jour où on me demanda de devenir le personnage d'un roman et de courir après sa fin, je perdis les pédales et mon ancienne personnalité se mit à remuer depuis les profondeurs où je l'avais laissée...

* * *

Tout ça avait donc commencé un matin, quelques jours plus tôt. La rue essuyait doucement les traces de la nuit et comme tous les jours, je filais à mon bureau après un détour par ma boite aux lettres. J'aimais commencer ma journée en consultant mon courrier, une vieille habitude héritée de mon paternel. Alors pour ne pas attendre que mon aimable factrice daigne arriver, je le récupérais systématiquement à la première heure le lendemain matin. Je débutais donc ma journée tôt, mais toujours avec un jour de retard sur les nouvelles, un comble pour un ancien journaliste.

Malheureusement, on me contraignit un jour de quitter les voies du journalisme. On me laissa meurtri dans le caniveau, obligé de trainer sur d'autres trottoirs. Je regrettais cette époque, mais le temps fit son œuvre, mes souvenirs se diluèrent et je laissais cette vie passée s'évanouir. Il ne restait que les séquelles qui fabriquèrent peu à peu ce nouveau moi bancal. Des mois après mon départ du journal, je démarrai ma nouvelle activité professionnelle : détective, c'est du moins ainsi que les gens nommaient mon boulot. Je ne gagnais pas un rond mais ne m'en plaignais pas. Je vivotais sans prétention en appréciant les avantages de travailler pour son propre compte. Je ne me farcissais plus les décisions foireuses d'un chef et pouvais choisir les recoins de la ville où mettre encore les pieds…

Avec mon courrier sous le bras, je traversais comme tous les matins la route en direction de mon bureau situé à deux pas de chez moi : au rez-de-chaussée de l'immeuble d'en face.

J'entrai, saluai Ishak qui préparait déjà ses ustensiles puis rejoignis mon bureau. À l'époque où je décidai d'établir le siège de mon business dans cet endroit, je choisis la table qui me servirait de bureau par défaut. En fait, pour être incommodé le moins possible par les odeurs de cuisine et d'oignons, j'optai pour la table la plus éloignée du comptoir et de la rôtissoire… Les temps sont durs, je ne pouvais pas recevoir mes clients dans le modeste deux-pièces où nous vivions, ma femme et moi, et louer un véritable local commercial ne convenait pas à ma bourse, alors, ayant la chance d'avoir juste en face de chez moi un café-Kebab qui ne baissait que rarement le rideau, je décidai d'y loger mon bureau. On pouvait en penser ce qu'on voulait, le loyer qui s'élevait à l'équivalent d'un ou deux cafés par jour demeurait imbattable.

Ishak arriva presque aussitôt avec une tasse qu'il ne déposa toutefois pas sur ma table. Il m'imposa sa stature d'Ottoman au centre de gravité bas – une véritable horreur sur un ring – en attendant sans doute que je m'abaisse à lui demander quel problème le figeait ainsi. Je n'en fis rien, je savais très bien ce qu'il voulait, alors il ne fallait pas compter sur moi pour lancer la discussion.

— Il faut payer aujourd'hui, me lança-t-il avec son accent turc et son épais doigt pointant l'affichette qui disait : « La maison ne fait pas crédit. »

— Quoi, on est déjà lundi ?

— Mardi.

— Le temps ! Celui-là nous file toujours entre les pattes !

Quand ses grosses mains déposèrent la tasse devant moi, il me rappela en souriant que lui ne laissait rien filer du tout. Puis il retourna à ses ustensiles, moi cogitant dans son dos sur notre amitié fondée sur la franchise et… les menaces.

Je réglais mes consommations tous les vendredis. Par commodité, Ishak et moi avions trouvé cet arrangement. Comme bien souvent, ma journée se consacrerait en grande partie à la recherche de la misérable somme d'argent que je devais à mon ami restaurateur. Faute de quoi, il balancerait probablement aux ordures les quelques effets qu'il consentait à laisser sur la table que j'occupais quotidiennement. Les griffes bien serrées autour de mon cou, l'argent me trainerait comme toujours dans les rues de la ville comme un fidèle clébard édenté reniflant sa pitance dans tous les recoins. J'avais bien une affaire en cours, mais l'avance maigrichonne servit à rembourser d'autres dettes… La routine.

Une gorgée de café bien noir et je m'occupai enfin de mon courrier. Trois lettres : deux enveloppes à fenêtre, des factures, et une enveloppe blanche petit format, l'adresse écrite en lettres capitales, manuscrites. Depuis que je n'étais plus capable d'écrire proprement, j'appréciais tout particulièrement ces lettres manuscrites. Et puis on reçoit de moins en moins de courrier de ce genre, alors ma curiosité fut piquée, je l'ouvris sans attendre. Et c'est là que tout commença.

Avant même que je ne me lance dans cette histoire, cette lettre portait quelque chose d'atypique puisque sans en connaître encore l'objet précis, je compris assez vite qu'on souhaitait recourir à mes services, et habituellement on ne m'engageait pas de cette façon.

Généralement, on me joignait par téléphone puis on venait au bureau pour m'expliquer ce qu'il n'allait pas. Ma spécialité c'était de fouiner, de trouver ce qu'on avait perdu. Une sorte de détective si on voulait, mais spécialisé dans les objets égarés. « Objets perdus » ne rime pas avec « cause perdue », cependant certains en déduisaient que je résolvais des enquêtes et m'occupais des couples adultères, mais encore une fois, je cherchais simplement ce qu'on avait perdu. Cela dit, ça ne m'empêchait pas de prendre parfois un aller simple pour le sordide... Dans le bottin, on ne me trouvait aucun rival, du moins... en chair et en os. Parce que sur le web, la concurrence pullulait. En un clic, en un mot clé tapé, vous dénichez tout ce que vous voulez sur internet. Seulement, demandez à un moteur de recherche de retrouver un cousin éloigné qui vous doit un paquet de pognon, les fiches de paie de votre premier employeur véreux, ou le timbre de collection de votre grand-père, bêtement vendu pour offrir une babiole à votre amour de jeunesse... J'essayais de vivre avec mon temps, mais je gardais le soupçon de désuétude qui me permettait de débusquer ce que mes clients désiraient. Mon ancien métier me confia toutes les cartes pour ça. De tout ce temps passé à enquêter, à fouiner dans les rues et à me farcir la compagnie du résidu de caniveaux de cette ville, je gardai le réseau et la méthode. Et même ramolli par le temps et les mésaventures, je conservais aussi mon flair. Je veillais simplement à marcher sur les bons trottoirs, à bien choisir mes affaires et à rester dans la lumière. J'évitais l'obscurité et les sales tronches, Je ne possédais plus les aptitudes pour m'y frotter… Quoiqu'il en soit, ce fameux client cherchait effectivement quelque chose d'introuvable sur internet.

Après des années de pratiques, les rares requêtes qui me parvenaient ne me surprenaient plus vraiment, mais celle-là aurait bien mérité que je lui dégotte une palme.

La lettre était longue, tapée à l'ordinateur et imprimée sur un papier de qualité couleur ivoire. L'auteur s'y décrivait comme une sorte d'écrivain laborieux qui trouvait en l'écriture un levier d'accomplissement de ses vengeances personnelles, une méthode pour tourner la page. Des concepts fumeux pour moi… J'écrivais quotidiennement des articles à une époque de ma vie, mais je ne me considérais pas écrivain pour autant. Mon profil me paraissait faussement adapté à sa démarche, je doutais déjà de la promesse d'embauche. Il tournait clairement autour du pot. Que cherchait-il ? Un coach ? Un nègre ? Il ne pleurnichait pas, l'exposé se voulait honnête, froid et lucide, mais je ne voyais pas sur quelle requête sa lettre aboutirait. Je continuai :

J'ai foi dans les derniers recours, ils revêtent quelque chose de romanesque, alors dans ce cas précis, celui-là ne peut qu'être fructueux. J'aime du moins le penser… Cher monsieur, voici l'objet de ma recherche : je souhaite que vous m'aidiez à trouver la fin de mon roman. C'est une histoire que je ne peux pas achever sans aide. C'est aussi une histoire que je dois mener à son terme.

Je m'étranglai avec ma dernière gorgée de café tiède sous le regard consterné d'Ishak. Celle-ci resterait dans les annales ! Et pourquoi pas retrouver la Vierge aperçue dans la mousse d'une pinte ? J'allai chiffonner la lettre quand, à la volée, je lus tout de même les dernières lignes qui changèrent la donne :

Vous trouverez bien sûr, dans l'enveloppe, un acompte qui vous permettra de débuter vos investigations.

Je me jetai sur l'enveloppe et trouvai effectivement l'avance. C'est là que je compris qu'il ne plaisantait pas. Je comptai rapidement et la somme me surprit autant que la requête. Dix billets verts et bien repassés ! Je lançai un regard à Ishak en me sentant soudainement en danger. Je logeai le tout discrètement dans la poche intérieure de ma veste puis repris la lettre. Maintenant, on parlait sérieusement. L'argent décide. Mille euros pour quelqu'un qui ne sait pas en trouver une cinquantaine, ça rend les choses sérieuses. Le stress commençait à m'envahir, par les pieds comme toujours. Je commandai un second café. La missive s'achevait par une remarque qui rajoutait encore à mon étonnement :

Je ne souhaite pas vous rencontrer. Je veux que vous soyez vierge de tout jugement sur ma personne. Je souhaite que vous m'apportiez la fin de mon roman sans que ma personne soit prise en compte, c'est pour cette raison que je vous contacte par voie postale ; par ailleurs, je vous sais fidèle à ce mode de communication... Cela ne vous facilite pas la tâche, j'en conviens, mais celle de l'auteur que j'essaye d'être ne l'est pas moins. Cette difficulté supplémentaire que je vous impose me semble en fait de rigueur. Peut-être pourriez-vous ainsi lier nos difficultés, celle de la page blanche, de l'impasse, du personnage récalcitrant, du lieu méconnu, ou tout simplement de la force qui parfois semble faire défaut. Et puis, il n'y a qu'en étant réellement perdu qu'on ne fait pas semblant de chercher son chemin, le reste du temps on se laisse porter.

J'ai confiance. Je reviendrai vers vous.
Avec grande hâte de vous lire.
Bon travail !

Une formule de politesse aux allures d'uppercut au foie. La lettre ne portait aucune signature, mais le plus étonnant résidait dans l'objet de la recherche, la volonté prouvée par la somme d'argent et cette mystérieuse communication par courrier, tout me démontrait le caractère tout à fait exceptionnel de cette nouvelle affaire, tout m'annonçait déjà les surprises à venir et surtout, à ce stade, tout puait le fiasco !

Ishak me déposa une nouvelle tasse, une de plus sur ma note, et je lus attentivement le postscriptum reporté sur la deuxième feuille :

Je vous ai confié mon expertise en incipit, il serait donc bien malvenu de vous laisser trouver la fin de mon roman sans vous en avoir donné les premières lignes, les voici :

« Entamer un nouveau départ nécessite parfois d'emprunter des chemins sombres.

Ce nouveau départ est devant moi, j'entre dans le bar et enclenche l'histoire. Tout a commencé ici, tout doit terminer ici.

J'ai peur, j'ai froid, je suis réchauffée par l'acidité des regards qu'on me lance. Je suis une étrangère, une proie, un danger qui récolte la méfiance, la lubricité et le risque.

Je ne devrais pas être ici, ils le comprennent puisque derrière le masque du mensonge mon visage novice me dénonce.

Je commande un café, on me l'apporte, son amertume et sa noirceur ne sont rien en comparaison de mes desseins.

Que la fin justifie les moyens ou non, elle s'écrira dans les risques et la tromperie. Cette fin demeure pour le moment inconnue mais le chapitre sera déterminant. »

Bon. Ces premières lignes ne m'offraient rien sinon de la confusion. Amorce prometteuse ou torche-cul en devenir je n'en savais rien, mais ce que je compris rapidement, c'est que ces lignes me jetèrent sans préparation dans un combat aussi poisseux qu'hostile…

2

L'image d'un type sidéré dans un kebab à six heures du matin devrait suffire à définir le pathétique, elle suffit en tout cas à me faire lever. Dans ces moments où les doutes me coupaient les pattes, je m'autorisais un remontant. Ishak ne servait pas d'alcool dans son restaurant. Pour ne pas être pris de court, j'avais donc depuis longtemps planqué une bouteille dans les toilettes.

Debout sur la cuvette, je soulevai une plaque du faux plafond et accédai à la boite à chaussures qui contenait deux trois bricoles qui pourraient un jour me servir, le genre de choses qu'on ne peut pas laisser à la vue de la clientèle.

Assis sur la lunette, je soufflai un grand coup et m'envoyai deux petites gorgées. Il y a sûrement peu de courage au fond d'une bouteille de Jameson, mais la brûlure et son coup de fouet offre au moins une sensation que j'aimais prendre pour une amorce de bravoure.

Je me payais la dégaine d'un ivrogne chevronné alors que je ne savais même pas boire, ou plutôt je ne savais plus boire. Les médocs me forcèrent à oublier ce cliché. Mais malgré ça, le verre que je m'accordais de temps en temps m'octroyait ce qu'il fallait pour me donner l'impression de gérer mes ennuis. Je levai encore une fois le coude et tentai de faire un tri entre les infos et les émotions qui venaient de me saisir.

Les enquêtes se faisaient rares, mes soucis pécuniaires contrecarraient donc naturellement mes réflexions. La manne apportée par cette affaire s'agitait dans ma cafetière pour me faire revoir l'un de mes principes directeurs : pas de vision claire, pas d'affaire. Quand je me frottais à un cas classique, mon instinct d'enquêteur réagissait plutôt correctement. Mon flair se jetait généralement vite sur les bonnes voies et les premiers éléments tombaient rapidement. Mais là… le néant. La vision floue offerte par ce premier contact bâillonnait mes sens. Pour couronner le tout, le postscriptum finit de me jeter dans le brouillard. Les premières lignes de son fameux roman m'offraient du vent au lieu de la part de vérité nécessaire à ma mise au travail. Assis sur ma cuvette, je me sentais comme un boxeur aux pouces mutilés, ce que je n'étais pas loin d'être en réalité.

Je jetai un coup d'œil à mon poignet, il n'était pas encore neuf heures. Je résistai à l'envie de descendre une gorgée supplémentaire puis grimpai pour ranger ma bouteille. Le geste héroïque me fit recouvrer un brin de lucidité. Mon principe directeur m'avait jusqu'ici permis de me tenir à flots, il ne serait pas question de le bafouer pour une flopée de billets. L'originalité a du charme, mais parfois ça ressemble à prendre la mer un soir d'orage. Pas question de me lancer dans un naufrage annoncé. Je tenais à ma réputation ; l'échec, c'est mauvais pour les affaires et nocif pour le moral.

Je sortis convaincu des toilettes. Mieux valait répondre poliment à cette personne que je ne pouvais pas être son homme, trop de boulot en ce moment, une bonne excuse à coup sûr.

De retour à table, je barrai la lettre d'une grande mention « contrat refusé » et la fourrai dans une enveloppe en attendant de savoir où je pourrais l'expédier. J'enfilai mon manteau et sortis du Kebab sans payer ma dette. Je comptais rendre cet argent providentiel alors j'étais aussi fauché qu'en arrivant. Ishak me laissait filer au moins encore cette fois-là en exprimant toute sa fermeté dans un dernier regard.

Je remontai chez moi pour y récupérer quelques pièces dans le vide-poche de l'entrée et ranger ces billets avant de pouvoir les rendre. Claire, ma femme, sortit la tête de la salle de bain, quasiment prête à mettre les voiles pour son travail.

— Tu es déjà de retour, quelque chose ne va pas ? demanda-t-elle surprise de me voir revenir si tôt.

— Besoin d'un peu de monnaie… Tu vas être en retard, non ?

— Tout juste ! Sors déjà mon manteau s'il te plait. Je risque de rentrer un peu plus tard ce soir, les dossiers s'accumulent en ce moment.

Elle attrapa son manteau, me poussa du chemin pour se planter devant le miroir une dernière fois. Sa chevelure blonde et ondulée lui descendait le long du dos, elle en fit rapidement un chignon négligé puis pencha sa tête sur la droite comme elle le faisait habituellement pour s'admirer. Elle portait un pantalon taille haute qui ne me plaisait pas, un truc à la mode, mais son élégance naturelle me procurait toujours le même effet, à mi-chemin entre l'admiration et le désir. Elle brisa mon ravissement en soupirant un grand coup, visiblement stressée.

— Courage ma biche ! Tu vas venir à bout de cette longue journée ! Regarde-moi cette carrure de guerrière ! dis-je en posant mes mains sur ses épaules menues.

— Arrête ! pesta-t-elle faussement avant de quitter mon étreinte pour attraper ses clefs.

La porte se ferma et elle partit au travail, un vrai travail avec un bureau, des collègues et des trombones, tout bien comme il faut ! Mes sarcasmes m'aidaient à faire passer cette pilule bien réelle : sans son chèque à la fin du mois, je devrais me retrouver un boulot régulier. Et ça, depuis mon accident et mon départ du journal, j'avais un mal de chien ne serait-ce qu'à l'envisager. Après les douleurs physiques et les blessures enfouies, il me fallait du sur-mesure, un boulot qui me permettait d'y aller à mon rythme. Alors ce job que je m'étais fabriqué me convenait très bien. Il me laissait le temps d'errer, de louvoyer dans les bistrots que j'ai toujours fréquentés, et de choisir les affaires dans lesquelles je m'embarquais. De ce point de vue, j'étais clairement la jambe boiteuse de notre couple, mais Claire faisait preuve de patience et me laissait depuis plusieurs années le temps de rebondir pleinement. Cette petite femme pesait moins de soixante kilos mais avait tout du poids lourd !

J'attrapai sa tasse encore chaude et me resservis un peu de café quand le téléphone sonna :

— Allô, monsieur Hunter ?

— Il s'est absenté...

— J'ai reconnu votre voix, monsieur...

— Et moi la vôtre... Que me vaut le plaisir ?

— Votre découvert, siffla-t-il.

— Tout le plaisir est pour vous dans ce cas.

— C'est mon travail monsieur Hunter.

— Tout le monde rêve d'un métier plaisant...

L'espèce de chuintement aigu qui lui servait de voix marqua une pause. Malgré ses coups de fil récurrents, ma répartie et le second degré lui donnaient toujours du fil à retordre. Cette relation aussi se fondait sur la menace et la méfiance, mais j'acceptais le rapport de force sans rancune, je n'avais de toute façon pas le choix.

— Votre compte n'a pas été créditeur un seul jour ce mois-ci.

— On sort tout juste de l'hiver, le négatif est encore de saison. Regardez donc par la fenêtre de votre bureau.

— Il n'y a pas de fenêtre dans mon bureau…

— Bon alors sortez donc prendre l'air, une marche à la fraîche c'est revigorant.

— Je vais très bien, c'est votre situation qui est préoccupante ! Vous travaillez en ce moment ?

— On m'a justement proposé un nouveau contrat ce matin.

— Je parle d'un vrai travail.

— Parce qu'il en existe de faux ?

Après le second degré, j'essayai les concepts vaguement philosophiques. La banque avait du mal avec les sciences molles. Son truc à elle : les chiffres, point barre.

— Je veux dire…

— Je vous encourage à me rappeler quand vous le saurez.

Je raccrochai sans me faire de souci, il connaissait mon numéro sur le bout des doigts. Je n'avais jamais rencontré ce type, mais sa rigidité me peinait. Il pionçait probablement en complet à boutons et fuyait sans doute phobiquement tout ce qui pouvait ressembler de près ou de loin à une once de saccharose, mais au fond j'aimais bien nos conversations. On n'entraine jamais assez sa répartie et c'étaient bien les seuls coups qu'il m'arrivait encore de porter… Et puis nos discussions profondes m'aidaient à réfléchir au genre de personne qu'on peut être, à ce qui nous définit. Des tas de petits mecs avec *des idées sur les étoffes* se gargarisent probablement en listant une tripotée de trucs qui pourraient nous définir, mais ils peuvent bien se faire mousser comme ils veulent, il y en a seulement trois. Le milieu où l'on pousse, l'argent, et le plus important : la violence. Le reste s'ajoute et ne parvient qu'à griffer superficiellement le façonnage de ces trois-là.

À peine les yeux ouverts, le milieu nous choppe et nous marque au fer rouge – pas la peine de penser à ces conneries de prédestination, on nait simplement ici ou là, la roulette. L'argent lui, qu'on en manque ou pas, nous modèlera forcément de ses sales pattes gluantes, fera de nous quelque chose entre le gueux misérable et le bourgeois gras et bien content de lui. Puis reste la violence. Et c'est peut-être là qu'on a notre mot à dire.

On a tous une part de violence en nous. C'est dans les gênes, dans le sang, dans les poings. On lutte tous contre, plus ou moins et pas tous avec la même vigueur, mais elle dort en chacun de nous. Et puis cette force avec laquelle on lutte contre dessine largement les traits du personnage : un être faible qui cogne ou quelqu'un de costaud qui s'écrase. J'avais changé de camp depuis quelques années et je m'y plaisais finalement plutôt bien.

Le changement de camp se fit dans la douleur, mais je réussis à laisser R. le cowboy au calepin derrière moi. Je ne pouvais plus vraiment compter sur mon physique et je conservais une sérieuse tendance à la déprime, mais à l'aide de Claire et des quelques jobs que je me trouvais, je ne m'en tirais pas trop mal. Je savais me satisfaire de ce nouveau moi quelque peu boiteux qui claudiquait sur des trottoirs un peu moins violents que ceux empruntés depuis l'enfance.

Je grandis dans le quartier de la Colline, alors j'étais en quelque sorte né dans la violence. La violence sociale, celle du chômage, celle du racisme, celle de la drogue et des combines, mais aussi la violence pure, celle de la débrouille, celle de l'égo et de l'égoïsme, celle de la boxe. Puis, d'une certaine façon, je continuais à embrasser la brutalité en devenant journaliste. Un journaliste est un homme de réseau. Mon réseau commençait à la colline, la source principale de faits divers de notre canard ; alors, ce coin de la ville et sa violence devinrent mon sujet de prédilection. Je parvins à m'écarter du milieu mais continuais à arpenter ces mêmes rues en suivant les traces laissées par la violence.

On se construit souvent sur un paradoxe. Malgré mon lieu de naissance, j'estimais depuis toujours être quelqu'un de bien, c'est probablement pour cette raison que je fis un pas de côté pour me sortir de mon environnement en devenant journaliste, un journaliste façonné par son milieu d'origine et aux méthodes d'investigation guidées par sa rusticité naturelle. Alors entre le ring et les rues, je distribuai quelques trempes et reçus quelques gnons. Le problème c'est que les coups finissent par laisser des traces. Certaines d'entre elles me réveillaient la nuit et gommaient celui que j'avais toujours été. La violence tire le portrait, elle me fit aussi rendre ma carte de presse et m'éloigner de ce coin-là de la ville.

Je devais bien l'avouer, ce coup de fil souffla un peu plus de brume dans mon esprit déjà embrouillé. Je préparai du café, encore, et fis couler de l'eau chaude dans une bassine. Puis, accompagné par le toussotement de la machine, je m'installai près de la fenêtre et plongeai mes pieds frigorifiés dans l'eau fumante. Le corps nous sape chacun d'une autre façon et sera pour la plupart notre assassin. De mon côté, en plus de ma main droite qui me faisait mal à chaque changement de temps, mon corps s'attaquait à mes pieds qu'il laissait geler à son extrémité. Ralph Hunter le détective aux pieds bleus… Je pensais souvent aux pingouins, aux manchots, à ces bestiaux qui crapahutent dans le froid. Ces mecs-là sont solides, toute la journée à cavaler sur la banquise sans qu'aucun ne rêve d'une bassine d'eau bouillante. Parfois, je pensais à la réincarnation, mais j'en venais toujours à conclure que ma foi envers les bains de pieds était bien plus coriace.

Je regardais par la fenêtre qui donnait sur la vitrine de mon bureau. Rien à voir, le boulevard et son passage incessant et anonyme. Mon ancien boulot me fit sillonner toute l'agglomération et renifler ses recoins pour tenter parfois de la récurer en la mettant face à ce qu'elle produisait. Le lieu nous détermine et *tous les chemins vont vers la ville*. La ville nous voit naitre, elle dispose rencontres et opportunités sur ses voies puis finit par nous garder sous sa terre. C'est comme ça que je lisais cet environnement après toutes ces années à le parcourir. Et en changeant de trottoir comme je le fis, j'avais tout simplement tourné la page, changé de vie. Mais la ville, elle, restait. J'aurais sûrement pu poursuivre la réflexion mais au lieu de ça j'attrapai la bouilloire et ajoutai un peu d'eau chaude dans la bassine.

L'appel de la banque épaississait peut-être mon brouillard, mais il ne changeait pas la donne pour autant. Mon compte à découvert était devenu la norme, l'inverse m'aurait bien plus ébranlé. En revanche, cet argent posé juste là, lui, mordillait douloureusement mes principes. Pas de vision claire, pas d'affaires… Je tentais de me raisonner. Les mots firent partie de mon univers et même si je ne les pratiquais plus, ils possédaient toujours une saveur particulière, mais je n'étais pas écrivain pour autant. Je n'avais rien en stock pour aider un type infichu de finir son propre bouquin. Il pensait peut-être qu'on trouvait la fin d'un roman derrière le comptoir du premier bar venu… Et puis cette histoire de courrier et d'identité masquée sentait le traquenard. Ce monde est peut-être un égout sans fond dans lequel tous les phoques se mordent la queue, mais mon boulot nécessitait une légère dose de confiance pour que je puisse obtenir des résultats à peu près satisfaisants. Sa démarche ne m'inspirait pas et il s'était visiblement renseigné sur mon compte avant de me contacter, alors même si l'inquiétude ne me taquinait pas vraiment, ça me restait suffisamment en travers du gosier pour l'envoyer paître.

En attendant, l'enveloppe épaissie par la liasse de billets me lorgnait depuis la table de la cuisine. Elle me faisait de l'œil et me répétait à quel point ce contrat tombait bien. Mais malgré ses doux regards, je ne me sentais clairement pas qualifié pour cette affaire. Finalement, tout ce qu'elle parvenait à faire c'était de m'envoyer un coup bas dans ce qu'il me restait d'amour propre.

Je finis par poser ma tasse à moitié pleine sur le rebord de fenêtre, légèrement écœuré quand on rappela, déjà :

— Monsieur Hunter ?

— Je commençais à m'inquiéter.

— Je suis sérieux cette fois.

— Ah, je savais que vous étiez un déconneur. Donc Sérieusement ?

— Vous dossier a été placé chez un huissier. Je ne serai plus votre interlocuteur.

— Allez, je sais bien que vous ne résisterez pas à l'envie de me passer un coup de fil de temps en temps.

— Non.

Mauvais joueur, il esquiva ma répartie et raccrocha sèchement.

Il était encore tôt et je me retrouvais pourtant au tapis pour la deuxième fois de la journée. Mon dossier chez l'huissier. Je luttai un instant pour prendre ça par-dessus la jambe mais me retrouvai avec l'image du genre d'homme qui pouvait exercer ce métier-là… Cette image était laide et charriait derrière elle à peu près tous les comportements humains qui me dégoûtaient. L'huissier était une cible facile, commune et attendue, mais je ne recevais généralement pas de menace de la part de ma boulangère ou de mon coiffeur… L'affreux visage fictif glissa jusqu'à mon estomac, y perça un trou et laissa se déverser assez d'acidité pour réveiller de vieilles pulsions.

C'est là que j'imaginai annoncer la nouvelle à Claire, elle qui travaillait et qui trainait mes inaptitudes. Aucun doute sur sa solidité, elle encaisserait encore une fois. C'est en fait à mon égo que je pensais. L'égo se forge dans la lumière qu'on crée dans le regard de l'autre, et là, la lumière venait de connaître une belle chute de tension.

C'est comme ça que je m'engouffrai dans cette histoire, par nécessité mais aussi par égo. Je déchirai l'enveloppe, fourrai un billet dans ma poche et enfouis le reste dans le tiroir de mon bureau. Manteau, calepin, stylo, dehors : contrat accepté.

3

Sept ans plus tôt…

La salle de rédaction : le bain des mots, des images, des idées et des égos. Dans le brouhaha permanent de la pièce commune où s'entassaient nos bureaux, on vit Drajenski débarquer dans un de ses costards impeccables. Il ne gratifia personne d'un regard mais, avant de s'engouffrer dans son bureau comme un mauvais courant d'air, il balança :

— Hunter, Simon, dans mon bureau.

Simon et moi, on rappliqua sans broncher dans le bureau du rédac' chef. J-M Drajenski possédait sans doute les qualités nécessaires aux promotions qui mènent à son poste, mais c'était le pire meneur d'hommes que j'avais pu rencontrer jusque-là : le syndrome petit-chef incarné, avec en prime, un égoïsme défiant toute concurrence. À cette mentalité si attractive s'ajoutait une voix grinçante qui sonnait faux, et derrière le détour fautif de son intonation, on imaginait toujours une mauvaise nouvelle ou un mensonge. Et comme si ça ne suffisait pas, son front tombant et proéminent lui donnait un air sans cesse suspicieux qui jurait tout à fait avec sa voix de menteur. Heureusement, le timbre d'une voix ou la lourdeur d'un front ne font pas la valeur de l'information, sinon on était morts.

On entra, il était déjà appuyé contre le buffet derrière son bureau, une façon de nous dire de ne pas nous mettre à l'aise, l'entrevue ne durerait pas. Il me toisa d'un regard curieux, probablement sa suspicion habituelle, puis d'un coup de menton :

— Hunter, vous enquêtez sur le *Smarty's* et les affaires de Marty Belleville depuis des années. J'ai appris qu'on prévoyait un gros coup de filet pour cette nuit.

Il croisa les bras en goûtant ce qu'il estimait être une humiliation qu'il m'infligeait.

— Vous vouliez un vrai sujet sur cette boite, je vous l'offre. Simon, je veux des images potables pour la une, et vous Hunter, je veux une double page sur cette opération de police et les affaires que vous attribuez depuis toujours à ce milieu, ordonna-t-il fermement.

Tout ça n'était encore qu'à l'état de tuyau mais il s'attribuait déjà le mérite d'avoir sorti l'affaire. Du Drajenski tout craché.

L'entrevue ne dura pas plus longtemps que ça, on se retrouva vite chez Doris, le café du bout de la rue devenu l'annexe du journal. Simon faisait rouler son verre entre ses mains quand il me demanda si j'avais une idée sur la provenance du tuyau de Drajenski.

— Probablement d'une petite frappe qui magouille dans les parages du *Smarty's*. Les flics ne l'auraient pas rencardé sur un coup de filet pareil. Tu veux vérifier la solidité du tuyau ?

— C'est pas le coin le plus accueillant de la ville, alors m'y jeter sans me poser de question…

— Ouais…

Simon couvrait mes articles régulièrement, et ça depuis pas mal d'années. Le tandem qu'on formait fonctionnait plutôt bien. Nos rapports se caractérisaient par la simplicité et l'efficacité, un peu à la manière d'une paire de guiboles qui avancent sans se marcher sur les pieds. Notre goût pour le silence ne laissait pas de place aux embrouilles ; même en planque pendant des heures, on ne se sentait pas forcés de l'ouvrir pour rien. Ensemble, on vit défiler plusieurs chefs, on savait gérer leur facétie, leur rigueur ou tout simplement leur intelligence contestable. Du moment qu'on pouvait faire notre boulot sans qu'on vienne nous pisser sur les pompes, on s'en accommodait.

Ça faisait un moment que je rêvais d'une descente au *Smarty's*, un bar du quartier de la Colline, un repère à toutes les sales tronches qui esquissaient les contours de mes articles et qui connaissaient mieux les geôles des gardés à vue que les chambres de leurs gamins. Les flics parvenaient parfois à les écrouer quelques mois, mais à peine sortis, ils retournaient butiner la même fleur fanée comme des abeilles attardées. En fait, c'était la source des innombrables faits divers qu'on couvrait et qui finissaient par salir ma ville. Je venais moi-même de la Colline, je gardais le quartier à l'œil et avais des connexions qui papillonnaient aux alentours de ce tripot, mais jusque-là, les éléments ne se croisaient pas et ne me permettaient pas de sortir une enquête qui fasse bouger quoi que ce soit. J'entendais les craintes de Simon, mais je comptais bien me jeter à pieds joints dans cette affaire, même si elle était soulevée par Drajenski.

En début de soirée, on s'arrêta sur le chemin, histoire de boire un verre pénard chez Rosie avant qu'une éventuelle tempête ne se déchaîne. En journée, elle gérait un troquet propret sur un boulevard tranquille, un lieu plutôt agréable où la clientèle ne faisait pas de vague et où on levait les chaises tôt. Le soir cependant, on changeait de décor en la suivant. Elle servait dans un bar aux abords de la vieille ville, un bouge mal famé, mal éclairé, dans lequel on pouvait boire de la bière pas chère en écoutant des poivrots s'égosiller sur un karaoké. Accessoirement, on risquait aussi de se faire détrousser par les bandes de jeunes fauchés et un peu trop gavés de mauvais films qui débarquaient toujours en fin de soirée. Le genre d'endroit qu'on adorait, simplement parce qu'il concentrait entre ses murs la lie qui le plus souvent se trouvait au cœur des affaires et du sordide de nos faits divers. Je ne pouvais pas plonger davantage les mains dans le réel qu'en me mêlant à la faune qui furetait dans ces endroits. Tout le monde nous connaissait, un peu comme les flics, sauf qu'on nous recevait un peu moins mal. Notre entrée réchauffait l'ambiance. Quelque chose entre la fascination et la méfiance libérait des interstices dans les instincts, juste de quoi se faufiler et laisser trainer nos oreilles pour recueillir la matière qui nourrirait les futures pages du journal. Ce soir-là, on ne venait pas pour eux, on se posa tranquillement au comptoir. Rosie passa sa main dans ses cheveux, pour rallumer son appareil auditif, et me fit répéter la commande.

Le temps qu'elle nous apporte nos verres, on pivota sur nos tabourets pour jeter un œil au tapage qu'on faisait sur la piste derrière nous. Un vieillard d'une quarantaine d'années tentait de suivre le karaoké bien trop rapide pour quelqu'un dans son état. Il portait les vestiges d'un costard bleu ciel, sa chemise pendouillait sur son pantalon étonnamment bien ajusté qui contenait ses genoux flageolants. Sans la bande-son et les paroles qui défilaient sur l'écran, il n'y avait pas l'ombre d'une chance de deviner ce qu'il braillait. Heureusement pour lui, l'ivresse dissout la honte…

— Je ne sais pas comment tu fais pour supporter ça, soupira Simon en récupérant le verre que Rosie lui tendait.

— Il n'y a bien qu'ici que mes oreilles sont un don de Dieu !

Elle jeta un coup d'œil désespéré au chanteur qui maintenant se dandinait trop près de l'écran pour pouvoir lire les paroles de la chanson.

— Bon, et vous, expliquez-moi ces mines fermées. Je vous inscris au karaoké pour vous détendre et relever le niveau ? proposa-t-elle taquine.

— Ça va être une longue nuit Rosie, on est sur un gros coup, expliquai-je pour excuser nos mines.

— C'est bien pour ça que vous trainez dans les recoins de cette ville, non ?

Elle avait raison. On y fourmillait jour et nuit pour récolter ce qu'elle produisait en matière d'infos, tout ça dans l'espoir de la disséquer et de l'exposer suffisamment pour l'aider à ne pas sombrer. Pour nous, être sur un gros coup signifiait avoir une occasion de jeter une lumière révélatrice sur ses coins sombres qui se répandaient au fil des années. Simon venait de la Colline lui aussi, un produit du quartier qui fit comme moi un pas de côté pour l'observer sans être totalement rongé par ses vices. La Colline était notre sujet naturel et certains nous le reprochaient. J'y étais né, j'y enquêtais et connaissais la moindre sale gueule du quartier. Alors forcément, on pouvait venir me chercher sur ma neutralité, ou plutôt ma porosité avec ce monde qui faisait partie de mon histoire personnelle. Je ne pouvais pas le nier – le milieu nous définit – alors bien sûr qu'il avait déteint sur ma personne et mes méthodes d'investigation. Vue de l'extérieur, la rusticité masque forcément la complexité : j'enquêtais brutalement dans un milieu violent, alors je ne valais pas mieux que ceux sur qui je travaillais. Mais malgré la nostalgie et la tendresse qui pouvaient adoucir mes coups d'œil et mes mots, malgré le verbe de la rue et les ramponneaux distribués, si je l'arpentais et lui tirais le portrait, c'était pour lui mettre le nez dans ce qu'elle produisait de plus laid. Alors on pouvait bien ergoter sur mes liens avec la Colline et mes méthodes, je continuais à entrer dans les pires bars de la ville et à distribuer des baffes s'il le fallait. Je ne pouvais donc que donner raison à Rosie :

— T'as bien compris notre démarche depuis le temps. Simplement, en voyant la clientèle de ce bar, on se demande s'il y a encore quelqu'un capable de lire les papiers qu'on sort ! dis-je pour dédramatiser un peu au moment où notre chanteur du soir concluait sa prestation par un salut théâtral aux trois ou quatre yeux navrés qui le regardaient.

— On attend ce coup depuis longtemps, on viendra chanter avec ton ami une autre fois ! assura Simon.

— Je retiens ça, messieurs, et faites attention à vous.

On savait que passer la nuit à la Colline était rarement synonyme de repos, alors on finit rapidement nos verres et on se leva. Rosie m'envoya son regard de grande sœur inquiète et on se mit en route.

Il devait être dans les vingt-deux heures quand on arriva au bouge ou créchait Eddy, un immeuble parmi les ruines de la vieille ville. C'était à se demander comment ce bâtiment tenait encore debout et surtout, s'il avait un jour été en bon état ou bien si dès l'origine il servait à accueillir des tocards comme Eddy. On se gara un peu plus loin pour rester discrets. La rue était calme et la vétusté semblait se déverser par les fenêtres, donnant au quartier entier un air sale et désolé.

L'interphone ne fonctionnait pas, on monta sans s'annoncer. On n'était pas flic, mais les cafards qui vivaient ici fuyaient la lumière, alors on entendit des portes se claquer et des verrous tourner. Cette porcherie sentait la bouffe à tous les étages et on dut enjamber tout un tas de saloperies avant de parvenir à son palier, au deuxième. Simon resta à l'étage inférieur au cas où notre ami voudrait se faire la malle. Habituellement, on ne venait pas le cueillir directement chez lui, ça pouvait le surprendre, alors on était prévoyants. Généralement, on le coinçait dans une ruelle où il errait, ou alors lorsqu'il entrait dans une épicerie arabe pour s'acheter un pack de canettes. Eddy était une raclure qui n'avait rien fait d'autre de ses dix doigts que de voler et d'ouvrir les enveloppes du RMI. Il vivait de larcins, de trafics honteux et d'assistance. Pour nous, il avait le profil type de l'informateur peu regardant, le genre assez lâche pour éplucher la rubrique nécro et se spécialiser dans le cambriolage de personnes endeuillées, affaiblies par le chagrin et les médocs, trop à côté de la plaque pour fermer leur porte à clef ou mettre en route leur alarme. Le genre assez lâche pour nous filer des tuyaux et pour balancer ses potes pour un bifton ou un nouveau portable. Ce type me filait la gerbe, mais on n'allait pas demander en plus aux indics d'être propres.

Je collai mon doigt sur l'œilleton et tambourinai franchement. La porte en carton-pâte vibrait de façon inquiétante et au bout de trois ou quatre coups j'entendis Eddy hurler de l'intérieur. Je devais le déranger. Il finit par bondir dans son entrée, ouvrant la porte comme on dégaine un flingue et lâchant son plus viril grognement d'hyène estropiée. Ma vue ne suffit pas à le faire redescendre de sa fureur, au contraire, son petit visage colérique tout déformé beugla :

— Qu'est-ce tu veux, R. ? Viens pas chez moi ! Tu m'as pris pour une donneuse ? Casse-toi avant que je te dégage moi-même !

Il en faisait des tonnes, il n'avait pas vraiment le choix et je ne lui en voulais pas. S'il nous accueillait les bras ouverts, on l'aurait sans doute déjà retrouvé dépecé dans une poubelle du quartier. Un des indics de Simon en avait déjà fait les frais…

— Mets-la en veilleuse, Eddy. Simon, tu peux monter.

Voir Simon arriver en enjambant le vélo d'enfant échoué sur les dernières marches lui remit un coup de sang. Il gueula de plus belle et des portes commencèrent à s'ouvrir dans tout l'immeuble. On avait rendez-vous et pas le temps pour ses simagrées : d'un coup d'épaule, je dégageai la voie et entrai dans sa turne. Simon referma la porte derrière lui.

— C'est bon Eddy tu peux arrêter ton cirque !

— Mais merde R. qu'est-ce que tu fous ici ? Tout le monde cause ici, je vais passer pour quoi si les journaleux passent boire un verre chez moi ?

La porte fermée, son ton changea presque aussitôt et il retourna à sa place d'indic bien conciliant et inquiet pour sa peau. J'adoptai un ton plus rassurant :

— T'inquiète pas, Eddy, on n'est pas venus boire un verre. Prends ta veste, donne-moi ton portable, on va faire un tour ensemble, lui annonça Simon bien content de lui fermer son clapet.

— Je vais nulle part ! Qu'est-ce que vous me voulez ?

— On a entendu dire que t'as été bavard Eddy, et tu sais qu'on adore ça quand t'es bavard !

— J'ai pas parlé à un pisse-copie comme vous depuis des lustres ! grogna-t-il, piqué au vif par mon accusation.

— C'est vrai que tu nous donnes pas grand-chose en ce moment. Mais on connaît des policiers aussi bavards que toi, on sait que tu t'es répandu sur ce qui se trame au *Smarty's* et un coup qui se préparait dans son tripot, alors on est venus te faire profiter de l'info avec nous.

— Allez, magne-toi, prends ta veste, on décolle maintenant ! pesta Simon, qui comme moi ne put déchiffrer le regard qu'Eddy lança dans le vide à l'idée de nous accompagner.

— Je bouge pas d'ici, je collabore avec les flics, pas avec vous !

— Tu collabores, en voilà un joli mot dans ta bouche ! dis-je sans pouvoir m'empêcher de relever le vocable choisi. Allez, on y va.

Je l'attrapai par l'arrière du col et le poussai dans le couloir. À peine la porte ouverte, il recommença son cirque, hurlant comme un dément, se débattant, nous insultant de bon cœur, invoquant le droit d'asile, l'*habeas corpus* et tout un tas de concepts qu'il ne maîtrisait même pas à cent lieues près. Quand il eut épuisé tout son vocabulaire juridique, il changea de registre et étendit sa stupidité aux noms d'oiseaux qu'il connaissait. Simon le fit taire avec un petit coup dans le foie, il toussa et se laissa finalement trainer jusqu'à la voiture où il redevint plutôt docile. C'était le genre de clef de bras qu'on faisait à la légalité, mais Eddy et le beau petit monde qu'il fréquentait occultaient suffisamment les lois pour qu'on puisse leur emboiter légèrement le pas.

On était donc trois dans la bagnole en direction de la Colline. On gardait le silence pendant qu'à l'arrière Eddy regardait la ville défiler le front collé contre la vitre. On aurait dit trois gus en route vers une soirée qu'ils connaissaient déjà. Mais c'était surtout ce quartier que l'on connaissait. Il nous collait à la peau depuis toujours et venait encore une fois se mettre sur notre route. Toutes les villes ont leur trou du genre. Une cité sortie de terre ex nihilo dans les années soixante pour répondre à une demande toujours croissante – on n'en finissait pas de pondre des mioches et de faire venir de la main d'œuvre de toutes les poches à misère du continent – un quartier qui cinquante ans plus tard nécessitait un sérieux coup de pinceau et n'intéressait que les flics et les colonnes des faits divers.

Les rues étaient calmes et peuplées d'ombres qui longeaient les murs en esquivant la lumière des pauvres candélabres encore en marche. On filait entre les lignées interminables d'immeubles identiques disposés sur une avenue jalonnée de voitures qui pour certaines avaient plus l'air oubliées que garées.

Cette ville dans la ville me fascinait, et même si j'en étais un des fruits, j'y pénétrais toujours comme un étranger qui débarque avec d'autres codes. La Colline fait partie de ces cités qui finissent par se fabriquer des codes étrangers à la loi et à la politique de la ville, le genre de cité où les journaleux, les flics ou les ambulanciers ressemblent à des croisés qui viennent imposer leurs codes, leur système. Si la Colline boitait, elle n'en fonctionnait pas moins avec ses règles à elle et semblait vouloir se mêler à nous aussi bien qu'une tache d'huile dans une flaque d'eau. Mais l'attraction était trop forte, même si elle rejetait ce que je pouvais représenter, j'y retournai forcément.

On arriva aux abords du bar. Le vaste parking quasiment vide luisait sous l'éclairage lunaire. On s'éloigna un peu pour ne pas attirer l'attention. Dans ce coin-là, on pouvait facilement se planquer à l'ombre d'une benne ou d'une remorque abandonnée, sous l'œil crevé d'un lampadaire éteint. Je me garai entre une camionnette déglinguée et le bardage d'un entrepôt sans repérer les flics qui devaient être planqués quelque part eux aussi. On alluma la radio et le scanner de la police puis on essaya de s'installer confortablement jusqu'à ce que ça bouge. Le *Smarty's* lui, trônait juste en face de nous.

Tout le monde connaissait le *Smarty's*. Il faisait partie des institutions officieuses et crasseuses de la ville. C'était l'endroit fréquenté depuis toujours par la même faune mais sur lequel toute la ville avait un avis et une anecdote à raconter. Ce quartier, à force de péricliter et de décliner, attira dans ses baraques bon marché toutes les familles modestes, désargentées, immigrées, plus ou moins en rupture avec la société, plus ou moins enfermée dans un communautarisme protectionniste et protecteur. C'est dans ce terreau propice aux choix bancals et au rejet de l'autorité que Marty Belleville décida d'ouvrir son bar. Et tout le monde savait ce qu'il s'y passait. On pouvait simplement boire un verre au *Smarty's*, mais on rentrait rarement chez Marty simplement pour ça. Si on descendait dans ces bas-fonds, c'était pour jouer.

Depuis la bagnole, on avait une vue parfaitement dégagée sur la baraque qui abritait le bar. Une masure décrépite, recouverte d'un bardage en bois blanchâtre, des volets verts toujours clos et surtout, au-dessus, la fameuse enseigne en néons violets : *Smarty's*. Juste en dessous brillait un malheureux projecteur qui éclairait un petit groupe d'hommes qui fumaient sur les marches avant de rentrer. On en reconnut certains, des têtes qui revenaient à la moindre enquête, toujours les mêmes. On parvenait à entendre des éclats de rire, de voix, ils se préparaient à passer une bonne soirée. On pouvait vite catégoriser ces noctambules agités, on sait très bien quel genre d'individus trainent la nuit dans ces endroits. Le bon et le mauvais sont des choses bien cadrées… Heureusement, je corrigeais mon manichéisme avec la déontologie et la neutralité qui devaient accompagner mon travail. La plupart de ces types étaient aussi des pères, des maris, des hommes qui avaient eu des pères et des frères qui appliquaient depuis toujours les mêmes schémas. Ces gars-là n'ont pas réellement intégré la société, ils sont primaires, un intellect semblable aux autres mais supplanté par leur inclination. L'instinct d'abord, la loi ensuite. Alors avec un schéma pareil, on finit toujours sous la plume ou l'objectif de l'un des miens, de ceux qui ont le *bon* schéma.

— Pour l'instant, ça ne bouge pas. J'espère que ton tuyau n'est pas percé mon vieux, sinon on ira boire un verre tous les trois chez Marty pour qu'il sache un peu les mauvaises fréquentations que tu as.

— Ça va l'faire, R. t'inquiète ! Tu vas pas être déçu, m'assura Eddy.

Eddy nous filait régulièrement des tuyaux potables, mais cette fois c'était plus gros. J'avais passé la journée à chercher la provenance de l'info de Drajenski et finis par apprendre qu'il tenait ça d'une de ses sources à la PJ. Notre ami se serait répandu quelques jours plus tôt après s'être fait pincer avec quelques grammes dans sa poche. Eddy clampinait régulièrement au *Smarty's*. Il n'avait jamais un rond à miser dans l'arrière-boutique où les vraies soirées se déroulaient, mais au cas où un coup foireux dans lequel il pouvait tremper se préparait, il fallait qu'il laisse trainer ses oreilles opportunistes au bon endroit. Un soir donc, sans doute à une heure où l'alcool ronge la discrétion, Eddy entendit dire que Marty voyait plus gros depuis un moment, il allait y avoir une livraison de fric, beaucoup de fric, et on avait choisi Marty pour blanchir tout ça. On ne savait pas d'où viendrait l'argent, mais d'après l'indicateur de Drajenski, les flics envisageaient de faire d'une pierre deux coups : donner un coup de balai dans l'affaire de Marty et enrailler les projets d'une organisation plus importante qui voulait s'implanter en ville. Jusqu'ici, c'est en lâchant de temps en temps un tuyau aux autorités que Marty avait pu faire tourner son business. Mais si l'info d'Eddy était bonne, son affaire commençait à prendre des proportions qu'on ne pouvait plus admettre, c'étaient les mots mêmes de Drajenski. On tenait enfin le scoop qui justifierait mes années de travail et de fascination pour cet endroit. Et au-delà de l'information, même si j'avais de la sympathie pour Marty que je connaissais depuis toujours, nettoyer son commerce qui contribuait à gangrener cette ville me plaisait plutôt bien.

Pourquoi trimballer Eddy avec nous ce soir-là ? En principe, son rôle d'indic le laissait savourer sa lâcheté loin de tout danger. Sa présence était une erreur inspirée par nos méthodes de travail un peu trop emprunte du style de la Colline. Eddy était une raclure dont il fallait se méfier ; des mains fermes et lestes se devaient de le maintenir sur le droit chemin… Comme ce tuyau était bien plus important que ceux qu'il nous avait refilés jusqu' ici, Simon me transmit ses doutes en m'interrogeant sur la valeur de l'info de Drajenski. Alors on décida de le faire participer à la fête, rien que pour lui rappeler qu'on était du cru et qu'il ne valait mieux pas jouer avec nous.

Dans la voiture, les tasses de café et les flashs infos s'enchaînaient. La planque est un moment étrange. Une pause dans une journée interminable, du calme qui n'offre qu'un repos excitant. La montre tournait et nous laissait le temps de penser à ce qui nous attendait, le temps de douter. On ne savait rien du genre de truands qui souhaitaient s'implanter à la Colline, on ne connaissait rien du degré de violence et de crasse qui allait encore s'étaler dans nos rues ni comment ils envisageaient la cohabitation avec les journalistes autochtones qu'on était. La soirée nous le dirait et elle pouvait encore durer, le casino de la Colline ne fermait jamais avant l'aube. Notre détermination avait largement le temps de fiche le camp… Après deux ou trois heures, il y eut enfin du mouvement. Simon augmenta le son du scanner de la police mais il ne lâcha qu'un pénible grésillement qui n'annonçait aucune intervention. On était seuls dans le quartier, juste nous, planqués dans notre voiture comme des proies déjà enfermées dans leur cercueil.

— Regarde ça ! C'est Marty qui sort !

— Qu'est-ce qu'il fout dehors à cette heure-ci ?

— Ils sortent tous !

— Il a éteint l'enseigne, j'le sens pas du tout R.

— Tout le monde se casse ! On est cramés !

4

Cette nouvelle mission allait me permettre de récupérer ma voiture, un vieux break BMW, massif et au kilométrage ahurissant qui, en dépit de son confort, avait des airs de blindé léger. Faute de moyen, je n'avais pas circulé en ville autrement qu'à pieds depuis un bout de temps. Le démarreur fit des siennes, mais après plusieurs essais, j'entendis enfin le moteur tourner.

Il était un peu plus de dix heures, une heure creuse où on peut se déplacer sans trop perdre ses nerfs à s'enliser dans le bitume fondu par les heures de pointe ; ça tombait bien, j'avais à réfléchir. Conduire sans but réel dans les rues de ma ville m'y aidait. Je ne sais pas à quoi ça tient, avancer littéralement sur la chaussée provoque peut-être l'impulsion nécessaire à la réflexion, la force du mouvement. Ou peut-être est-ce le pouvoir hypnotique du défilement de l'asphalte, de l'effet tunnel… Quoi qu'il en soit, les idées me venaient souvent en conduisant.

Je m'engageai sur le boulevard qui longeait mon immeuble en attendant de choisir une rue dans laquelle je bifurquerais. À certains endroits, cette foutue bourgade ressemblait à l'idée que je me faisais de la ville, celle fabriquée par les médias, la culture et l'imaginaire. Cette ville, je ne l'avais jamais réellement quittée, pas eu l'opportunité, pas les tripes, pour le faire. Alors j'y circulais sans surprise, connaissant la moindre ruelle, la moindre affiche défraichie et placardée depuis toujours, la moindre tuile qui n'en finissait plus de feindre la chute. Ça ne me posait pas vraiment de problème, j'étais un autochtone qui s'était depuis toujours fabriqué un boulot en fonction de cet endroit.

À force de parcourir ces mêmes rues, j'avais développé un goût pour l'errance, ce que j'appelais, peut-être un peu pompeusement, l'errance en terrain connu.

J'avais un jour, autour d'une pinte, évoqué cette idée à Gislain, un type vissé sur son tabouret depuis qu'il avait de quoi se payer un verre et surtout, le genre de type avec qui on ne pouvait pas avoir l'ombre d'une réelle discussion. Gislain ou un autre c'était la même, j'étais installé au comptoir et j'avais ce jour-là envie de faire de l'esprit devant lui et la serveuse qui papillonnait derrière le comptoir, juste devant moi.

— Qu'est-ce que c'est qu'ça ? J'vois pas l'rapport, si tu sais où t'es, t'erres pas. Point barre ! me répondit-il avec effronterie.

— Gislain, comment tu fais pour toujours être aussi sûr de ta connerie ? Dis-moi que tu n'as jamais erré en sortant d'ici avec tout ce que tu t'envoies ?

Il fit oui de la tête, bien fier de son ivrognerie avant que je lui dise de la fermer. Il produisit encore une réponse d'un mouvement de tête quand la serveuse relança :

— Je suis assez d'accord avec Gislain. T'es né ici, alors comment tu peux errer dans cette ville que tu connais comme le fond de ton slip ?

Comment je faisais ? Il n'y avait pas vraiment de méthode, c'était plutôt une façon de voir les choses. La ville n'est qu'un support, l'errance c'est dans la tête. Comment tu veux te perdre aujourd'hui, sur cette planète où chacun dispose d'un microsatellite prêt à nous tomber sur la gueule, à moucharder le moindre pas en dehors des clous ? En attendant la greffe d'un GPS à ta rétine ou ta moelle, tu l'as dans ta poche, tu l'as au poignet. Non, l'errance c'est dans la tête. Je ne sais plus exactement quels mots j'utilisai, mais ce que j'ai voulu dire à cette serveuse, et puis à Gislain aussi, c'est que l'errance dont je parlais n'était rien d'autre qu'un vagabondage de l'esprit. Un terrain connu apporte l'apaisement nécessaire à la réflexion, parfois même à la création. La surprise empêche de réfléchir convenablement. Passer et repasser dans les mêmes rues permet de ne penser qu'à soi, c'est un recul ancré dans l'habitude. À moins d'un déracinement, chaque pierre de la ville est susceptible de remettre un souvenir et de provoquer la pensée. C'était ça l'errance en terrain connu : avancer sur des pavés qui usent tes semelles depuis toujours et laisser tes pensées se développer à la lumière du quotidien et du souvenir. Il faut probablement certaines prédispositions, moi-même avant ce fameux soir qui me fit changer de vie je n'y aurais certainement rien pigé. Faut être voilé pour laisser correctement son esprit divaguer. Gislain ne le saurait sans doute jamais…

Il redit oui de la tête et j'eus l'impression que la serveuse allait y repenser la prochaine fois qu'elle prendrait sa voiture.

Un coup de Klaxon me sortit de mes souvenirs et fit s'envoler la tronche dodelinante de Gislain.

Cette fois, c'est dans mon affaire que j'errais, sans même avoir débuté. N'accepte pas d'affaire sans vision claire ! Je m'asseyais sur le principe qui fondait mon taux de réussite depuis des années, tout ça pour échapper aux pattes griffues d'un huissier, tout ça pour rajouter un peu de métal à ma perfusion vide. Ça me laissait un arrière-goût désagréable et l'affreuse impression de tomber bien docilement dans un guêpier.

En conduisant, je repensais à cette lettre et aux maigres pistes qu'elle me permettait d'envisager. Je trouvais parfois la bonne voie en conduisant, mais là c'était différent, je cherchais quoi chercher. La pire des quêtes. Je ne saisissais pas encore ce que ce client espérait vraiment, mais pour l'heure, en parlant de *se perdre*, il avait visé plutôt juste.

Dans l'impasse, je me retrouvais toujours chez Franck, dans son troquet PMU où personne n'était jamais étonné de voir ma bobine.

Il restait une place au comptoir, je m'y faufilai et commandai un grand noir. Je massais mon poing quand il vint me causer :

— T'as une sale gueule Ralph, me dit Franck en posant ma tasse avec une pointe d'empathie dans la voix.

— Les temps sont durs tu sais ce que c'est, ronchonnai-je.

— Le pognon ?

— Un huissier…

Il accusa le coup en toussant grassement pour évacuer les souvenirs que je venais de lui fourrer dans la gorge.

— Va falloir lui donner à manger à c'rapace si tu veux pas qu'il te laisse à poil !

— Vouais, croassai-je.

Le conseil avisé me mit une tape désagréable sur la nuque. Régler mes dettes me ramenait à cette maudite affaire que je ne savais pas par où attraper. Si je m'accoudais chez Franck, c'était pour essayer de reprendre pied, alors je ne relançai pas la discussion qui prenait une sale tournure. Je jetai plutôt une oreille dans le flot des discussions qui virevoltaient dans la salle. Ce genre de café est une peinture, l'odeur de parquet, de renfermé et de bière en plus. Tout est à sa place, les gens, les choses. Dans un endroit comme celui-là, l'ordre est le maître-mot, on dit l'ordre pour ne pas dire routine. Si une place habituellement occupée est libre, il n'y a qu'une ou deux raisons possibles : soit le gars est mourant, soit il est déjà refroidi. Chez Franck, les habitués défilent, il y a ceux qui passent brièvement et ceux qui prennent racine jusqu'au soir. Il y a ceux qui viennent pour le café mais surtout ceux qui viennent pour faire fortune… J'en avais entendu des pronostics et des recettes de vainqueurs, mais des tournées générales, ça… Chaque jour, la même pièce se jouait ici : la première course ne part pas avant plusieurs heures mais tous jouent du crayon et se tordent les méninges pour ne pas miser sur un tocard. Aucun n'a gagné mais tous y croient, ici les dieux s'appellent Idéal Du Gazeau et Ourasi. Malgré leur imprévisibilité, la foi en eux ne diminue jamais… Le café est un temple, le cheval est le dieu des dieux et rares sont les fidèles qui manquent une journée de culte. Moi les chevaux ça ne me parlait pas, et puis je n'avais pas un kopeck à miser de toute façon. Je profitais de l'ambiance, c'est tout. Ce genre d'endroit est un tout, une micropeinture de la société. Un coup d'œil dans la salle et vous y voyez un chômeur, un retraité, un ancien flic, un divorcé, un idiot, un génie, un faux génie, un mythomane, un radin, un croyant, un athée, un obèse, un ancien boxeur… De quoi écrire un bouquin.

Ce matin-là, c'était Lionnel qui l'avait ouverte, et bien comme il faut. Lionnel c'était le genre de type qui avait un avis sur tout – l'inflation, la grève des infirmières, la méthode syllabique, la préparation de l'agneau pascal… – le genre qui avait « tenté l'expérience du véganisme » et qui correspondait « dans la langue de Shakespeare » avec un détenu d'origine irlandaise qui croupissait quelque part dans une taule du sud de la France. Et puis Lionnel c'était aussi le genre à tout conceptualiser, même l'horaire de sa douche : « C'est dingue ! Avant je me douchais le soir, c'était pour me laver de la saleté du dehors pour aller me coucher. Aujourd'hui, on a changé de paradigme, je me douche le matin, pour être propre pour aller au bureau. C'est fou ! Si on y réfléchit, ça en dit long sur notre su… » Oh putain ferme-là Lionnel !

— J'connais un gars qui a misé sur les bons hier, bifurqua sans transition Youssef, juste avant de descendre une gorgée de café.

Lionnel la ferma.

— Ah ! Ce qui est sûr, c'est qu'il est pas d'ici ton gars ! On mise que sur des bourricots ici ! ricana Michel dans sa barbe.

Quelques rires éclatèrent, Youssef ne releva pas, sourit et reprit sur le même ton :

— Faut croire que de temps en temps les bourricots font de bons coups.

— Alors j'espère que les tocards que je vais choisir aujourd'hui vont en être !

La fidélité du turfiste est sans égal. Il perd mais il joue et pratique son culte sans même croire qu'un jour ses dieux lui apporteront la récompense tant espérée. Et puis le temps passe et la réelle volonté de gagner aussi. Mais malgré la déception, les adeptes reviennent avec sincérité le lendemain… De mon côté, je ne résolvais jamais une affaire dans ce troquet, mais quand je pataugeais, j'y descendais pour mettre un pied dans le réel, dans le concret. Après ça, j'y voyais toujours un peu plus clair. Ça résumait bien mon ancienne méthode journalistique qui consistait à tremper dans la faune citadine jusqu'à en ressortir suffisamment sali pour écrire un article correct. Tout ça m'inspirait, m'aidait à comprendre et à me donner l'impulsion nécessaire. En fait, les cafés sont des polaroïds de la ville qui, assemblés, forment une fresque, une image nette. Chacun ses concepts… Je sortis la lettre de mon fameux client et m'y replongeai un instant. C'était la seule chose tangible que j'avais, alors je n'avais pas grand choix.

Je pouvais relire ce bout de papier autant que je voulais, je n'y voyais rien. Des bars et des cafés il devait bien y en avoir des dizaines dans cette ville. Visiblement, il s'agissait d'un endroit peu recommandable, c'était plutôt rassurant. À l'époque du journal, c'était le genre d'endroit qui m'intéressait, et aujourd'hui encore, j'avais assez peu l'habitude d'entrer dans les salons de thé du centre... Mais cette description manquait cruellement de noms propres. Je me serais contenté du blase d'un type ou d'un nom de rue, au lieu de ça, je n'avais que ce fichu début d'histoire énigmatique dans lequel me perdre. Qui était cette femme ? À la lecture de la lettre, je voyais un homme à la manœuvre, j'en étais encore convaincu, mais dans cet *incipit* comme il disait, le personnage était une femme. Était-ce ce personnage qui m'écrivait ? Ce bar que j'essayais de situer, existait-il dans la réalité ou simplement dans son délire de scribouillard ? Je cherchais une vision claire mais elle n'en finissait pas de se troubler. Sans d'autres indices, je pouvais dire au revoir à mon avance et bonjour à l'huissier à qui je ne pourrais rien donner à ronger.

Je jetai quelques pièces sur le zinc quand Franck vint, me tendant une enveloppe :

— J'allais oublier, une bonne femme est passée fin de semaine dernière, elle m'a demandé de te remettre ça.

— Elle t'a donné un nom ? Elle ressemblait à quoi ?

— J'avais du monde, j'ai pas vraiment fait attention. Elle m'a mis ça dans les mains et a fiché le camp. Ce qui est sûr, c'est que je ne l'avais jamais vue ici.

Je déchirai l'enveloppe et reconnu le papier au premier coup d'œil, c'était donc bien une femme qui m'avait engagé. Je flanquai la lettre dans ma poche, je la lirais plus tard, pas ici.

— Autre chose ? lançai-je avidement à Franck.

— Rien d'autre Ralph, elle est partie en disant « à bientôt », peut-être qu'elle repassera...

Il avait l'air désolé. Je repasserai « bientôt » aussi ! Je devais sortir de là, l'incursion de cette inconnue dans ce rade me prit soudainement à la gorge. J'avais déjà croisé des clients tordus, je n'étais pas à un recadrage près, mais cette façon de faire, se cacher derrière des lettres et se pointer dans les endroits que je fréquentais pour y égrener les pièces de son puzzle me laissait entrevoir le genre de personne malsaine à la manœuvre.

Je fis signe à Franck qui s'était déjà éloigné et sortis. À la rue, dans les deux sens du terme.

5

Je quittai le quartier aussi vite que je pus. Au volant de ma caisse, j'enchaînai quelques rues en fixant mon rétro, personne. Je profitai d'un feu rouge pour sortir l'enveloppe.

C'était bref, ça disait :

Si vous lisez ces mots, c'est que vous pataugez. Vous rendre chez Franck dès les premiers instants de vos recherches n'est pas très bon signe. Mais vous commencez à vous perdre, c'est bien.

Demandez-vous : qui voudrait d'un roman dont la fin se déroulerait chez Franck, entre un tirage Rapido et la discussion baveuse de Lionnel ? Le café de Franck est une nature morte où plus rien ne changera jamais. Retournez saluer Franck quand vous voudrez, mais ne cherchez pas la fin de l'histoire ici.

Ceci vous aidera peut-être : j'ai pris des risques, j'ai gagné votre avance au jeu.

Je démarrai en trombe comme si cette folle me collait au train, comme si mon pied droit piétinait sa tronche. Sans lâcher le volant, je relisais encore une fois le mot puis le balançai sur le siège passager.

Je roulais nerveusement, sans but, avant de ralentir, calmé par un éclat de rire. Je riais de moi. Voilà comment un vrai dur à cuire se retrouvait, en l'espace d'une matinée, malmené, contrecarré, sapé dans ses habitudes et ses méthodes, le tout par une bonne femme armée d'un Bic et d'un papelard !

Je respirais un peu mieux à mesure que, dans mon rétro, les voitures se floutaient. La rapidité avec laquelle je me sentis acculé m'embrumait les méninges. Une affaire foireuse, un huissier, je pouvais gérer, trouver une solution. Mais la simple façon avec laquelle cette inconnue s'immisçait dans mon quotidien, à coup de non-dits, d'insinuations et d'incursions dans mes habitudes, me coupait les pattes. Tout semblait se combiner pour faire de cette histoire un fiasco. Cette requête absurde, mon besoin de fric qui m'obligeait à m'embarquer dans cette histoire, l'impossibilité de communiquer avec cette femme, tout ça me donnait l'horrible impression d'avoir serré la pogne d'un clochard qui venait de se soulager contre un mur et de devoir ensuite me curer les dents…

Se perdre, l'errance en terrain connu… À chaque carrefour, à chaque rue que j'empruntais sans conviction, les deux idées aussi opposées que complémentaires s'entrechoquaient dans mon esprit. J'aurais bien roulé plein phare dans mon tunnel d'asphalte, mais voir clair dans les motivations d'une inconnue qui souhaite vous mener en bateau ressemble à percer l'obscurité d'un puits sans fond. Confusément, j'essayais de faire le point. Elle n'était pas fichue de finir son bouquin, bien. Ça, je pouvais le piger. Elle voulait changer d'air, mettre les pieds dans des recoins inconnus, louches. Bon. Elle avait tenté sa chance au jeu, histoire de ressentir le frisson de la mise risquée, très bien ! Mais le reste ? Qui parlait dans son début de roman ? Elle-même ou un fichu personnage ? Cette histoire de masque, de mari berné, de bar glauque, était-ce la vérité ou de la foutaise de papier ? J'étais loin d'y comprendre quelque chose. Encore un coup d'œil dans mes rétros, personne. Rassuré, je pris le chemin de ce qui était encore l'un de mes refuges.

J'étais l'un des seuls à me pointer à la salle en tenue de ville, mais personne ne s'en offusquait jamais. Faire partie de décor procure certains avantages. Sept ans déjà que je n'avais plus touché un sac ou foulé un ring, sept ans que mes visites s'espaçaient chaque fois davantage en perdant de leur sens et de leur saveur. Je n'avais jamais trouvé la force d'abandonner cet endroit et ce qu'il représentait pour moi. C'était le dernier vestige de ma vie passée, une corne dans la page que j'avais tournée depuis un bail.

À mon arrivée, l'accueil était toujours le même : quelques jabs feintés, une esquive cachée derrière une garde bien haute, une accolade et des mains qui claquent, comme avec un vieux frère qu'on respecte.

— R. ! C'est quand tu veux ! m'envoya depuis l'un des rings un petit jeune qui ne m'avait jamais vu des gants aux poings mais qui avait dû entendre quelques anecdotes sur mon compte.

Je reniflais l'air moite de la salle et ressentais à chaque fois la même gêne, celle du gars qui n'avait plus rien à faire là. Ce n'était plus qu'un polaroïd jaunissant que je conservais pour me rappeler qui j'avais été.

Arthur n'était pas là. J'aurais aimé bavarder un peu avec lui, me servir de sa solidité et de son entrain pour rebondir correctement dans cette journée. Je repasserais, peut-être. En attendant, je m'assis sur un banc et regardai les jeunes s'entrainer.

De moins en moins de nostalgie se révélait dans cette odeur de sueur et de vieux parquet qui pourtant habitait mes narines depuis toujours. Mon corps m'avait lâché, et sans lui dans un lieu pareil, difficile de trouver un sens à sa venue. Dans les premiers temps de ma retraite, une fois capable de mettre le nez dehors, je venais ici quasi quotidiennement et apprenais à vivre la boxe par procuration. En les voyant cogner, je gambergeais jusqu'à faire d'elle une métaphore. Je les regardais souffler, frapper, bouger, et me disais que tout était une question de corps. Sur le ring et dans la vie. Tu cognes, tu sautilles, tu souffles, t'esquives et tu recommences. Tout s'explique comme ça, par le corps et pour le corps. Pas la peine de jaser sur l'âme, l'immortalité, toutes ces conneries, l'important c'est la carcasse et le combat dans lequel elle est lancée. Alors quand le corps ne suit plus…

Mon organisme fut sevré brutalement des doses de violence que je venais prendre dans cet endroit, mon esprit lui, prit plus de temps, mais doucement il finit lui aussi par fonctionner sans. Et comme la boxe ne faisait plus partie de ma vie, cette salle avait sans doute été laissée de côté par cette bonne femme fouineuse.

— Toujours les mêmes sales gueules par ici, prononça tranquillement Raymond qui s'était arrêté près de moi.

— Ferme-là Raymond ou je te file une correction.

— Change de ton ou c'est mon balai qui va t'apprendre les bonnes manières. Oh, tu peux me croire ! cracha-t-il de sa voix rêche.

Raymond était le concierge de la salle et il passait sans doute plus de temps à gratifier tout le monde de son avis sur tout ce qu'on pouvait imaginer qu'à nettoyer cet endroit. Il avait l'air d'être né de mauvaise humeur, un vrai roquet armé d'un balai, mais tout le monde le supportait et prenait ce qu'il débitait au quatrième degré. Et puis, il a surtout toujours été là, avant moi, sûrement après, increvable Raymond. Il vint s'assoir à côté de moi.

— Je ne sais pas à quand remonte la dernière fois où je t'ai vu par ici mais ce qui est sûr c'est que t'as l'air encore plus pommé que d'habitude, vieux.

— Y a des jours comme ça, fis-je en essayant de faire comme si on ne m'avait pas répété ça plusieurs fois ces derniers jours.

— T'as des ennuis ? Je veux dire, à part être fauché et en plein divorce comme tout le monde ?

— Ma femme va très bien, Raymond.

Il se tut étonnamment, on regarda deux jeunes qui, devant des miroirs, s'entrainaient au Shadow. Ils étaient comme moi ces deux-là, en train de s'échiner contre un adversaire invisible. Raymond, qui en bon concierge se devait de combler le silence, reprit :

— T'es jamais remonté après ce fameux soir ? demanda-t-il, amical comme il l'était au fond.

— Pour quoi faire ? Esquiver les coups ?

— Je crois bien que c'est la première règle pour un boxeur !

— C'est même la seule règle pour un boxeur avec une main de verre…

Il se tut encore mais cette fois, il cherchait des paroles positives dans son bric-à-brac de sentences. À en juger par le court instant où il resta silencieux, Raymond était un type formidable, même s'il s'efforçait toujours d'être le concierge acariâtre qu'on connaissait.

— Ton gauche suffirait à mater quelques jeunes qui trainent ici. Je me souviens de toi, à l'époque où tu ne venais pas dégueulasser mon parquet avec tes pompes de banquier !

— À l'époque, comme tu dis Raymond, dis-je en regardant mes godasses.

— Tu vois beaucoup de vieillards ici ? me coupa-t-il presque aussitôt.

— Mis à part toi tu veux dire ?

— Oh, tu vas y goûter à mon balai si tu n'changes pas de ton, mon gars !

— Allez, ça va, il n'y a pas de vieillard ici, pourquoi tu demandes ça Raymond ?

— Parce que tu t'accroches, tu viens ici alors que t'es passé à autre chose, t'as pas d'autres chats à fouetter ? On a tous notre temps à faire, après ça, faut avancer. Moi, tu ne me gênes pas, mais vu la tronche que tu tires quand tu viens trainer ici, c'est à se demander si ça te fait vraiment du bien. Les vieilles habitudes sont pas toujours les meilleures, tu sais, dit-il en marquant une pause pour revenir à un ton qu'il maîtrisait davantage. T'as pas d'autres combats ? Alors, fais-moi plaisir, va trainer ailleurs !

Ce vieux concierge venait de me secouer l'égo avec une belle série de coups. Sur l'instant, je lui aurais bien fait goûter à mon gauche comme il disait. Mais il venait de poser la bonne question, de me coucher par un coup final dévastateur.

Plus tard, derrière le volant, je repensai forcément à Raymond. *Tu t'accroches.* Les mots des autres me poursuivent toujours comme s'ils avaient enfoncé leurs ongles sales dans ma peau, comme s'il me fallait attendre la cicatrisation pour que je les oublie. Je n'étais clairement plus le même et ne portais pas un œil vraiment nostalgique sur celui que j'avais été. Alors revenir sans cesse dans cette salle devait être une façon inconsciente et stupide de garder la face devant un bout de page que j'aurais dû finir de tourner totalement il y a longtemps. Je conduisais et les mots perçants de Raymond masquaient le bruit de la route. *Pas d'autres combats* ? J'étais en plein combat, sauf que j'y allais franchement à reculons et ne savais pas encore où balancer mes coups. Autrement dit, j'étais parti pour prendre une bonne correction. Ces mots eurent au moins le mérite de m'envoyer un coup en plein orgueil, ça ne pouvait qu'aider…

J'errai encore quelques kilomètres et arrivai sur les bords de la ville. Les habitations s'espaçaient et donnaient de l'air à l'horizon, la ville trainait ses tentacules sur la campagne qui perdait chaque année du terrain. Ces coins-là avaient un goût de fin que je n'aimais pas, je fis demi-tour et m'engageai sur le chemin du retour quand mon téléphone sonna.

— R. Hunter, j'écoute.

— J'ai lu votre annonce, vous recherchez vraiment toutes sortes de choses ? demanda l'étrange voix, celle un peu trop rauque et lointaine de ce qui devait pourtant être une femme.

— Oh vous n'avez pas idée…

— Mais est-ce que vous les retrouvez ?

— Je ne connais pas d'être humain meilleur que moi dans ce domaine !

— Votre argument est étrange…

— Que recherchez-vous, m'dame ? envoyai-je en entendant la cloche qui marquait le début d'un nouveau round.

— Je cherche ma voie, je crois que je suis un peu perdue en ce moment…

Ses mots me piquèrent au vif. D'un coup de volant, je m'arrêtai sur le bas-côté et jetai un coup d'œil à mon écran : « appel masqué ». Mes tempes cognaient, je crachai :

— C'est vous, la lettre ? Qu'est-ce que vous me voulez ?

— Ce que je veux ? Je vous ai embauché pour un but bien précis, je souhaite que vous trouviez la fin de mon histoire.

— Je ne suis pas écrivain !

— Non, l'écrivain c'est moi, enfin…

— Je crois que vous n'en êtes pas convaincue…

— Ce n'est pas votre problème ! Les doutes font partie du jeu… me coupa-t-elle visiblement agacée.

Quand on parvient à pousser son adversaire dans les cordes, on envoie ce qu'on peut pour lui faire mal, j'en remis alors une couche :

— Et c'est quoi cette voix ridicule ? Je n'ai pas envie de travailler pour quelqu'un qui se cache derrière un téléphone trafiqué.

— Cette voix ou une autre vous donnera les mêmes informations, pesta-t-elle. Quelqu'un comme vous ne devrait pas se laisser distraire par des détails de ce genre.

Je ne relevai pas, il me fallait du concret. Malgré la voix, elle causait calmement, je m'adoucis, laissai de côté les piques :

— Vous avez perdu quelque chose, je vous le retrouve, c'est mon boulot. De quoi on parle là, concrètement ?

Elle changea probablement le combiné de main et sembla reprendre son souffle. Cette bonne femme perdait les pédales, je songeai un instant à raccrocher mais elle reprit :

— Concrètement, je ne pourrai pas finir cette histoire seule, vous allez devoir me fournir la matière nécessaire à fabriquer une fin correcte, celle que je cherche depuis des années.

— C'est ça que vous appelez du concret ? Cette discussion commence à me filer mal au crâne, vous êtes censée m'éclairer alors encore une fois, qu'est-ce que vous voulez ? Cette matière, c'est quoi ?

— Je vais essayer d'être plus claire. Les réponses sont dans cette ville que vous connaissez si bien. Mettez-vous en marche, perdez-vous dans les coins oubliés, secouez vos réseaux, cherchez, flairez, la matière viendra d'elle-même et tout deviendra plus concret comme vous dites…

— C'est habituellement ce que je fais... lorsque j'ai effectivement quelque chose à chercher, dis-je avant de laisser volontairement un blanc, le temps de retrouver un peu de lucidité. Écoutez, donnez-moi une adresse, vous aurez votre fric d'ici deux jours, moins les heures perdues à essayer de comprendre quelque chose à votre histoire.

— Gardez cet argent, je vous ai dit que je l'avais gagné au jeu.

— Si vous n'en voulez plus, je le garde, aucun souci.

Il y eut encore un silence pendant lequel je réalisai que j'étais peut-être en train de me débarrasser de cette histoire et d'empocher le blé en même temps. Mais elle lança encore un jab :

— Alors vous vous couchez ? Vous manquez cruellement de pugnacité...

— Je ne suis pas encore équipé pour chasser le vent, je vous rappelle dès que ce sera le cas, esquivai-je vexé, en ayant encore une fois l'intention de lui raccrocher au blaire.

— C'est moi qui vous recontacterai avec du concret puisque c'est ce dont vous semblez tant avoir besoin. En attendant, continuez à vous perdre.

— Il n'y a...

Elle avait raccroché. Je regardai l'écran de mon portable jusqu'à ce qu'il s'éteigne de lui-même et me renvoie le reflet de ma trogne défaite. Je repensais à mes glorieux instants assis dans les toilettes une bouteille à la main, je me revoyais dans le caniveau, la main et le reste meurtris.

Garé sur le bas-côté, mon habitacle vibrait au gré des voitures qui balayaient l'air en passant. Mes pensées, elles, étaient balayées par le doute et la honte. Les mots qui venaient d'être prononcés dans ce dialogue de sourds revenaient par salve me bousculer, me griffer. J'avais la sensation d'avoir perdu un bras de fer contre une bonne femme et de devoir l'en remercier. Depuis ma retraite anticipée, celle du journal et du ring, j'avais réglé mon amour propre sur la position la plus basse, mais malgré ça, j'avais quand même du mal à encaisser ces coups-là. Des images du soir où tout bascula vinrent me bousculer comme elles le font dans les moments de doute. Ce fameux soir au *Smarty's*…

Je soufflai un grand coup et tentai de me ressaisir avec une dose de pragmatisme : malgré le flou de cette histoire, je conservai l'argent. C'était pour l'instant ce qui comptait.

Je pataugeais et avais encore besoin d'être secoué par les bonnes questions. L'autoroute n'était pas loin, alors il ne me restait plus qu'une chose à faire : aller voir Jenna. Je fourrai mon portable dans la boite à gants et démarrai pour m'éloigner un peu de cette ville qui devenait franchement étouffante.

6

Sept ans plus tôt

Ce n'était que de nuit que le *Smarty's* montrait son vrai visage. Les membres de sa clientèle ne se croisaient que tardivement dans les rues de la ville, ils laissaient les matinées aux honnêtes gens. Marty, lui, n'en repartait qu'au petit matin. Il éteignait sa ridicule enseigne néon et sortait, souvent accompagné d'un ou deux fidèles à qui il confiait parfois la petite mallette contenant la recette de la soirée. Lorsqu'on vit tout le monde sortir en pleine nuit, on comprit que le jour n'allait pas se lever sous les meilleurs auspices.

L'excitation molle qui définit le temps passé en planque se dissipa pour nous laisser avec les tripes nouées et les poings serrés. On observa le groupe d'hommes sans bouger, sans même oser lancer des suppositions. Posés en plein dans leur champ de vision, on espérait encore ne pas finir dans un guet-apens. Ils discutèrent un moment, s'en grillèrent une tranquillement pendant que nos fronts s'humidifiaient. Ils jouèrent comme ça avec nos nerfs avant qu'ils ne décident enfin de quitter les lieux, de rejoindre leur voiture ou de disparaitre entre les immeubles de la cité. C'est à ce moment que je jetai un coup d'œil dans le rétro pour voir Eddy qu'on avait quasiment oublié. Et quand j'aperçus son visage bleuté par la lumière d'un écran de portable, nos doutes et nos craintes se transformèrent subitement en morbides certitudes.

J'hurlai dans un violent volte-face pendant qu'Eddy s'acharna soudainement sur la poignée verrouillée pour se barrer, j'eus à peine le temps de lui arracher son deuxième portable et de lui envoyer une mandale que le premier choc nous secoua : un pavé lancé dans notre pare-brise comme un coup de semonce.

— Ils nous attendaient !

— Lance un appel aux flics !

Malheureusement pour nous, tout était prévu et bien trop rapide. Visiblement, l'info était truquée, mais pas bidon, de nouvelles ambitions semblaient bien planer au-dessus de la Colline, faisant de notre présence un obstacle à éliminer. Mais au lieu d'assister à un transfert de fonds comme on nous l'avait vendu, on allait assister à une démonstration de force.

Deux yeux menaçants s'allument en face de nous : un Manitou fondu dans le décor. L'engin se met brutalement en marche, godet levé à hauteur du pare-brise, prêt à nous décapiter. J'ai le temps de déclencher la poignée de ma portière et de me baisser avant qu'on se fasse guillotiner dans un infect fracas de métal et de verre éclaté. Simon n'a pas eu le même réflexe, le montant du pare-brise se plie et s'enfonce comme un pieu sous son épaule droite. La machine s'arrête un instant, Simon pousse des cris épouvantables mais je ne peux que le laisser à ses douleurs. Dans un rugissement, le Manitou recule en emportant une partie de l'habitacle, j'en profite pour pousser ma portière dont les gons, par chance, fonctionnent encore. Je rampe avec l'instinct d'une bête traquée. Quelques mètres et des cris me rattrapent, c'est une langue étrangère mais je comprends qu'ils m'ont repéré, trahi par le projo du tracteur. C'est là que je sors mon pétard, ce revolver que je trimballe avec moi depuis mes débuts, ce symbole qui m'accordait une trop grande confiance et qui trahissait mes liens avec ce milieu pourri. La peur me désinhibe et je tire pour la première fois de ma vie. Mes trois ou quatre tirs ne touchent rien de plus que le godet qui recrache mes projectiles sans sourciller. Je bas en retraite et me faufile derrière la camionnette contre laquelle on était garés. D'un coup d'œil, je comprends que le prochain abri derrière lequel je pourrais me cacher est hors d'atteinte, surtout s'ils sont armés. Je ne vois pas encore ma mort, dopé par l'adrénaline qui m'aide à me mentir. Je veux en découdre, je pense au nombre de combats prédestinés de chaque boxeur, celui-là serait mon dernier. Quand le Manitou s'ébroue encore une fois furieusement, c'est pour me coincer comme un rat entre la carcasse de ma voiture et la camionnette. Au même moment, deux paires de phares s'allument devant moi et avancent tranquillement pour refermer la tenaille sur la proie. Je tire encore, éborgne un des véhicules et égratigne un pare-brise, gaspille mes quelques balles restantes comme autant de coups qui n'atteignent pas leur cible. Un sévère cliquetis m'annonce que je suis à sec…

Les phares restants m'aveuglent, j'entends les portières s'ouvrir sans voir combien d'hommes en sortent. Des flashs crépitent à l'autre bout du parking, c'est Simon qui crache ses dernières forces en faisant le job jusqu'au bout. La lumière fige la nuit un instant, j'en profite pour courir, il ne me reste que cette voie. Je cours et entends des pas, des cris, et les deux voitures qui se remettent en marche derrière moi. Balayé par les phares d'abord, je suis vite rattrapé par le premier véhicule qui me dépasse sans s'arrêter. Je tente de bifurquer mais suis ensuite balayé par la portière ouverte de la seconde voiture. Fauché en pleine course, je roule sur le sol comme une poupée de chiffon. Quand je me relève, ils sont autour de moi, quatre, cinq, sans compter ceux restés au volant et le commanditaire de notre exécution à Simon et à moi. Le temps de me relever, la nuit s'illumine soudain : une voiture s'embrase à l'autre bout du terrain vague, celle où Simon était encore empalé. Ça y est, je percute, je commence à voir la mort. Je me trouve grand et bon, car mes pensées vont vers les miens et non pas vers mon existence qui disparaissait, je vois le visage de ceux que je vais laisser derrière moi sans voir celui de ceux qui me tuent. La rage et la peur chassent la sidération et me poussent sur mon dernier ring ; je fonds sur le premier type à ma portée, le jab au corps et le crochet à la tempe le terrasse. Je tourne, jauge, crée de l'espace et du temps, ils restent immobiles les mains levées comme des bastonneurs de bistrots qu'ils sont. Ils ne savent pas y faire. Un à un à la régulière, je m'en sortirais sans me décoiffer, mais là… Un autre tente sa chance, me saute dessus, cherche une clef de bras ou une autre astuce féminine du genre, je me baisse, me recroqueville la tête enfoncée dans ma garde, il croit que j'abdique, c'est le moment, trois frappes au corps : foie, estomac, rein, il s'écroule en toussant. J'espère que quelqu'un notera ces deux-là à mon palmarès. À ce moment, je crois tristement que la peur a changé de camp. Je continue mon manège, je tourne encore en attendant le prochain assaut. Mais un type sort d'une des bagnoles et hurle rageusement quelque chose que je ne saisis pas mais que je finis par comprendre très vite. Les trois gaillards restants fondent sur moi en même temps, j'envoie des coups, touche des mâchoires et des abdomens flasques, mais deux poings contre six, c'est une réalité qui finit par s'imposer violemment. Quand ils ont fini, c'est moi qui tousse à genou au sol.

À une ou deux minutes près, je m'en tirais simplement avec cette correction qui n'avait rien d'honteux. Mais ils finirent le travail avant de partir. Celui qui venait d'hurler s'approcha de moi et ordonna à deux de ses sbires de me coucher au sol, face contre terre. Les phares éclairaient la poussière levée du sol qui donnait de l'épaisseur à l'endroit. J'avais l'impression d'avoir déjà vu cette scène dans un film et me disais que dans la réalité le méchant pouvait aussi gagner. Malgré le genou appuyé sur mon visage pour me maintenir au sol, je parvins quand même à apercevoir celui qui donnait les ordres, je ne l'avais jamais vu, mais le marteau qu'il tenait en main, ça, je le reconnus directement. Je ne devrais pas souffrir longtemps, un crâne ne résiste pas mieux qu'un œuf face à un marteau. Il baragouine encore quelque chose et le troisième lascar s'approche et attrape mon bras droit qu'il maintient fermement déplié sur le sol. J'entends les sirènes qui approchent puis le cri rageur de l'homme au marteau qui frappe ma main à deux reprises. Je crois entendre encore le bruit de mes os qui se brisent et mon cerveau déconnecte enfin, percuté par la décharge électrique qui traverse mon système nerveux.

L'acmé de la douleur. Un instant où le temps devient mou, disparait. L'abandon. Plus rien ne compte puisque tout semble brisé. Les sens encore déconnectés par les hormones qui inondent mon cerveau, je ne sens plus le temps passer, je n'entends pas mes agresseurs quitter les lieux en me laissant dans l'obscurité, je ne vois pas les gyrophares de la police qui rapplique quelques minutes trop tard ni les faisceaux des torches qui balayent la nuit en essayant de comprendre ce qu'il vient de se passer. Je ne perçois pas mes propres gémissements qui mèneront enfin quelqu'un à distinguer la masse sombre vautrée dans la pénombre. Je ne reçois pas leurs questions, leur incompréhension et leur terreur en découvrant l'ampleur du désastre : un type en miette, un autre refroidi. Je ne sais rien non plus de mon transfert à l'hôpital, de ma prise en charge, des premiers soins, des larmes de ma femme, son soulagement et sa peine.

Après plusieurs jours sous morphine, j'ouvre les yeux réellement pour la première fois, j'émerge enfin. Personne dans la chambre d'hôpital, j'ai le temps d'atterrir et de comprendre avant que l'on m'assaille de soins, de questions et peut-être même de tendresse. La lumière m'agresse comme après une trop longue nuit sans sommeil. Je cligne lourdement des yeux et suis à chaque fois percuté par des images, des sons, des sensations qui m'expliquent comment j'ai atterri ici. J'essaye de me redresser, c'est trop difficile, je manque d'arracher la perfusion installée sur mon bras gauche et pose enfin mon regard sur ma main droite. J'ai l'habitude de la voir enveloppée dans un épais gant rouge, mais celui-là est blanc et pèse lourd. Je tourne le poignet, tente de plier la main et retombe dans une parodie de sommeil douloureux.

Les réveils suivants sont plus fructueux mais plus douloureux aussi. Ma femme est là, mes supérieurs et la police aussi, même ceux qui d'ordinaire ne serrent que peu de mains aussi basses que la mienne. On me félicite, on me soutient, on me plaint. Au moins au début. Les premières questions tombent rapidement, un meurtre n'est jamais laissé sans explication. Je parviens à repousser les auditions quelques jours, le temps pour moi de rassembler mes esprits et de produire un récit cohérent. Il n'était pas question de changer de version, de se contredire, il fallait un rapport propre pour pouvoir tomber correctement sur ces bandes de chiens tueurs de journalistes.

Le médecin aussi me pose des questions, il me demande si je sais avec quoi ma main a été ainsi broyée, je ne réponds pas non plus. Lui, par contre, m'annonce sans que je lui demande qu'il a fait ce qu'il a pu pour récupérer ma paluche mais que jamais plus je ne m'en resservirai comme avant : les os du carpe en bouillie, ceux du métacarpe en miette, irrécupérables. Même vulgarisés par mes soins, sur le coup, ces mots ne parviennent pas à esquisser les contours d'une réalité compréhensible.

— Doc, je suis boxeur, je suis journaliste, pas pianiste, ça va aller. J'en ai pour combien de temps ?

Je le vis inspirer comme s'il essayait d'aspirer un regret, celui de m'annoncer la couleur plus clairement, celui d'être le visage qui mettra d'affreux mots sur mon avenir infirme.

— Vous ne comprenez pas, me dit-il droit dans les yeux, il ne s'agit pas d'une simple fracture, mais de multiples. Vous ne récupérerez que partiellement la motricité fine de votre main, et pour ce qui est de la boxe, les douleurs que vous trainerez les soirs de pluie suffiront à vous en tenir éloigné. Il marqua une pause et chercha à conclure plus positivement. Ne vous en faites pas pour la douleur, je vais vous prescrire des antalgiques puissants, et après le processus de reconstruction, je vous recommanderai un ergothérapeute qui vous facilitera la vie.

Il cherchait peut-être encore mon regard mais il était occupé à interroger l'espèce d'enclume plâtrée à l'autre bout de mon bras. J'avais besoin de quelque chose de plus positif encore, c'est sûrement ce qu'il pensa puisqu'il ajouta avec un sourire apaisé :

— Il faut tenter de rester positif, les prochains mois seront difficiles et vous devrez passer à plusieurs reprises au bloc, mais après ça, une fois la rééducation débutée, on pourra sans problème appuyer votre demande de pension d'invalidité.

Merci doc.

Après ça, tout sembla foutre le camp aussi vite que mon moral. Si lors des premières visites, les flics furent compatissants et patients, si Drajenski et le conseil d'administration promirent des aménagements et leur soutien, le temps fit ensuite son travail de banalisation. Je ne redevins qu'un numéro supplémentaire dans la longue liste des salariés laissés pour compte.

Il fallait meubler les molles journées d'hôpital, alors depuis mon lit, entre mes siestes gorgées d'antalgiques et d'ennui, je décidai de taper de la main gauche l'article de fond qui révèlerait les détails de cette soirée sanglante. Je l'achevai et le digérai pendant de longues journées où ma patience s'érodait. Sans nouvelle de l'enquête qui devait sans doute remuer toute la Colline, je finis par abréger ma séquestration en signant tous les papelards possibles pour rejoindre au plus tôt mon travail.

Les collèges m'accueillirent chaleureusement malgré la gêne dans leur regard ; la gêne qu'on a face à un infirme et face à celui qui revient sans son collègue. Je ne savais pas bien moi-même comment récupérer cette place bâtie à l'aide d'un corps sur lequel je ne pouvais plus compter. J'étais jusque-là défini par mon boulot et par ma pratique de l'anglais, que restait-il de moi si j'y renonçais du jour au lendemain ? Je ne faisais à ce moment pas le poids face à cette question.

J'avais, malgré tout, le sourire au milieu de mes collègues qui, dans les premiers temps de mon hospitalisation, s'étaient tous manifestés pour nous soutenir, Claire et moi. Quand Drajenski débarqua et noya la chaleur des retrouvailles, je le suivis dans son bureau.

Il avait eu une entrevue avec les flics et souhaitait m'en parler. Ce serait certainement l'occasion de prendre des nouvelles plus concrètes de l'enquête et de causer de mon article.

C'était probablement le papier le plus soigné que j'avais jamais pondu, il devait permettre à mes collègues et à la police d'avoir un éclairage puissant sur cette soirée.

— Hunter je ne comprends pas, envoya-t-il en guise de salutations, sans avoir encore pris le temps de me faire face.

Il me refit le coup du buffet, je n'étais pas d'humeur, alors je me tirai une chaise et m'installai.

— Quoi donc ?

— Mes contacts à la police m'ont laissé jeter un coup d'œil à votre déposition et au rapport du toubib. Il marqua une pause pour signifier de sa tête faux jeton que quelque chose clochait. D'après lui, vous n'avez pas eu de choc à la tête, vous avez réduit les médocs et ne montrez pas de signe particulier de stress post-traumatique.

— C'est ça qui vous chagrine ?

— Hunter ne faites pas votre numéro avec moi, le toubib dit que votre tête va bien et votre rapport me fait croire tout l'inverse.

Mon retour au travail faisait partie de ma stratégie de convalescence, j'avais misé gros sur les nouvelles de cette enquête, et là, Drajenski venait tout simplement de suriner le maigre capital de motivation constitué ces derniers jours. Quelles erreurs avais-je pu écrire ? Mes souvenirs me semblaient pourtant nets, assez nets pour m'envoyer une décharge dans la main à chaque effort de mémoire. Si des détails avaient pu m'échapper, le reste était parfaitement fidèle à la réalité. L'espoir de donner suite à cette histoire m'avait permis de tenir debout. En venant le piétiner, on l'avait changé en une vague de colère qui balayait ma retenue :

— Qu'est-ce que vous me chantez Drajenski ? Mes dépositions relatent la soirée exactement comme elle s'est passée ! Pareil pour mon article ! Qui bosse avec les flics sur cette affaire ?

— Je m'en occupe personnellement.

— Seul ? Qu'est-ce que c'est que ces conneries ?

— Baissez d'un ton Hunter, rien de ce qui se trouve dans ce rapport ne s'est vérifié. Votre version est un beau récit, mais on ne peut rien en faire mon vieux.

— Comment expliquez-vous la mort de Simon ? Le Manitou ? La carcasse de notre voiture ? Mon chargeur vide ? Et puis où est ce salopard d'Eddy ?

— Votre chargeur ? Vous feriez bien de ne pas évoquer ce détail ! C'était donc vrai ce qu'on racontait sur vos méthodes ? Éructa-t-il dans une soudaine absence de maîtrise.

— On parlera de mes méthodes une autre fois, lançai-je faiblement pendant qu'il me regardait d'un air étrangement satisfait, comme si mes questions avaient manqué leur cible. Il secoua la tête.

— Il reste un tas de questions, c'est bien ça le problème. Mais encore une fois, votre version ne se vérifie pas.

— Il n'y a qu'une seule version Drajenski ! De quel côté êtes-vous ?

— Du côté de la vérité Hunter, dit-il avec grandiloquence avant de poursuivre comme s'il me faisait la leçon. Vous avez bien vidé votre chargeur sur un tracteur garé sur le parking devant le *Smarty's*, on ne sait pas pourquoi votre collègue est resté dans le véhicule qui a été détruit par le feu et l'explosion qui s'en suivit. On n'a pas non plus trouvé de traces des hommes que vous avez affrontés ni de votre indicateur qui a totalement disparu de la circulation. Et puis, en ce qui concerne Marty, une des équipes qui se rendaient sur les lieux après votre appel l'a reconnu au volant de sa voiture. Il n'a donc rien à voir avec ce qu'il s'est passé. Le tuyau ne valait pas un clou, on pense que vous avez dû tomber sur une bande qui vous a reconnus et qui n'aime pas les fouineurs. Vos collègues n'oseront peut-être pas vous le dire, mais tout le monde s'accorde sur cette version. Vous comprenez donc que, dans l'état actuel de l'enquête, je ne peux pas publier votre papier et encore moins secouer tout ce quartier pour essayer de comprendre quelque chose à votre histoire.

Sa sale voix chuintait encore mais je ne l'entendais plus. Refuser mon article c'était nier ma main brisée, nier la page de ma vie qui se tournait, nier la mort de Simon et le piège qu'on nous avait tendu. C'était aussi admettre que je n'étais plus qu'un fabulateur et infirme en plus de ça. La vérité se retrouvait dans la fosse où gisaient les mensonges qui pouvaient sortir de sa bouche.

— Vous me suivez Hunter ? Entendis-je, comme s'il l'avait répété trente-six fois.

Plus que mes espoirs, mes certitudes venaient de se briser contre une vérité qui pour moi ne s'appuyait à aucune prise réelle. Il parlait de choc à la tête, je venais d'être percuté dans mes convictions et jeté dans une mélasse qui ressemblait à toutes les tromperies, mais certainement pas à la vérité. Enquêteur chevronné ou pas, sous le choc, j'étais bien incapable de lancer ne serait-ce que le début d'une supposition haineuse, d'envoyer quelque chose au travers du bec chuintant de Drajenski. Rien, pas même l'ombre d'une question. Je n'avais plus rien à faire ici. La confrontation de nos vérités contradictoires pouvait s'arrêter là.

Il ne me restait plus qu'une chose à faire, un dernier geste d'orgueil avant ma descente dans les bas-fonds de mon existence brisée : je balançais ma carte de presse à la tronche de Drajenski et claquai la porte de son bureau.

7

Enfin éloigné de la ville, je me retrouvai donc à frapper à la porte de Jenna. Il était un peu plus de quinze heures et mon estomac ronchonnait sévèrement. Avant d'arriver, je fis un saut au centre pour y dégotter deux steaks et une bouteille de rouge, et là, malgré mon tambourinage insistant, personne n'ouvrait cette fichue porte. Je décidai de faire le tour.

J'empruntai la venelle qui longeait sa baraque pour accéder à la vieille porte en acier qui donnait sur la cour. Elle n'était pas verrouillée mais elle n'avait pas servi depuis longtemps, je dus jouer de l'épaule pour me faufiler dans un raffut qui fit aboyer les chiens du voisinage. À la fenêtre de l'atelier aménagé dans la remise, s'afficha rapidement le visage curieux de Jenna. Je la saluai en levant bien haut le déjeuner que j'apportais.

On engloutit nos steaks pendant que je lui déballai mon affaire. Et, avant même qu'elle eût commencé, Jenna détruisit ma digestion :

— Je crois que je comprends cette femme, envoya-t-elle en vidant son verre.

— Mais qu'est-ce que tu me chantes ?

En guise de réponse, elle souffla un grand coup pour replacer la mèche qui lui tombait sur le front, puis elle se leva, passa sa main dans mes cheveux et sortit de la cuisine après m'avoir demandé de faire du thé. Quelques secondes plus tard, j'entendis sa paire de bottines dégringoler dans les escaliers.

Quand j'entrai dans la salle de bain, Jenna était déjà plongée dans la baignoire. Je posai le plateau sur une commode, lui tendis une tasse et allai m'assoir par terre avec la mienne. Elle se brûla les lèvres puis regarda, l'air de dire : « Bon, on y va ? »

Elle avait raison, j'étais là pour ça, pour y voir plus clair à la lumière de ses grands yeux bleus et de ses questions qui souvent me pétaient au visage comme des fusées de détresse. Je lui remis la fameuse lettre qu'elle devait forcément lire avant de pouvoir se plonger correctement dans cette histoire. Elle s'y plongea aussitôt, m'abandonnant à mon observation impatiente.

Je fis la connaissance de Jenna du temps du journal. J'enquêtais sur une affaire d'incendies criminels. On bossait depuis plusieurs mois sur des départs de feu dont on utilisait visiblement les dégâts et la suie comme matériaux créateurs. Après chaque incendie, on découvrait sur le mur noirci, une fresque abstraite et maîtrisée ; une fresque anonyme et illégale. On ne déplorait jamais une seule victime et les pompiers venaient systématiquement arroser une façade chaude et déjà abandonnée des flammes. La démarche me passait par-dessus la tête, ce n'était qu'une histoire stupide d'artiste à la recherche de moyen d'expression ou quelque chose du genre. Mais, stupides ou pas, ces incendies cherchaient visiblement leur place sur les murs de ma ville, alors ils devinrent un sujet à traiter.

Je dois dire qu'elle me plut tout de suite. Pas physiquement, bien qu'elle arborât une longue et accueillante chevelure brune et fût dotée d'un magnifique port de tête, mais plutôt par son décalage, son décalage avec ce qu'on attend d'un citoyen, d'un être social. Jenna était bancale. Son choix de vie vous crachait au visage une force de caractère peu commune et exerçait une répulsion ou une attraction irrésistible. Elle logeait dans la bicoque héritée de ses grands-parents, vivotait, on ne savait comment, et semblait répondre d'une façon boiteuse à tout ce qu'on pouvait attendre d'elle. Dans l'enquête de voisinage qu'on mena, on apprit tantôt qu'elle pouvait être une voisine exemplaire tantôt qu'elle se comportait de manière étrange. Il arrivait qu'elle se mette à suivre une personne dans les rues du village ou de prendre en photo, par la fenêtre, quiconque passait devant chez elle.

Ensuite, grâce à mes relations, je fis sa connaissance par la froideur des renseignements du fichier de police, un apprentissage unilatéral et laid. Puis on se rencontra, une première fois formellement, professionnellement, avant que cela ne devienne plus détendu et amical. Nos entrevues prirent une autre tournure le jour où je vins lui annoncer que les flics prévoyaient une descente chez elle. Elle était sous le coup d'une injonction de remise en état d'une partie de sa toiture qui menaçait de s'écrouler sur la chaussée. Elle m'écouta mollement sans broncher puis coupa rapidement court à la discussion et monta s'enfermer dans la salle de bain. Resté ahuri dans l'entrée un instant, je jetai encore une fois un coup d'œil consterné sur cette bâtisse décrépite et me demandais pourquoi y flottait sans cesse une odeur de brûlé. Cette femme était un paradoxe sur pattes. À entendre son utilisation du passé simple à l'oral et la profondeur de ses réflexions, on l'aurait vite flanquée dans la case des bourges bien élevés. Mais Jenna était une artiste du contre-pied et s'évertuait sans cesse à se gourer de comportement. Elle causait comme une petite intello bourgeoise mais vivait en semi-clocharde dans sa baraque en ruine ; sa longue tignasse soignée et son long cou de biche distinguée se perdaient dans les frusques rafistolées qu'elle portait ; son regard intense se ternissait dans la réputation qu'elle se fabriquait et trainait derrière elle. J'étais sur le point de partir quand je l'entendis d'en haut :

— Alors, vous venez ?

Je montai alors l'escalier à grandes enjambées pour voir de quelle façon elle allait se payer ma tronche. La salle de bain était entrouverte, je frappai sur l'encadrement et poussai la porte. L'eau chaude embuait la pièce et remplissait bruyamment la baignoire, elle patientait assise sur le rebord.

— Qu'est-ce que vous fichez ?

C'est là qu'elle se leva et commença à se désaper, naturellement. La pièce se remplit d'un coup de plus d'absurdité que de vapeur et je restai médusé pendant qu'elle achevait de déboutonner son infâme chemise. Elle libéra sa poitrine et je fus enfin percuté par une gifle de lucidité : je risquai gros, si elle tentait de me la faire à l'envers, je ne voyais pas bien comment je pouvais expliquer ce que je fichais avec elle à poil dans sa baignoire, sans parler de l'affreux goût de trahison que je subirais en regardant ma femme en rentrant. Je tournai les talons mais elle répondit enfin :

— Votre femme ne voit pas d'inconvénient au fait que vous enquêtiez sur une femme ?

C'était ça Jenna, l'absurdité de la scène et la puissance des questions. Elle finit de retirer sa culotte et me laissa la bouche semi-pendante en glissant dans son bain.

Au fil des entrevues, elle perçut l'attraction qu'elle exerçait sur moi. Me lancer cette question et sa nudité à la tronche était sa façon de me montrer la bonne voie. La seule voie qui pouvait exister passait par l'honnêteté et non pas par le corps, encore lui. J'aurais pu claquer la porte et garder d'elle l'image fausse d'une nympho excentrique, mais elle s'était mise à nue pour évacuer la tension que sa condition de femme pourrait créer sur nos discussions. Elle se désamorça et me libéra de mon esclavage hormonal. Voilà donc comment on eut notre première discussion sérieuse : elle dans sa baignoire, moi assis sur le rebord, mes pieds bleus plongés dans l'eau chaude. On évoqua le corps de la femme, le cerveau de l'homme, le monde et ses représentations sexuées. Tout un tas de trucs sur lesquels jamais je ne mis de mot. Jenna avait la faculté de me rendre intelligent. Et puis c'est resté, ces discussions de salle de bain, ces discussions qui m'aidaient comme des coups de bâton à rester sur un chemin à peu près droit. Peu pouvaient piger cette relation ou le geste de Jenna qui se mit à nue pour assainir nos liens naissants. Elle était donc devenue une impasse secrète de mon emploi du temps. Une impasse dans laquelle, outre l'outrage qu'on pouvait voir dans sa nudité, rien ne venait bafouer mon épouse dans son statut de seule et unique. Oh ! bien sûr, il m'arriva quelques fois de lorgner Jenna qui se glissait dans l'eau, je restais une saloperie d'homme, mais je me trouvais moins répugnant que tous ces amateurs de porno. Et puis, j'étais de toute façon à chaque fois rattrapé par les réflexions que Jenna m'imposait.

— Vous savez pourquoi j'aime utiliser le feu pour créer ?

C'est ce chemin-là que notre première discussion finit par prendre. Jenna dans toute sa splendeur. Elle accentua encore la stupéfaction qu'elle avait créée quelques instants plus tôt en avouant clairement être l'auteure de ces incendies qui avaient croisé nos chemins. Elle m'avait encore coupé les pattes, alors au lieu de lui rappeler ce qu'elle risquait je la laissai m'expliquer tout ça.

« La fin justifie les moyens », elle me demanda si je connaissais l'adage de Machiavel et poursuivit en me rappelant sa manie de lire systématiquement les évènements à l'envers, par la fin. Le feu fait peur et détruit, elle le prenait comme un outil créateur ; le feu attire l'œil, mais elle se servait plutôt de la noirceur qu'il laisse derrière lui. Les enquêteurs recherchaient celle qui déclenchait ces incendies ; elle, ce qui l'intéressait c'était la trace qu'ils laissaient une fois éteints.

— Vous enquêtez sur ces incendies mais personne n'évoque les fresques laissées sur ces murs salis par les flammes. Le feu n'est qu'un moyen, c'est la fin qui est importante.

Je n'accordais pas beaucoup de portée à ses délires artistiques, mais cette première discussion marqua le début d'une collaboration fumeuse et fantasque. Elle prit, plus tard, une importance toute particulière quand il s'agit pour moi de me reconstruire une personnalité sur des fondements meurtris.

— L'idée importante dans sa démarche, tu l'as saisie ? demanda-t-elle enfin en laissant tomber la lettre sur le tapis de bain.

Elle lançait encore une fois sans préambule la question qui, peut-être, me manquait. Elle m'imposait subitement un nouvel angle, pas celui du pourquoi mais celui du but. Je posai ma tasse par terre et réfléchis un instant. En fait, je ne voyais cette femme que d'une seule manière :

— Pour moi, le mot clé c'est le mensonge. Cette folle a un gros problème avec la vérité. Elle dit porter un masque, se planque derrière ces lettres, trafique sa voix, ce genre de trucs. Tout le fichu problème est là, on ne peut pas bosser avec un mythomane !

— Je crois que tu confonds le but et les outils… me dit-elle avec un fond de consternation dans la voix. Et puis je trouve que tu as le jugement facile ! fit-elle en ramenant plus de mousse autour d'elle avant de continuer. Tu sais, on est tous d'une certaine façon des menteurs. Au fond, nous ne sommes que des sales petits êtres humains vicieux qui tirent par tous les moyens imaginables la couverture sur nos épaules ; et à la surface, on triche, on se cache. Sans cette façade, ce serait le chaos là dehors…

— Son outil c'est moi ! grognai-je.

Je ne répondis rien sur la deuxième partie de sa réponse, il m'aurait fallu un peu de temps pour y réfléchir et finalement tomber d'accord avec elle.

— Tu devrais être honoré ! Passe-moi le shampoing.

Elle détacha ses cheveux qui se répandirent sur l'eau et recouvrirent sa poitrine. En commençant à masser son cuir chevelu, elle relança :

— Tu te souviens quand je te parlais de l'artiste et du laborantin ?

— Vaguement, lâchai-je sans conviction.

— C'est un peu la même histoire entre cette femme et toi.

— Est-ce qu'on s'est entendu pour me parler chinois aujourd'hui ? envoyai-je de moins en moins convaincu que Jenna serait cette fois d'un grand secours.

— Tu es sur la défensive.

— Je n'ai pas l'habitude d'être mené en bateau par une inconnue, j'ai un peu de mal à gérer ça tu vois !

— Tu crois vraiment que c'est elle qui a choisi à ta place de passer chez Franck ou de venir ici ? Tu sais bien que non, tu n'es pas mené en bateau. Elle se sert de toi mais tu fais tes choix de personnage de roman.

La tournure de cette discussion me gonflait, je tentai de botter en touche :

— Jenna, je crois qu'on va parler d'autre chose, de mon huissier, tiens !

— Oh tu sais bien que je ne pourrais t'être d'aucune aide sur ce sujet... C'est bien trop terre à terre pour moi, je n'y comprends pas grand-chose à ces problèmes d'adulte.

— Original ou pas, sans cette histoire d'argent je ne me serais pas lancé dans cette affaire !

— Évidement que ce n'est pas original ! L'argent est tout sauf une cause originale, mais comment veux-tu faire sans ? C'est imposé par ce monde, si tu ne collabores pas un minimum il te broiera sans que personne ne proteste... Alors oublie un peu la cause et concentre-toi sur la fin. D'ailleurs, c'est ce que cette femme te demande !

Elle but une gorgée de son thé et, sans que je m'échine à répondre quelque chose, revint à ce qui l'intéressait :

— Je vais te dire le mot clé de cette histoire : c'est la création. Même si à ce stade on ne sait pas exactement ce qu'elle souhaite créer, dit-elle avec la déception d'une grande sœur qui donnait la réponse à une devinette trop compliquée pour son frère. Elle souhaite créer la fin de son histoire en utilisant un moyen novateur qui consiste à la confier à l'un de ses personnages. Elle réinvente à sa façon l'écrivain qui manipule ses personnages, c'est formidable !

Je devinais à sa voix une espèce d'excitation qui me dérangeait. Son interprétation devait être un peu biaisée par son hémisphère droit. L'artiste qu'elle était mâchonnait ce que je lui servais et en fabriquait quelque chose de différent qui me semblait bien inutile. Elle fit une pause pour rincer sa tignasse puis reprit :

— Tu la vois comme une marionnettiste, mais elle ne peut que te guider vaguement pour mieux te perdre, et en te perdant tu deviens le personnage hors de contrôle qui lui apporte ce qu'elle n'est pas capable d'accomplir seule, ou plutôt, elle estime que tu es le seul à pouvoir mener cette histoire à son terme. C'est un sentiment d'impuissance qui devient une méthode créative, tu es un pinceau vivant, mon cher. Tu as de la chance.

J'écarquillai les yeux autant que je pus, presque déçu par la traduction que Jenna me servait. Des relents de paranoïa me reprirent à la gorge. Et si cette femme était remontée jusqu'à Jenna, s'immisçant dans les recoins les mieux gardés de ma vie, comme un auteur qui connaît tout de son personnage ? J'essayai de faire miens ces concepts qui m'étaient étrangers, mais ne parvins qu'à m'embrouiller davantage. Je gardai mes soupçons pour moi et, pour me calmer, fixai mon attention sur les seins de Jenna qui finissait d'enrouler sa chevelure dans une serviette.

— Quand tu auras fini de me reluquer, tu pourras essayer de te ressaisir un peu ?

Mes yeux se perdirent subitement dans le trouble de l'eau savonneuse. Elle me laissa un instant puis relança ses questions comme des crochets dans ma trogne défaitiste :

— Écoute, on ne sait pas où elle veut en venir, je te l'accorde. En revanche, si elle te confie cette histoire, c'est qu'elle se sert de toi comme d'un envoyé spécial, elle t'envoie enfoncer des portes qu'elle ne peut pas ouvrir sans toi. Pourquoi toi ? Je n'en sais rien, mais tu devrais te sentir honoré ! Imagine un peu : c'est sans doute le rêve de beaucoup d'auteurs que de dialoguer réellement avec son personnage sans être derrière ses pensées et finalement tomber dans un monologue schizophrène ! dit-elle encore avec cette satanée excitation. Si j'étais toi, je ne serais pas si inquiète. Elle t'encourage elle-même à te perdre, ou autrement dit, à prendre des initiatives. Profites-en. Tu pourrais lui montrer ce qu'il se passerait si le personnage décidait de divaguer, de ne plus répondre, de désobéir. Comment veux-tu qu'un écrivain le sache sinon avec cette méthode-là ?

Dans la salle de bain embuée, des gouttes de paranoïa continuaient à s'abattre sur mon crâne endolori. Me triturer la cervelle ne me dérangeait pas, mais là on m'y forçait, on se servait de moi et de mon boulot pour me faire faire je ne sais quoi en s'en tamponnant de mon avis. Pour ne pas sombrer, je devais essayer de goûter à l'optimisme de Jenna. Elle était pour le moment mon seul adjuvant, j'avais sans doute intérêt à la garder dans ma poche. Je l'observai encore. Je n'étais pas convaincu qu'elle ait raison sur toute la ligne, mais son intelligence supérieure me percutait encore une fois. Ça avait l'air simple et concret pour elle. Même si sa lecture restait biaisée par sa créativité, je devais reconnaitre que sa réflexion me rassurait sur les motivations de cette femme. Si Jenna n'était pas de mèche avec ma cliente et si je n'étais effectivement qu'un outil, les risques devaient être maîtrisables…

On resta silencieux un moment, elle appréciant les derniers instants de chaleur de son bain, et moi tentant de mettre de l'ordre dans ma cervelle. Je doutais, mais je savais que j'allais rebondir en digérant cette discussion. Jenna était ma psy maison.

— Maintenant, laisse-moi s'il te plait, je vais finir de me laver.

La discussion n'avait pas besoin d'aller plus loin, elle avait lancé ses questions et maintenant c'était à moi d'en fabriquer les bonnes réponses.

J'attendis qu'elle redescende pour la remercier et lui dire au revoir. Elle m'étreignit un instant en me soufflant que maintenant c'était à moi de jouer, de faire ce que je savais faire, être pragmatique, fouiner, chercher, jeter mon flair dans les recoins de la ville pour trouver le fin mot de l'histoire. Ces mots sonnaient comme un air déjà entendu, puis elle ajouta sur le pas de la porte :

— Sois un bon personnage, je ne finis jamais un livre si le héros m'ennuie…

8

Enfin arrivé chez moi, je retrouvai l'appartement silencieux et noir. Le temps d'une affaire, le rythme de nos vies devenait souvent incompatible, Claire avait intégré ça depuis longtemps et s'était résignée à se coucher occasionnellement seule. Chacun pris dans un rouage différent du système, dans l'essoreuse de son entreprise ou de sa carrière… La vraie vie, loin de celle du couple rêvé qu'on entendait rire de loin. La vraie vie m'imposerait aussi de lui parler tôt ou tard du rapace qui volait au-dessus de notre nid… Mais pour le moment, je me contentai de me pencher sur elle pour l'embrasser à travers sa chevelure.

— Tu rentres tard, chuchota-t-elle en se retournant.

— C'est toi qui te couches trop tôt pour un vagabond comme moi ! Je pensais que tu dormais déjà.

— Les vagabonds comme toi font trop de bruit en se douchant pour que je puisse m'endormir tôt ! D'où est-ce que tu viens ?

— On m'a confié une nouvelle affaire ce matin, j'ai passé toute cette foutue journée à courir pour ne pas trouver l'ombre d'une mauvaise piste ! râlai-je en sentant subitement la fatigue me tomber dessus.

— Au moins, tu as du travail… me souffla-t-elle avec son optimisme à l'épreuve de mes éternelles galères.

Elle avait raison, mon souci le plus sérieux n'était pas cette affaire. Au contraire, elle tombait à pic pour affronter les mains crochues de l'huissier. Je soufflai alors un grand coup pour chercher la sérénité dans le confort de mon plumard. Voir les choses du bon côté est une aptitude qui me faisait défaut, Claire le savait, c'est probablement en partie pour cela que je sentis très vite l'une de ses mains parcourir mon torse. Toutes les bonnes femmes du monde pouvaient bien se retrouver à poil dans leur baignoire, aucune sinon Claire ne remuait sous mes pupilles dilatées lorsqu'elle s'y mettait…

Retrouvé face à face avec le plafond, arpentant ma descente hormonale, je pouvais faire le point avant de passer une partie de la nuit à espérer sombrer à mon tour.

Quelques heures plus tard, j'ouvris l'œil avec le soupçon d'énergie qui accompagne généralement mon réveil. Une énergie qui, alliée aux paroles de Jenna, souffla un peu sur mes doutes et mon défaitisme de la veille. Je ne savais toujours pas après quoi je courais, mais j'avais accepté ce contrat, alors je ferais le boulot. Je décidai de me passer de l'un de mes antalgiques opiacés préférés pour tenter de conserver toute ma lucidité, puis me mis en marche.

J'entrai comme un conquérant chez Ishak qui m'accueillit d'un mauvais œil. Cette fois, je ne sortirais pas d'ici sans y laisser quelques plumes. Je disposais toujours de l'avance, il était temps d'adoucir mon cafetier usurier. Il attrapa le bifton et tira de dessous la caisse un calepin maculé de graisse et de sauce. Il y barra quelques lignes griffonnées et se décida enfin à me préparer un café.

Il était encore tôt, assez tôt pour planifier ma journée à l'aune de mon optimisme. Je comptais en profiter pour régler certains détails. Avant de me perdre, comme disait l'autre, je devais conclure l'affaire que j'avais encore sur le feu depuis une dizaine de jours. D'autant plus que ça me permettrait de rentrer un peu d'argent pour affronter l'huissier. Avec un peu de chance, la matinée suffirait pour accomplir la mission et empocher la monnaie. Après ça, je pourrais me lancer plus sereinement dans cette histoire de personnage, de roman et de mythomane, le tout en utilisant ma méthode avec application : écumer la ville et ses comptoirs, sonder les quelques tronches susceptibles de repérer une bonne femme qui se serait trompée de quartier, passer voir mon indic, le genre de trucs qui avaient déjà prouvé leur efficacité.

Je prenais un peu le temps avant de me jeter dans cette journée aux gains aussi incertains qu'une côte PMU. Je regardais Ishak qui, comme tous les matins, s'affairait derrière son comptoir sans qu'il montrât un seul interstice dans lequel s'engouffrerait une pointe de découragement. Depuis ma reconversion, j'enviais cette capacité à ne pas lâcher le morceau, à garder le cap sans se laisser attraper par les pattes crasseuses du doute et de cette lamentable tendance à l'abandon. Mais jusque-là, je n'avais pas vraiment l'impression que l'envie avait engendré beaucoup d'actions...

En récupérant ma deuxième tasse, je parcourais mon calepin à la recherche des deux ou trois personnes qui pourraient m'être utiles au nouveau départ de cette enquête. Les noms défilaient et je revenais sur cette tendance à l'abandon en remarquant qu'elle n'épargnait pas mes relations sociales. Certains de ces numéros sentaient le renfermé et avaient certainement été réattribués trois fois depuis la dernière fois que je les avais composés. Deux ouvriers arrivèrent pour boire un café avant de rejoindre leur chantier, ils saluèrent Ishak et se mirent à discuter en turc quand mon index s'arrêta sur Roger.

Je rangeais Roger dans la catégorie des indicateurs, même s'il pouvait ressembler vaguement à un ami. Au de-là de son amitié plus ou moins utile, il exerçait la profession d'avocat, ce qui lui accordait une certaine valeur… Il ne roulait pas sur l'or et ne se dégottait pas un client en dehors de ceux relevant de l'aide juridictionnelle, mais compétent ou non au prétoire, il fréquentait les endroits où le chuintement des affaires et du trafic laissait de temps en temps fuiter une info. Et puis, il côtoyait les rebuts qui, très souvent à leur insu, étaient porteurs d'informations importantes pour les gars comme moi. Il décrocha rapidement :

— J'en connais un qui a besoin de mes services ! entama-t-il en donnant l'air de se frotter les mains.

— Tu te souviens que j'suis fauché, Roger ?

— J'avais oublié ce détail… regretta-t-il.

— Ça devient malheureusement un peu plus qu'un détail… Comment vas-tu ?

— J'ai rendez-vous au palais, passe au bureau vers 13 heures, ça tombe au poil, tu pourras peut-être me filer un tuyau !

— À 13 heures au bureau alors, confirmai-je un peu agacé par son besoin d'aide et la mauvaise odeur de cette coïncidence.

Ça me laissait néanmoins le temps de consacrer un peu d'énergie à mon autre affaire. Je sortis le dossier de ma mallette en espérant toujours conclure le matin même.

Une dizaine de jours plus tôt, je recevais un coup de fil. Un homme, monsieur D., comme il souhaitait se faire appeler, la voix sérieuse et métallique, un peu le genre qui te fais songer à ton plan épargne obsèques alors que jusque-là tout n'allait pas si mal. Un architecte de la région, des problèmes de couple, des doutes, des suspicions, le topo habituel. Le gus avait mal pigé mon annonce, comme beaucoup. Ces histoires de couples et d'adultère me rappelaient qu'on était des chiens pas fichus de garder la même gonzesse sans flairer le cul d'une autre, autrement dit ça me brisait le moral comme un dimanche soir venteux. Mais ce genre de contrat payait plutôt bien, ces gens étaient suffisamment inquiets ou désespérés pour lâcher sereinement une bonne somme pour confirmer ce qu'ils savaient pour la plupart déjà, alors mon moral pouvait bien faire un effort.

Le type débarqua au bureau le matin suivant son appel. Il poussa la porte du kebab comme s'il entrait dans une nouvelle dimension. Il interrogea d'un regard Ishak qui comprit tout de suite que le pauvre homme ne venait pas se restaurer et lui indiqua le fond de la salle d'un geste désolé.

Je l'aperçus quand il fit quelques pas hésitants dans ma direction. Une cinquantaine d'années, grand, élancé, grisonnant, enveloppé dans un manteau un peu trop élégant pour l'endroit. Je me levai aussitôt et lui tirai une chaise en lui enjoignant de s'y installer. Le bougre n'arrivait pas à se faire au lieu, il resta figé, essayant sûrement de remonter le fil des mauvaises décisions qui l'y conduisirent. Les traits relativement anguleux de son visage imposaient une sorte de respect, mais perchées au milieu de son front légèrement ridé, les deux touffes grisâtres qui lui servaient de sourcils ne parvenaient plus à retrouver leur place naturelle et lui donnaient un air surpris et dépassé. Le pauvre semblait aussi proche de la fuite que de la crise de nerfs, et moi, c'était mon chèque que je voyais s'éloigner. Je me lançai sans plus attendre :

— Je vous en prie, prenez place, dis-je simplement la mine grave, montrant tout mon intérêt en tentant de ne pas me formaliser sur ses sourcils navrés.

— Votre bureau… c'est un…

— Un kebab, oui tout à fait ! Le meilleur rapport qualité prix sur le marché de la location de bureaux commerciaux, la pratique est en plein essor. Vous êtes dans l'immobilier ?

— Pas exactement, mais…

— Dans ce cas, je ne vous fais pas perdre davantage de temps avec ça. Vous me parliez de votre épouse au téléphone ? demandai-je un sourire de charognard commercial sur les lèvres.

Il jeta un regard alentour et tomba encore une fois sur Ishak qui aiguisait ses deux énormes couteaux à viande derrière son plan de travail. Puis résigné, il s'assit et fit glisser jusqu'à moi une photo de sa femme : une brune, un peu plus jeune que lui, regard sombre, nez busqué, lèvres un peu trop fines mais plutôt pas trop mal. Je pensais avoir à faire à un mari ayant besoin d'étoffer un peu son dossier avant de passer devant le juge, mais j'avais encore une fois affaire à un original. Un petit signe pour l'encourager à accoucher et mon chrono démarrait.

— C'est au sujet de ma femme, commença-t-il par lâcher comme s'il venait de me faire le bénéfice d'une information capitale.

— Merci beaucoup pour votre aide.

Le type n'était probablement pas banquier, l'ironie lui fit se souvenir qu'il possédait quelque part un peu de confiance pour ne pas me laisser lui marcher sur la tronche longtemps.

— Ne soyez pas impoli, c'est facile pour vous.

Je me mordis sur les dents pour ne pas lui raboter son visage anguleux. J'avais besoin de ce contrat, alors je me retins de lui dire de récupérer sa photo et d'aller faire le job à ma place si c'était si facile.

— Ça va, allez-y, dites-moi tout, lui conseillai-je sans m'arrêter sur l'air supérieur qu'il essayait de se donner.

— Ma femme, je crois qu'elle me fait surveiller. J'aimerais en avoir le cœur net ! m'annonça-t-il, tapant sur la table de son index accusateur et vigoureux en examinant mon étonnement.

— Vous voulez que je file votre femme qui elle-même vous fait filer ?

— C'est à peu près ça, je veux surtout que vous m'apportiez la preuve qu'elle me fait surveiller, par un de vos concurrents certainement !

J'essayais de piger en me disant que tout fichait le camp. Pourquoi fallait-il que les êtres humains se montrent toujours novateurs dans leur connerie ? Je devais en savoir plus et surtout lui faire comprendre que c'était le genre d'histoire à faire grimper mes tarifs :

— C'est délicat…

— Pourquoi ça ?

— Habituellement, la personne à surveiller ne se doute de rien. Dans votre cas, on patauge déjà en pleine suspicion, ça peut poser problème.

Je savais pertinemment qu'il n'y aurait aucune difficulté supplémentaire, mais ça aiderait à faire passer l'addition. Je continuai à glaner des infos :

— Qu'est-ce qui fait penser qu'elle vous fait surveiller ? A-t-elle de bonnes raisons de le faire ?

— De bonnes raisons ? Est-ce qu'il y a de bonnes raisons de ne pas avoir confiance en son mari ?

— Les statistiques sur le mariage sont plutôt explicites…

— De toute façon, ça ne vous regarde pas, m'envoya-t-il sèchement.

— Vous êtes assis à me parler de votre couple, maintenant ça me regarde.

Généralement, ceux qui poussaient ma porte pleins de doutes envers leurs conjoints s'en remettaient à moi comme si j'étais doté d'une expertise en matière de couples chancelants. Ils déversaient sur moi tout un tas d'anecdotes me prouvant leur bonne volonté et brossant leur beau portrait. Celui-là s'en tenait aux faits, comme s'il était extérieur à la situation. Je cherchais quand même une claire vision avant de me lancer, je répétai :

— Encore une fois, qu'est-ce qui vous fait croire qu'elle vous fait surveiller ?

— Disons qu'on m'en a fait part, souffla-t-il péniblement.

— On ? La source est-elle fiable ? Ce sont de drôles d'accusations.

— Je ne crois pas que *drôle* soit le bon mot.

Je torturais le stylo que j'avais entre les doigts en me rappelant combien je détestais tous ceux qui n'étaient pas fichus de comprendre l'adjectif drôle autrement qu'au premier degré. J'abandonnai et m'épargnai la suite :

— Bon, vous en aurez le cœur net dans une dizaine de jours. Vous voulez que j'aille au contact ?

— Au contact ?

— Et bien, si effectivement quelqu'un vous colle au train, je peux vous en apporter la preuve, simplement, mais je peux aussi aller à la rencontre du fouineur, récupérer ses photos, ses notes, au besoin le secouer, dis-je stoïquement, professionnel.

— Je veux les preuves de la filature, pour le reste faites ce que vous voulez.

D'une froideur implacable, l'idée que sa femme puisse le faire suivre semblait davantage le gêner que ce qu'elle pouvait découvrir dans les plis de son emploi du temps. Ça confirmait mon sentiment, je voyais mal un type aussi strict et austère la faire à l'envers à sa femme, dans les deux sens du terme. Mais finalement, les raisons de l'éventuelle filature importaient peu. Que je la confirme ou non, je serai payé, c'est ce qui comptait. Je lui soutirai encore quelques renseignements sur son agenda pour les jours suivants, ce qu'il accepta de me donner avec précision, et quelques éléments sur sa femme. Le froid monsieur signa ensuite mon contrat et consentit à me laisser un billet d'avance avant de s'en aller.

Après une dizaine de jours de recherche et de filature, j'étais donc en passe de conclure l'affaire en apportant les preuves à mes conclusions. Si tout se goupillait correctement, je serais à l'heure au rendez-vous fixé par Roger et débarquerais avec une affaire conclue en poche.

On était mercredi. Monsieur avait donc rendez-vous avec des clients dans un immeuble du centre-ville, en bordure de zone piétonne. Je devrais y trouver encore une fois le gus qui le suivait à la trace. J'arrivais dans le quartier en avance. Je connaissais l'endroit, un boulevard sans commerce qui bordait le centre-ville, une rue où les loyers me regardaient en se marrant et où les passants se faisaient plutôt rares. Il me fallait une vue dégagée, je fis le tour du quartier à plusieurs reprises jusqu'à ce qu'un type daigne bouger sa voiture pour me laisser bosser. Personne à l'horizon, j'en profitai pour tenir mes pieds au chaud. Je préparais mon appareil photo quand mon client débarqua d'une ruelle perpendiculaire, accompagné de deux personnes, un couple visiblement. Il avait l'air décontracté, ne donnait pas l'impression de commettre quoi que ce soit que sa femme pourrait lui reprocher. À peine avaient-ils fait quelques pas sur le boulevard que celui sur qui je misais tout arriva. Le scooter bleu que j'avais repéré toute la semaine s'arrêta sur le trottoir en face du lieu de rendez-vous. Le type était plutôt discret, mais en suivant mon client à chacun de ses déplacements, je remarquai vite la présence systématique de ce deux roues et surtout de son conducteur qui dégainait furtivement son appareil photo. Cette fois encore, la même rengaine. Il sortit son réflex de son sac ventral et le pointa en direction de monsieur D. et ses deux clients. C'était à mon tour de tirer le bon cliché. Je stationnais à bonne distance, juste ce qu'il fallait pour pouvoir capter, aux deux extrémités du cadre, le photographe et sa proie. Un zoom sur le conducteur du scooter, un autre sur la plaque d'immatriculation, contrat terminé. Le temps de remettre mon appareil dans la boite à gants, le mari surveillé s'était engouffré dans l'immeuble et le scooter envolé. Je repensai à ma proposition au sujet de ce fouineur, aller au contact, mais même s'il n'avait pas disparu, je l'aurais de toute façon laissé filer. Ce pauvre type exécutait un contrat, tout comme moi, il n'y avait pas de quoi le secouer. L'important pour moi était de remettre les photos et d'être payé. J'attrapai mon téléphone :

— R. Hunter à l'appareil, j'ai les preuves de ce vous craigniez, annonçai-je sans empathie, froid comme mon interlocuteur.

— Bien… dit-il simplement en donnant l'impression d'accuser le coup. Il faut que je voie ça, apportez-les-moi ce soir.

— Où ça ?

— Vous voyez le motel à l'entrée de la zone industrielle de la Colline ? À vingt heures.

Je ne voyais pas bien l'intérêt d'un tel rendez-vous, mais du moment qu'il payait mes honoraires on pouvait bien se rencontrer où bon lui semblait. Et puis le motel était souvent un excellent lieu pour les dénouements.

Fin de matinée donc, je pouvais poursuivre mon programme. Je décidai de continuer sur le boulevard et de m'arrêter chez

Rosie. Le bar dans lequel elle bossait en journée était encore un de ces endroits tellement familiers qui me donnaient l'impression d'avoir une piaule dans les quatre coins de la ville, le brouhaha et le bruit du perco en plus. Le bruit, elle ne le craignait pas. Avec un geste aussi simple que de se remettre une mèche de cheveux derrière l'oreille, elle pouvait se réfugier dans son monde de silence. Déjà appareillée des deux côtés sur notre photo de classe de maternelle, elle avait su tirer parti de son dysfonctionnement. C'est sans doute pour cette raison qu'elle fut d'un si grand secours après cette fameuse nuit au *Smarty's,* le dysfonctionnement ça lui parlait. On a tous notre répertoire de tronches qui au fil du temps sont devenues des repères indéboulonnables qui vous rappellent qui vous êtes quand vous avez tendance à l'oublier. Et Rosie faisait partie des gens, comme Arthur, qui ont toujours trainé de près ou de loin dans mon sillage.

J'allais pousser la porte quand je vis le scooter que je traquais depuis une semaine, garé contre le premier lampadaire. Je fis le tour pour vérifier la plaque, c'était bien lui. Il avait peut-être eu la même idée que moi, un petit verre avant de finir la mission. Même s'il ne m'avait pas repéré, les fausses notes de mon palpitant cognaient dans mes veines.

J'entrai en me rappelant encore une fois cette histoire de contact ; d'une manière ou d'une autre, nos paroles nous reviennent toujours en pleine poire. Le comptoir était pris d'assaut, je me rabattis sur une table à côté du baby. Rosie me laissa poireauter un peu, le temps pour moi de repérer le type au scooter.

C'était l'heure des demis et du Ricard mais elle vint finalement s'assoir avec deux tasses, sa collègue pourrait s'occuper du zinc pendant qu'elle discuterait avec son vieux pote.

— T'as perdu quelque chose ? demanda-t-elle en jetant elle-même un regard dans la salle pour voir si quelque chose clochait.

— Le type avec le casque posé à ses pieds, tu le connais ?

— Jamais vu. Tu sais, ici, on a nos éphémères, des gens de passage. Qu'est-ce que tu lui veux ?

— Je ne sais pas encore… Bon, comment ça va sinon ?

Je noyai le poisson cinq minutes avec Rosie tout en gardant mon gars à l'œil. J'avais prévu de m'en tenir aux preuves mais les coïncidences et moi avions toujours eu des atomes crochus. Cette histoire d'arroseur arrosé titillait ma curiosité ; quelque chose clochait dans cette affaire. À en croire mon flair, monsieur D. était blanc comme un linge, alors qu'est-ce qui pouvait bien pousser sa femme à le faire suivre ? Quand j'étais journaliste, le plus compliqué était de trouver les bonnes questions. Les réponses, elles, viennent forcément lorsqu'on les cherche, mais sans les bonnes questions, les probabilités ricanent. Je finissais de bavarder le temps de trouver comment ne pas dévoiler tout mon jeu en allant au contact de mon concurrent. J'avais clairement l'impression de faire une connerie, mais si je ne mettais pas mon nez dedans, cette coïncidence allait me coller une insomnie pour le reste de la semaine.

Il buvait une bière en regardant vaguement son téléphone. S'il avait trente ans c'était depuis la veille, un poids welters, pas plus, et son petit museau frétillant ressemblait davantage à celui d'un étudiant qu'à un détective ou à un avocat en mal d'investigation. J'attrapai la chaise en face de lui et m'installai, regard perçant.

— Qu'est-ce que vous m'voulez ? maugréa-t-il avec plus d'aplomb que je ne lui en aurais donné, me forçant à oublier le round d'observation.

— Vous faites ça depuis longtemps ? Photographier les gens à leur insu ?

— Si vous êtes là, c'est que ce n'est pas vraiment à leur insu.

— Ne fais pas le malin avec moi gamin, qu'est-ce que tu cherches sur ce type ?

— Sa femme veut que je le garde à l'œil, rien de plus, le manque de confiance fait tourner nos business, vous savez ce que je veux dire, dit-il avec un petit sourire victorieux qui me laissa un instant ahuri. Et ouais mec, on m'a dit que tu risquais de venir me trouver, conclut-il en descendant fièrement une gorgée de sa bière.

Mon cerveau ne traita pas le sous-entendu autrement que par l'instinct et la force, un réflexe archaïque qui refaisait surface et les premiers indices d'une régression à venir. Personne ne remarqua rien sinon nos chaises qui reculèrent bruyamment : à l'instant où il reposa son verre sur la table, je lui saisis les deux premiers doigts à ma portée et les tordis juste ce qu'il faut pour qu'il se laissât trainer docilement vers le couloir qui menait aux gogues. C'est effrayant ce qu'on peut obtenir en tordant deux vulgaires os… Il n'appela pas à l'aide, bien trop occupé à grogner de douleur et à tenter de libérer ses doigts bien enfermés dans ma pogne. Quelques degrés de torsion supplémentaires le firent s'agenouiller. Son regard dégoulinait de peur, ce type n'était qu'un demi-sel dépassé par les évènements. Il était enfin prêt à entendre les questions qui me tambourinaient le crâne :

— Qu'est-ce que tu sais de moi ?

— Rien ! Juste que vous êtes une sorte de détective, lâchez-moi ! On ne m'a rien dit d'autre !

— Qui ça on ? suffoquai-je comme si c'était moi qui souffrais sous la torsion d'une main puissante. J'accentuai la pression sans m'en rendre compte.

— J'en sais rien, elle m'a embauché par courrier, payé en liquide pour prendre ce vieux en photo dès qu'il sortait de chez lui !

— Sa femme, tu ne l'as jamais rencontrée ?

— Non… Lâchez-moi, pleurnicha-t-il en ayant perdu toute forme d'arrogance.

Le courrier, le liquide, la mission bidon, les infos me percutaient comme une volée de boulons lancée dans ma tronche. Cette femme, encore ! Pourquoi faire surveiller ce monsieur D. par cet amateur ? Comment savait-elle qu'il recourrait à mes services ?

— La lettre, tu l'as encore ?

— Dans mon sac, là. Le portefeuille.

Je lâchai sa pauvre main pour glisser la mienne dans son petit sac ventral. Dans le larfeuille, un papier plié en quatre. Je reconnus immédiatement la typographie et fus soudainement pris à la gorge. Je fourrai précipitamment la lettre dans ma poche intérieure et récupérai encore la carte d'identité de mon nouveau collègue ainsi que, au passage, le billet de cent rangé derrière en guise de dédommagement pour le temps perdu.

— Repose ça sale fils de… cracha-t-il avant que ma main gauche ne traverse sa mâchoire et ne lui coupe la parole.

Je laissai le jeune par terre et retournai en salle. Au comptoir, je glissai un mot à Rosie :

— Un jeune est en train de cuver dans le couloir.

En repassant devant ma table, je laissai le billet de cent sous la soucoupe de ma tasse, avec ce pourliche elle devrait à peu près comprendre ce qu'il venait de se passer. Je sortis et filai vite vers ma voiture.

9

Six ans plus tôt

Les mois passèrent et ma chute suivait le chemin le plus court vers ce qui devait sans doute être le fond.

Après ma démission, je me retrouvai sans quotidien pour affronter ma dégringolade. Un métier en moins et une main quasi invalide en plus, faisaient de moi un type sans identité. J'apprenais à me connaître et ma gueule ne me revenait pas.

Les médocs m'empêchaient de boire, alors je remplaçais le cliché du type dépressif et de sa bouteille par celui du type dépressif et de sa solitude. Il me restait toutefois ma femme, présente et compréhensive. Mais dans sa compréhension et son soutien, je ne lisais que le doute face à mon histoire tiraillée par deux versions opposées. Je ne remettais pas sa confiance en doute, mais savais la frustration et l'embarras qu'on pouvait éprouver devant un récit troué et discordant. Elle me soutenait avec la sincérité d'une épouse inquiète, mais j'attendais, tôt ou tard, que son inquiétude se transforme en lassitude et qu'elle m'envoie *ma version* à la tronche. Alors ce soutien indéfectible se transformait peu à peu en un fardeau insupportable.

Enfermé, le sang plein d'antalgiques et d'anxiolytiques, je végétais quelques semaines en fuyant mon image et le regard de

Claire. Les hypothèses sur ce qui s'était passé fusaient, mais entre mes quatre murs, accumuler des conjectures me faisait nager dans un abîme poisseux et donnait un coup de fouet au mal qui me rongeait. Dans cette glue, impossible d'envisager mes mouvements futurs. Du moins jusqu'à ce que cette incompréhension arrive à maturation et finisse enfin par se transformer en quelque chose d'utile dans mon cas : la colère.

Je me réveillai un matin, tôt, après une nuit qui pour une fois respecta ce qu'on dit souvent d'elle. Sous son conseil donc, je tirai la chasse sur le reste de mes calmants, gardai les antidouleurs et attrapai mon blouson. Enfin de retour dans mon élément : la rue. Un retour boiteux, mais un retour quand même.

Il faisait encore nuit, ça sentait la ville encore fraiche et humide qui se préparait à une chaude journée de printemps. Quelques ombres plus en forme que moi se mouvaient dans l'angoisse humide qui se dissiperait dans la matinée. Je n'avais pas de plan, alors je fis quelques pas sur le boulevard. La route jaunie par les ampoules au sodium était balayée de temps en temps par une voiture qui passait. L'air frais fouettait mon visage et m'aidait à en faire de même à mon esprit embué. Je ne me sentais pas de taille à affronter la douleur, mais j'imaginais chaque pas comme un coup de pouce à mon organisme dans sa lutte face à toute cette drogue qui m'empêchait de fonctionner correctement.

J'enchaînai quelques intersections et retombai dans l'errance qui m'aida si souvent à me décongestionner l'esprit. J'avais probablement sillonné toutes les rues de cette ville, mais emprunter cette voie à pied me donnait l'impression d'être de retour chez moi après un long voyage forcé. Ou un séjour en taule… Quand un de nos petits copains se retrouvait à l'ombre pour quelques mois, j'imaginais toujours le bien-être qui pouvait s'emparer de lui en sortant. On offrait finalement à cette vermine la chance de ressentir une bien agréable sensation, et ce matin-là, la vermine, c'était moi.

Je décidai de marcher encore jusqu'à la salle d'entrainement, celle que je délaissai depuis ma sortie de l'hôpital. Les boxeurs sont des travailleurs, mais à cette heure-là, aucun pas ne résonnait sur le parquet. Les clefs de la salle étaient encore sur mon trousseau, alors j'entrai.

Après des semaines d'absence, cette bonne vieille odeur de parquet gorgé de sueur stimula enfin ma production de sérotonine. Je redevenais quelqu'un : moi.

Un tour aux casiers plus tard, je me retrouvai devant le miroir. C'était laid. Je bougeais comme une vieille outre molle, mais je bougeais, mon corps s'exprimait à nouveau. Le mouvement irrigue le cerveau, alors je sentais lentement le brouillard s'estomper à mesure que mes membres s'activaient. Mon orgueil anesthésié pouvait se réveiller un peu.

Devant le miroir, je portais des coups à un ennemi invisible mais dans mon esprit des visages s'affichaient clairement : celui de Drajenski, celui d'Eddy, celui de Marty et de ceux plus vagues et méconnus que j'affrontai sur le parking du *Smarty's*. Tous ceux qui avaient joué un rôle dans ma chute et que je laissais s'en tirer tranquillement.

— Alors t'es de retour, vieux ?

Pris dans mes mouvements et mes réflexions, Arthur me fit sursauter en entrant sans que je m'en aperçoive. Son large sourire trahit sa joie de me voir à peu près sur pieds. De mon côté, je levai les bras en guise d'excuse pour mon triste état physique.

— T'as l'air d'un bloc de viande froide mec ! Et tu m'excuseras, mais pour moi c'est encore l'heure du café.

On se retrouva une tasse dans la main autour de la table du minuscule réfectoire de la salle. Les murs tapissés de coupures de presse jaunies et posters de boxeurs d'un autre temps semblaient me murmurer que moi aussi j'appartenais au passé.

— Ta main est encore bandée, constata-t-il à voix haute. Ça m'étonnerait que ton médecin t'ait conseillé de t'y remettre.

— Je ne m'y remettrai plus jamais Arthur, dis-je, sans doute davantage pour me le confirmer à moi-même. Un choc sur cette main me renverrait directement au bloc, je suis fini.

Il accusa le coup, comme si me découvrir ce matin-là dans la salle d'entrainement avait ravivé son espoir de me revoir boxer à ses côtés. Puis il chercha la bonne formule, réaliste sans être négative, des paroles d'ami :

— Disons que t'as fait ton temps. On y passe tous d'une manière ou d'une autre. Mais rien ne t'empêche de venir bouger ta carcasse ici, même cul-de-jatte tu sais que t'as encore ta place dans cette salle, vieux !

— Ouais… Pour l'instant, je ne vois pas vraiment d'autre endroit qui puisse me donner l'impression d'être encore en vie…

— Viens ici quand tu veux, t'es chez toi.

— Je retiens ça. Et toi retiens qu'on dit manchot, pas cul-de-jatte, si tu ne veux pas qu'un infirme abîme ton palmarès !

L'humour et l'endroit déliaient ma langue. Je me mis à causer vraiment, comme je ne l'avais plus fait depuis des mois, déchargeai sur lui cette histoire comme je l'avais vécue, comme elle s'était réellement produite, mais aussi comme on me la servait : travestie et honteuse. Arthur était mon double depuis à peu près toujours, mon double encore valide qui jouait son rôle de quasi-frangin en recueillant mes ennuis et en stimulant la colère nécessaire à mon sursaut. Il me laissa parler et m'assura son soutien :

— Si je peux aider vieux, je suis là, t'as pigé ?

— Je retiens ça aussi !

— Ça fait beaucoup de choses à retenir pour un infirme !

Humour de frère.

Après ça, sous le regard soulagé de Claire, je me remis à fonctionner à peu près normalement. Et forcément, j'empruntai la mauvaise voie : chercher à comprendre. Je n'étais pas en quête de vérité puisque je la connaissais, j'étais plutôt à la recherche de ceux qui avaient dénaturé cette vérité en une histoire où je finissais par n'être plus qu'un fabulateur infirme. On nous avait piégés, il n'y avait aucun doute là-dessus, et cette certitude se rappelait à moi comme une plaie mal placée, comme une main fracturée.

Fréquenter à nouveau Arthur et la salle me permit de replonger dans la rue avec l'orgueil nécessaire. J'évitais évidemment de m'approcher du *Smarty's* et même du quartier qui l'entourait, mais je louvoyais comme un chien hargneux et blessé, reniflant le moyen et le moment qui me permettraient de faire payer ceux qui m'avaient détruit. Officiellement, je n'étais plus journaliste, mais la rue était encore à ma disposition, alors j'y plongeais comme avant, à ceci près que je m'y retrouvais seul. Je ne pouvais de toute façon plus faire confiance à personne au bureau, si Drajenski était mouillé dans ma chute, il n'était peut-être pas le seul.

Ma priorité était de retrouver ce salopard d'Eddy. Un péquenaud comme lui ne pouvait être qu'un instrument dans cette histoire, mais si je mettais la main dessus, je savais que je le ferais parler. C'était la seule piste que j'avais, du moins la moins risquée.

Je commençai par la bauge dans laquelle il vivait. Tout était à sa place, l'interphone HS, le bordel dans l'escalier et bien sûr l'odeur de becquetance. Un Afghan qui ne pipait pas un mot de français ouvrit la porte, probablement un sans papier. Il avait le même teint verdâtre que les murs de l'immeuble et, terrifié, sa moustache tremblotait sous les cris craintifs qu'il me lançait. Eddy avait débarrassé le plancher et on avait déjà refilé son appartement. Cramponné à la porte d'entrée, le pauvre vieux se demandait si j'étais là pour le reconduire à la frontière ou le racketter. D'autres problèmes le guettaient, je le laissai refermer sa porte.

Je devais élargir mes recherches. Je tentai alors d'attraper ses petits associés du quartier. Ces types avaient des familles, je décidai de ne pas aller frapper à leur porte mais de les trouver dans la rue, là où ils trainaient habituellement. Mais le temps jouait contre moi, comme toujours. La nouvelle de ma chute et de mon départ du journal se propageait dans les rues comme une bonne nouvelle qu'on s'empressait d'annoncer à son collègue de combine. Les premiers temps, la rue doutait de l'info, je n'étais peut-être pas si amoindri que ce qu'on racontait et mes connexions chez les flics étaient peut-être encore actives. Alors quand je débarquais dans un squat où je pensais avoir une chance de trouver quelqu'un qui sache où pouvait bien être Eddy, personne n'osait vraiment la ramener, ça rechignait comme ça le faisait toujours, j'évoquais deux ou trois trucs que j'avais sur leur compte et généralement ça se passait en douceur. J'avais confiance en la lâcheté de ces mecs, il y avait peu de chance qu'ils risquent de couvrir Eddy, alors je les croyais quand ils m'avouaient unanimement ne pas l'avoir vu depuis des semaines. Envolé. Je creusai un peu plus profondément en poussant les portes du *Paradize*, un bar à nichons de la vieille ville qui n'avait de paradisiaque que le nom et qu'Eddy fréquentait parfois. Pour ne pas perdre totalement foi en l'être humain, j'évitais autant que possible d'y entrer. Le spectacle y était si affligeant que ce devait être le seul endroit du genre où les clients étaient plus à plaindre que les femmes qui s'y effeuillaient. J'entrai dans ce bouge sans prêter attention aux obscénités qu'une femme un peu trop fatiguée essayait de faire sur scène et filai au comptoir m'adresser au patron : Germain, qu'on appelait entre nous La Rac'. Assis à sa place habituelle, à une table aménagée dans le prolongement du comptoir, il ne se leva pas et ses yeux jaunis me jetèrent un regard torve en guise d'accueil. Il savait pertinemment que je ne descendais jamais sans une raison valable dans son antre.

— Tu crois que je note le nom de tous mes clients de passage dans mon petit carnet ? demanda-t-il d'une voix rugueuse. Eddy fréquente une des filles, mais je l'ai pas vu depuis un bail.

À mon grand étonnement, il décida de ponctuer sa phrase en levant sa bedaine pour me donner la chance de descendre plus bas encore dans son repaire. En le suivant dans les coulisses, je pourrais rencontrer la fameuse copine d'Eddy.

Il poussa une porte derrière laquelle les quelques filles du *Paradize* se préparaient à descendre sur scène ou à remonter à la surface. Je fis de mon mieux pour plonger dans l'ambiance kitsch, bariolée et ridicule de la loge sans lancer de regards condescendants à qui que ce soit. La Rac' s'arrêta devant une coiffeuse posée contre un portant rempli de robes de scène émoussées par le temps et le mauvais goût.

— Renseigne voir ce monsieur-là pour qu'il puisse vite virer son cul d'ici, dit-il à celle qui se préparait devant la glace.

Celle qui posa son maquillage pour se retourner et se présenter sous le sobriquet de Miche avait l'air d'une vieille buraliste qu'on aurait oubliée trop longtemps dans le rayonnage des revues cochonnes. Par respect, je ne lui donnai pas d'âge, mais je devais admettre qu'elle avait sans doute joui un jour d'un joli visage. Quand j'évoquai Eddy, elle me tourna le dos et revint devant son miroir où je vis s'afficher un rictus qui sentait la dette non réglée.

— J'ai pas vu Eddy depuis des semaines, me dit-elle d'une voix au timbre nicotiné.

— C'est dans ses habitudes de vous laisser comme ça sans nouvelle ?

Elle se retourna à nouveau, sans avoir encore fini de maquiller ses deux yeux, elle avait l'air au moins à moitié sincère.

— C'est un type que j'ai rencontré ici, vous croyez quoi ? me demanda-t-elle d'un coup de menton offensé, qu'il est aux petits soins ? Puisque vous le cherchez, dites-lui de repasser par ici quand vous l'aurez trouvé.

Cette pauvre femme me toucha. Elle me fit éprouver une surprenante sympathie envers quelqu'un évoluant dans cet endroit. Je répondis simplement qu'elle pouvait compter sur moi et laissai un bifton sur le rebord de la coiffeuse. Je la laissai ensuite maquiller son dernier œil.

C'était à croire que cette petite frappe s'était volatilisée. J'avais perdu du temps, plusieurs mois, mais disparaitre aussi proprement pour quelqu'un comme lui sonnait faux comme la voix de Drajenski.

Je n'avais plus accès au fichier de la police, j'aurais peut-être pu appeler un ou deux contacts avec qui j'allais encore de temps à autre boire un verre, Andrée ou alors Jacky dit La Menotte, mais j'avais trop peu confiance en cette affaire pour me compromettre auprès d'une source aussi fiable que celle-là. Alors pour tenter de trouver sa nouvelle adresse, je changeai de stratégie. Un de mes cousins, que je ne voyais depuis des années qu'aux enterrements, travaillait aux Assedics, il pouvait peut-être me trouver l'info, si toutefois le poltron bureaucrate qu'il était ne jugeait pas l'affaire trop périlleuse… Je lui passai un coup de fil :

— Qui ça ?

— Ralph… Hunter, ton cousin !

— Ah, c'est toi… Quelqu'un est mort ?

— Pas encore…

— Pourquoi m'appelles-tu dans ce cas ?

Il avait déjà flairé le truc et tremblait à l'idée de devoir me rendre un service. Je lui fabriquai une demi-vérité :

— Pas grand-chose, je cherche un vieux pote que j'ai perdu de vue, si tu pouvais jeter un œil dans ton fichier ça me faciliterait la tâche.

Je le laissai débiter son flot d'excuses plus ou moins valables en me rappelant les quelques trempes que je lui avais mises dans notre enfance.

— Donc tu vois, je suis désolé mais je ne peux rien faire pour toi, finit-il par conclure sans aucune honte.

— Qu'est-ce que tu veux ?

Sa voix poltronne marqua une pause pendant qu'il réfléchissait. À l'autre bout du fil, l'exemple parfait de l'honnête citoyen aussi rapiat et corruptible que la misère des rues.

— Tu dois connaître pas mal de monde en ville.

— Pas forcément les bonnes personnes… Qu'est-ce que tu veux ?

Il tourna un peu autour du pot puis finit par lâcher le morceau. Il avait déposé la montre héritée de son père en gage au Mont de piété. Malheureusement pour lui, trois mois plus tard il n'avait pu rassembler la somme nécessaire pour la récupérer et la montre fut vendue aux enchères. Des mois plus tard, il comptait sur moi pour retrouver qui s'était offert son héritage pour tenter de le lui racheter. L'histoire me plaisait assez, mais j'acceptai sa requête sans grande foi en mon investissement dans ce contrat. Le deal me semblait franchement déséquilibré, il n'avait qu'un nom à taper dans sa base de données, mais si ça lui donnait espoir de croire en mon dévouement, libre à lui…

Il me rappela plus tard dans la journée et m'expliqua avec beaucoup de fierté qu'il n'avait rien trouvé. Eddy avait visiblement débarrassé le plancher sans renseigner de nouvelle adresse. Pire que ça, ce fainéant de première ne s'était pas rendu à ses deux derniers rendez-vous et ne touchait par conséquent plus son allocation.

— Notre deal tient toujours, j'ai fait ta recherche, si ce…

Je raccrochai songeur. Eddy et ses potes n'étaient généralement pas du genre rigoureux en ce qui concerne l'administration, toujours sur le coup d'une condamnation ou d'un interrogatoire, ils s'accommodaient bien des renseignements parcellaires qu'on pouvait trouver sur eux. Sauf dans le cas des saintes allocs… Je commençais à craindre pour la vie d'Eddy. Sa tronche et ses sales combines ne manqueraient pas à notre civilisation, mais sans lui, j'allais avoir bien du mal à trouver les réponses que je cherchais.

Je continuai à fouiner comme je le pouvais, sans que jamais rien ne vienne prouver mon histoire. On m'assura qu'Eddy était en taule mais aussi qu'il s'était engagé dans la légion, puis qu'il avait gagné gros aux courses et avait décidé de s'installer au chaud… J'avais rendu ma carte mais pas mon instinct. Les légendes urbaines fleurissent bien sur le vide et les disparitions inexpliquées.

Pour espérer glaner des infos potables, il aurait fallu que je m'approche du *Smarty's* et de son quartier, que je retrouve la trace de ce groupe d'hommes à qui on fit forcément faire le sale boulot, ou mieux : que j'aille bavarder entre quatre yeux avec Marty. Mais cette idée, à chaque fois qu'elle tentait de faire surface, se voyait repoussée énergiquement au fond de mon esprit, cachée sous une épaisse couche de peur et de douleur. Revenir là-bas, c'était revivre les coups, ressentir la perforation de la douleur, remordre la poussière. Ces types et leur marteau m'avaient balancé par-dessus la troisième corde et me rapprocher du ring me paraissait insurmontable. Mon corps lui-même réagissait à l'éventualité, ma main se crispait, me lançait et me contraignait à oublier l'idée. À mesure que cette peur régissait certains de mes choix, m'imposait des déviations et entravait ma liberté de déplacement, mon assurance s'érodait toujours davantage.

Sans surprise, les regards changèrent peu à peu, comme si mon corps me trahissait et criait dans tous les bars de la ville que le doute me rongeait les os. La confiance changea subrepticement de camp jusqu'à se retrouver face à moi, toutes dents dehors, soufflant des relents de haine galvanisés par un sentiment de supériorité inédit. Que risquaient-ils face à un ancien journaliste privé de réseau ? Ou pire, face à un boxeur manchot de son bras fort ? Tout alla crescendo jusqu'au soir où, accoudé et franchement atteint par une énième journée sans résultat, un coupe-jarret plus téméraire que les autres décida de tourner définitivement la page Ralph Hunter.

À sa façon de rentrer dans le bar et de se chercher une victime, ce type devait avoir vu trop de mauvais westerns. Il ne tarda pas à venir attraper le tabouret juste à côté de moi sans me quitter des yeux. Pas la peine de s'offusquer pour ça dans ce genre d'endroit, les mecs qui croient égratigner quelqu'un avec leur regard belliqueux y sont nombreux. Je lui jetai un coup d'œil, inconnu au bataillon. Jusque-là, il n'était rien de plus qu'un anonyme qui avait visiblement un problème avec ma tronche, ça peut arriver. Sa tronche à lui ne m'inspirait rien alors je retournai à mon verre. Mais lui en avait décidé autrement et aboya beaucoup trop fort pour la distance qui nous séparait.

— Qu'est-ce que tu fais encore là, le fouineur ?

Je le regardai à nouveau, forcément. Sa trogne me revenait subitement un peu moins. Ce type avait dû grandir le vent dans le dos puisque tout dans son visage semblait propulsé vers l'avant, son front était bombé, ses arcades sourcilières trop prononcées et accompagnées de globes légèrement exorbités, un nez long et tombant, la mandibule avancée, le tout souligné naturellement par un menton volontaire. Tout à fait le genre de douille qui aime s'accrocher à un uppercut ou un crochet… Je gardai pour moi l'analyse de son faciès et lui répondis gentiment, par réflexe :

— Va t'assoir plus loin tu veux, si jamais j'ai envie d'entendre tes conneries je viendrai te rejoindre.

Mon ton s'adapta naturellement à la situation, ce qui bien souvent suffisait à faire reculer ceux qui se laissaient porter par leur audace alcoolisée. Mais ce soir-là, les choses se passèrent légèrement différemment. Ma réputation s'était suffisamment émoussée pour que mon nouveau copain décide de se rapprocher encore. Cette simple décision, inverse à la logique et à l'habitude, suffit à enrailler mes réflexes en laissant le doute s'engouffrer dans mes rouages. Malgré sa haine surdimensionnée pour un type à qui je n'avais sans doute jamais causé, il avait l'air sobre. Son regard était laid mais propre. Cette sobriété ne faisait que souligner sa confiance. Autrefois, je n'aurais probablement jamais laissé sa mâchoire hargneuse avancer si près pour me faire part de ses états d'âme :

— T’as raison, je dis des conneries, à ce qu’on dit tu bosses même plus pour ce foutu journal. Alors raison de plus pour qu’on n’ait plus à supporter ta sale gueule ici ni dans le quartier d’ailleurs, débita-t-il sans vraiment desserrer les dents, comme une espèce de carnassier qui se maîtrise.

— Qui ça *on* ? Je ne vois personne, à part toi, qui vient me causer de tes petits problèmes. Casse-toi avant que je me lève.

J’essayai de garder la face et de masquer ma respiration qui d’ordinaire ne vacillait jamais devant un recadrage qui s’annonçait. Il s’approcha encore.

— Tu crois qu’on a encore besoin d’être plusieurs pour venir mettre au parfum une épave comme toi ? C’est moi qui vais me lever si tu te tires pas de là. Dégage.

Les réflexes encore, je quittai brusquement mon tabouret pour me retrouver sur mes deux jambes de coq en colère, espérant que cette factice démonstration de confiance me laisserait le temps d’éviter une rixe que je n’étais pas en mesure de gérer. Il ne me fit pas espérer longtemps : une seconde plus tard, j’évitai un crochet beaucoup trop ample pour pouvoir me surprendre. L’inertie du mouvement plaça sa pommette dans la trajectoire de ma droite, comme bien souvent avec les bastonneurs de bistrot. L’histoire allait pouvoir s’arrêter un seul coup plus tard, mais encore fallait-il que mon bras droit veuille bien répondre à l’instinct… Se faire du mal est contre nature, alors la nature me fit hésiter et perdre la seconde qu’on ne peut pas perdre dans ces moments. J’évitai encore une volée de coups et libérai par la même occasion toute sa furie. Si je n’avais pas été si préoccupé par mon poing de verre que je tentais de protéger des gestes brouillons qui m’assaillaient, j’aurais probablement pu me débarrasser de mon adversaire de la main gauche. Mais dans sa frénésie et mon absence de riposte, il finit par me toucher, une première fois au-dessus de l'arcade gauche, j'encaissai sans trop vaciller, reculai d'un bon pour éviter la suite et trébuchai lamentablement sur un tabouret renversé. Je n'étais pas du genre à m'ébrouer au sol, contrairement à celui qui se jeta sur moi pour finir ce qu'il avait commencé. Sous le déluge de coups, je me recroquevillais autour de ma main et enfouissais ma tête dans mon gauche. Le combat était fini. Du moins pour moi, car l'autre s'acharnait encore sur mes côtes jusqu'à ce que le patron lui envoie un coup de nerf de bœuf dans le flanc. Il s'écroula dans un odieux couinement. J'osai un regard circulaire en craignant d'être le suivant à goutter de la matraque. Heureusement pour moi, le taulier était plus intelligent que celui qui gémissait à côté de moi, il fit encore une fois claquer le nerf sur une table pour dissuader une ou deux petites frappes de venir secourir leur pote. Je me relevai péniblement et m'enfuis, encore recroquevillé sur mon membre, sans affronter aucun des regards qui perlaient sur ma carcasse meurtrie.

Je sortis le souffle coupé et trottinai honteusement jusqu'à ma voiture. Je m'en tirai avec quelques contusions et une côte fêlée, rien par rapport à ce qu'il restait de moi à l'intérieur.

10

Je conduisais vers le palais de justice en essayant de dompter mes nerfs. Je n'avais pas envoyé quelqu'un au tapis depuis des lustres, alors le shoot d'adrénaline envoyé dans mes veines me fila la tremblote. J'essayais de me tenir tranquille depuis longtemps, j'évitais autant que possible d'en venir aux mains, par manque de confiance, par lassitude, et surtout par une volonté non verbalisée de changer de méthode. La violence elle-même m'avait fait quitter ses voies. Jusque-là, j'avais mis cette lente transformation sur le compte de l'infirmité et de l'incapacité. Mais après avoir frappé ce pauvre jeune, déçu par l'effet ressenti, je devais admettre que la modification touchait à quelque chose de bien plus profond. Selon mes anciennes grilles de lecture, je n'étais plus qu'une cire molle, mais ces anciens réflexes qui ressurgirent me démontraient malgré eux que la maîtrise nécessitait davantage de force que la violence.

Heureusement, la circulation était fluide. Et encore une fois, les kilomètres m'aidèrent à reprendre mes esprits. Les tremblements finirent par cesser mais je naviguais toujours en plein malaise. Mes deux affaires en cours me faisaient courir derrière un fantôme, visiblement le même à la manœuvre dans les deux histoires, et me donnaient l'impression d'avoir la liberté de mouvement d'un rat de laboratoire. La femme de ce pauvre monsieur D. n'avait jamais soupçonné son mari de quoi que ce soit, mais ma mystérieuse cliente avait engagé ce petit jeune pour faire suivre le mari, pourquoi ? Et pourquoi avertir le mari qu'on le faisait surveiller ? Ça n'avait aucun sens. J'allais peut-être souffler un peu sur ce brouillard en questionnant Roger.

En arrivant aux abords du palais de justice, je l'aperçus qui se dirigeait vers le café du palais. Avec sa robe d'avocat qui dépassait de sa veste noire, je comprenais mieux pourquoi on l'appelait la faucheuse. Ce grand phasme de près de deux mètres donnait l'impression, dans cet accoutrement, d'aller à la recherche d'un prochain trépassé. J'ouvris la fenêtre et allai l'alpaguer quand il s'engouffra dans le café.

— Tu es en retard.

— Ne me la fais pas à l'envers, tu viens d'arriver.

— Bon, qu'est-ce que tu bois ?

Le serveur, bien gileté, bien cravaté, le genre à tarter, arriva rapidement et déposa nos boissons avec la voix obséquieuse de celui qui mendie son pourliche. Je n'aimais pas cet endroit, il puait le snobisme alors que la moitié de la clientèle trempait dans des magouilles honteuses et buvait un verre avant d'aller mentir au prétoire. Personne ne parlait, tout le monde chuchotait comme si quelqu'un en avait quelque chose à faire de leurs histoires de vol de voiture, de rixe ou de fraude à l'assurance maladie. Les palais de justice et leurs cafés attenants regroupent la pire vermine qu'on puisse penser.

— Comment vont les affaires ? me lança-t-il sans guère plus d'introduction.

Il avait l'air épuisé, son visage déjà d'ordinaire allongé par sa maigreur semblait s'écrouler sous le poids de la fatigue ou des tracas.

— Un client me fait tourner en bourrique, je navigue à vue avec la certitude de me faire prendre pour un con. Voilà comment vont les affaires.

— Tu ne lui as pas expliqué tes règles ? Je t'ai connu plus teigneux.

— Pas eu l'occasion, je ne l'ai pas rencontré, répondis-je en appréciant encore une fois l'absurdité de la situation. C'est d'ailleurs pour ça que je voulais te voir. Il faut que tu me rencardes, où est-ce qu'on peut encore jouer dans cette ville ?

La réponse me faisait peur mais le goût de cette femme pour le jeu était mon unique piste. Le visage du baveux se déforma encore :

— Tu parles d'un tripot là ?

— Ouais Roger, je ne parle pas d'un square ou emmener un mioche.

Il me regarda d'un air navré.

— Y a plus de tripot ici R. Les flics ont fini par faire leur boulot.

La faucheuse avait du mal à énoncer les vérités blessantes, c'était peut-être pour cette raison qu'il ne valait pas un clou comme avocat. Je l'encourageai d'un geste agacé.

— Bon, ça ne va pas te plaire. Depuis ton départ, les flics ont fait pas mal de ménage et, il fit encore une pause avant d'accoucher, il ne reste plus que le tripot de Marty qui tourne encore. Il n'y a qu'au *Smarty's* qu'on peut jouer comme tu l'entends. T'as besoin de fric ? Je crois que tu devrais trouver un autre moyen, ne va pas trainer là-bas.

— Qu'est-ce que ça peut te faire que j'aille trainer là-bas, y a des choses que je ne devrais pas voir ?

— Mais non R., c'est juste que remettre les pieds dans un endroit qui a failli te tuer n'est pas forcément une bonne idée, c'est peut-être pas dans ton intérêt, dit-il d'une voix qui se prend les pieds dans le tapis.

— Ce n'est pas exactement l'endroit, comme tu dis, qui a failli me tuer… T'inquiète pas, et puis faudrait avoir quelque chose à miser pour espérer se refaire dans un tripot. Non, je cherche quelqu'un qui pourrait trainer dans ce genre d'endroit.

— La clientèle n'a pas vraiment changé, tu sais… dit-il comme une mise en garde.

Je voyais où il voulait en venir et ça commençait doucement à me faire suer.

— Je te rappelle que ce ne sont pas les gars du *Smarty's* qui nous ont fait ça, dis-je en pliant et dépliant mon poing ostensiblement.

— Je connais ta version R. On ne va pas refaire le topo, mais on n'a jamais rien retrouvé de suspect chez Marty, encore moins de trace de ces hommes de l'Est dont tu parlais. Jamais rien n'a validé ta version, même ton indic de l'époque, on ne l'a jamais revu. Quelqu'un vous a tendu un piège et mis en pièce, pas de doute là-dessus, mais le reste…

— Viens pas me resservir cette vieille chanson Roger, l'avertis-je en le pointant du doigt. *Ma version* sort du traumatisme, de la douleur, je connais tout ça. Je ne suis pas venu pour ça de toute façon. Si mon nouveau contrat doit me mener au *Smarty's* j'irai au *Smarty's*.

— Mais qu'est-ce que tu racontes ? T'es plus dans le coup R. ! Tu sais que ta tronche n'est plus vraiment la bienvenue dans ce quartier. Marty a mis des mois à refaire vivre sa table après l'enquête qui a suivi cette soirée ! Si tu veux un conseil, laisse tomber ce contrat.

— Simon y est resté et j'ai mis des mois à pouvoir plier le poing, tu veux que je verse une larme pour les poches de Marty ? grognai-je en me crispant ostensiblement.

— C'est terrible ce qu'il vous est arrivé, et injuste que jamais personne n'ait trinqué, mais on n'a jamais pu valider ton récit. Alors, je crois que ça ne vaut pas le coup d'y retourner.

Je regardais la faucheuse en m'arrêtant sur le mot *récit*. Le temps avait fait son travail et pour lui aussi mon *récit* de la soirée était devenu fiction. Comme si on m'avait déjà refilé un rôle à jouer à cette époque-là. Je repensais à Drajenski, à mon article démonté et réduit à des délires d'infirme. J'avalai une boule de rage et chassai les images de cette vérité sur laquelle on crachait pour ne pas me servir de ma main gauche encore chaude. J'abrégeai le rendez-vous avant que je ne cède à la colère :

— Merci pour le tuyau Roger, je vais te laisser déjeuner.

Je fis un signe au serveur pour payer la tournée et m'en aller, mais il posa sa main sur mon avant-bras.

— Attends vieux, je voulais aussi te parler. Justement, moi aussi je cherche quelqu'un, pour un client.

— Et alors ?

— T'es meilleur que moi dans ce domaine, j'aurais besoin de tes lumières, ce n'est pas vraiment mon métier.

— C'est pour ça qu'en général ce n'est pas le genre de chose qu'on demande à son baveux, c'est qui ce client ?

— Un client, peu importe, bava-t-il d'un air gêné qui me dérangea.

Les cachoteries commençaient à me comprimer la rate. Je haussai le ton :

— Un « client, peu importe » ? Ne viens pas me demander mon aide si c'est pour me servir ce genre de conneries.

— Écoute, j'ai changé de clientèle. J'en ai fini avec l'assistance juridique, ces mecs me payent, tu comprends ce que ça veut dire ?

— Que t'es à leurs bottes ?

— Que je dois respecter leur volonté.

— Ces mecs te font peur ?

— Pourquoi tu dis ça ?

— Je ne sais pas, ta tronche… Il cherche qui ton client ?

— Quelqu'un qui le fait chanter avec des lettres à la con. Je suis persuadé que c'est un type qui a vu trop de films et qui veut jouer à se faire peur. Mais mon client lui, veut tirer cette affaire au clair et que je retrouve son corbeau.

— Elles disent quoi ces lettres ? parvins-je à demander sans rien laisser transparaitre de mon estomac qui se noua sévèrement d'un coup.

Un petit geste de recul trahit son étonnement, il attrapa son demi pour temporiser un peu.

— Écoute, je peux pas vraiment t'en dire plus, dit-il presque gêné.

— Je vois pas comment je peux t'aider dans ce cas ! aboyais-je autant piqué par ces courriers que par son refus de me causer franco. Qu'est-ce que tu veux ?

— Juste ton sentiment, peut-être qu'un corbeau qui veut jouer au dur ça pouvait te parler.

— N'importe qui peut envoyer des lettres de menaces. Je peux rien pour toi si tu m'en lâches pas un peu plus, il veut quoi ? insistai-je en comptant sur son naturel d'avocat bavard pour en savoir davantage.

— Il ressort de vieux dossiers, des pseudos moyens de pression, les conneries habituelles d'un corbeau, tu vois le genre ?

— Je vois le genre mais ça ne me dit rien quand même, va falloir te débrouiller seul mon pote.

— C'est pas grave vieux, t'as raison, je vais me débrouiller seul sur ce coup, et puis ce type finira par demander quelque chose. Les corbeaux sont des charognards, ils veulent en croquer sans se faire suer !

— Si tu l'dis…

Il fit à son tour signe au loufiat pour payer l'addition et abréger notre rendez-vous. Son faux air convaincu puait la manigance à plein nez, alors je le laissai finalement raquer la tournée sans broncher, je méritais bien ça. Ce petit fumier me prenait pour un bleu, j'allais devoir le garder à l'œil.

Sur le trottoir, la faucheuse cacha sa robe noire sous son manteau avant de me tendre son affreuse main que je saisis fermement.

— La prochaine fois, viens avec de vraies infos si tu veux un tuyau, et avec ton chéquier aussi, parce que j'ai pas mal de boulot en ce moment, dis-je froidement en secouant sa main.

— À la prochaine vieux, fais gaffe à toi.

Je le laissai filer en comprenant pourquoi mon répertoire sentait si fort le renfermé, il était bien trop peuplé de crapules qu'il ne valait mieux pas contacter.

Comme d'habitude, j'attendis d'être derrière mon volant pour faire le point sur les infos que j'avais pu glaner. Si j'avais bien pigé, Roger avait tourné sa veste et bossait pour les truands qui gravitaient autour du tripot de Marty Belleville. Pas étonnant qu'il prenne la version de ma dernière soirée au *Smarty's* pour des délires aberrants et qu'il tente de me dissuader de retourner y faire un tour. Je devrais le tenir à l'œil et m'en méfier.

Pour l'instant, j'avais une longueur d'avance, lui et ses clients en étaient encore à me soupçonner d'être derrière leurs lettres de menaces alors que nous étions sans doute à la recherche du même corbeau. Mais même si mon enquête était un peu plus avancée que la leur, je ne voyais pas pourquoi une femme s'intéresserait autant à cet endroit et surtout, pourquoi elle prenait le risque de les faire chanter. Toutes les fois où je débarquai dans ce bar, je ne croisai quasiment aucune femme, sinon une prostituée ramassée par un des clients, ou une épave que Marty se dégottait je ne sais où et qui trainait quelques semaines avant d'aller s'échouer ailleurs. Celle-ci semblait plus futée, trop futée pour se mettre à papillonner dans ce monde cradingue sans un but précis ; but précis qui m'embarquait dans ses rouages sans me mettre dans le secret. Et pour faciliter les choses, cette folle du timbre-poste attaquait au moins sur trois fronts à la fois : l'histoire bidon du mari surveillé, ce foutu roman dont je devais trouver la fin et ces nouvelles lettres qui menaçaient le *Smarty's* et son petit monde. D'une manière ou d'une autre, je me retrouvais à chaque fois relié à tout ça.

Mes nerfs s'échauffaient, je n'avais rendez-vous au motel avec monsieur D. qu'à vingt heures, je décidai alors de passer chez moi, laisser reposer, me passer les pieds à l'eau chaude et tenter de faire un somme.

11

Sur mon palier, une enveloppe coincée bien en évidence entre la porte et le cadre m'attendait. Le cachet annonçait la couleur : *Huissier de Justice – Maître E. Payre.* Rapaces & Associés… J'ouvris la missive une fois à l'intérieur et la balayai rapidement du regard.

« Mise en demeure… Suite au non-recouvrement… injonction de payer… 6 457 euros… huit jours… Salutations distinguées. »

Je me jetai lourdement dans un fauteuil, l'excitation de la journée venait d'être refroidie par ce courrier, encore un. Ce n'était pas la peine de calculer quoi que ce soit, je n'avais pas cet argent. Même si j'allais percevoir un paiement dans la soirée, je ne pourrais pas réunir une telle somme en si peu de temps. Le montant ne m'étonnait pas, après ma chute, Claire s'occupa des finances et je n'y replongeai plus un œil depuis que j'étais à mon compte et que je nous menais vers la faillite. Je portais la responsabilité de notre banqueroute, et garder ça pour moi me comprimait trop la poitrine, je décidai de l'appeler :

— C'est moi.

— Qu'est-ce qui se passe, ça ne va pas ?

— Désolé de t'appeler au travail, on a un problème.

— Quoi ? demanda-t-elle inquiète.

C'est pour cette raison que je déteste le téléphone. Les premières notes de la sonnerie me fichent toujours les pires scénarii en tête. Moi, si je prends la peine de passer un coup de fil, les raisons sont sérieuses, pour ne pas dire mauvaises, alors je n'arrive pas à comprendre pourquoi on peut bien vouloir m'appeler sans avoir une catastrophe à m'annoncer. Et cette conversation qui s'entamait ne faisait que confirmer ma théorie. Je ne jouai pas avec ses nerfs et accouchai sans tarder :

— On a eu de la visite ce matin, un huissier, annonçai-je simplement puisque la somme et surtout la raison de la visite allaient de soi, et aussi parce qu'annoncer les nouvelles de vive voix, bonnes ou mauvaises, n'avait jamais été mon fort.

Elle ne dit d'abord rien. Je dus lui demander si elle était encore au bout du fil et si elle avait bien entendu. Elle était simplement en train de réfléchir et probablement aussi en train d'accuser le coup. Je craignais aussi que notre dégringolade ne s'affiche clairement dans son esprit et que mon dos devienne enfin celui sur qui il faudrait tout rejeter. J'espérais vainement maîtriser son chemin de penser en reprenant la parole :

— On a quelques jours, on va trouver une solution, mentis-je. Je viens de régler une affaire, le client doit me payer ce soir.

— Cet argent suffira ? demanda-t-elle en connaissant bien la réponse.

— Bien sûr que non, mais je vais m'arranger avec cet huissier, gagner un peu de temps en réglant une partie de la somme.

Elle semblait encore réfléchir, c'est du moins comme ça que j'interprétai les silences qui suivaient chacune de mes phrases, des silences qui ne ponctuaient pas mais qui m'accablaient. Elle finit quand même par rejoindre mon optimisme factice en m'assurant elle aussi que nous allions trouver une solution. Je la savais peu crédule et m'attristai en comprenant qu'encore une fois elle essayait de me ménager. Elle raccrocha la première en me demandant de ne pas m'inquiéter. Je posai mon téléphone groggy, percuté par sa force de caractère et sa ténacité qui soulignaient mon inaptitude à gérer tout ça.

Je m'enfonçai davantage dans mon fauteuil en croyant y trouver un peu de réconfort. J'étais encore une fois aux pieds d'un truc que je n'étais pas capable d'affronter, et le seul point d'appui, la solidité et la compréhension de ma femme, je le transformais en une insulte à ma capacité à gérer les situations de crise. Ma garde faisait peine à voir et tous les coups de la vie m'atteignaient en pleine poire sans difficulté.

À force de réflexions et d'impasses, je finis par m'endormir sans l'espoir de retrouver l'optimisme du matin même.

J'arrivai un peu en avance au lieu du rendez-vous. En bordure de la ville, de l'autre côté de l'autoroute qui la frôlait telle une griffure de béton, le motel semblait exclu, jeté comme un malpropre. Le totem *Express Motel & Bar* s'élevait au bord de la départementale et jetait ses lumières criardes et clignotantes sur la route noire. Je fis le tour du parking pour voir si quelqu'un m'attendait dans l'ombre d'une coursive ou de son habitacle. Mes feux balayèrent la nuit et trouvèrent seulement quelques voitures et poids lourds stationnés silencieusement, un parking quoi. Je me garai finalement le plus loin possible pour avoir la vue et la voie dégagées. Le bâtiment bas, composé d'un étage seulement, formait un L. La lumière blanche des néons suspendus au-dessus de chaque porte lui donnait l'impression de flotter au-dessus du sol, et c'était bien la seule originalité qu'on pouvait lui trouver. La réception se trouvait du côté le plus éloigné de la route, juste à côté du triste bar tenu par le veilleur de nuit. Éloigné comme je l'étais, il ne pouvait me voir ni suspecter toutes les fantaisies qu'on pouvait imaginer dans un lieu aussi bon marché et exclu de la ville. C'était mieux ainsi, le veilleur de nuit me connaissait et ma venue était généralement synonyme de grabuge.

Il n'y avait que trois catégories de personnes qui venaient s'échouer ici le temps d'un soir. La plus respectable pour moi, c'étaient les routiers de passage, bien contents d'abandonner leur cabine pour une nuit et de descendre des pintes au bar. C'était d'ailleurs les seuls et uniques clients de ce comptoir. Après quelques chopes, des discussions polyglottes s'installaient pendant des heures pour se terminer en accolades viriles ou en bastons. Heureusement, ils savaient parfois oublier les clichés et pouvaient aussi boire tristement chacun de leur côté comme des gens normaux. Les deux autres catégories étaient bien plus honteuses. Il y avait les déchets qui venaient picoler et se shooter dans un endroit chauffé, à peu près propre et surtout à l'abri des regards. Et puis il restait les couples illégitimes, tarifés ou non, qui louaient la chambre pour la nuit mais qui ne l'utilisaient qu'une heure. Le genre de clientèle qui appelait forcément la flicaille ou un fouineur comme je pouvais parfois l'être.

Il était vingt heures passées et je ne voyais pas l'ombre d'un monsieur D. à l'horizon. Je démarrai et m'approchai du bar de l'hôtel à l'autre bout du parking. Je m'arrêtai et éteignis mes feux pour vérifier ce qu'il se passait à l'intérieur. Bonne intuition, je reconnaissais monsieur D. en costume sombre coiffé d'un petit chapeau de ville trop élégant pour l'endroit. À côté de lui, une femme à la chevelure rousse, en robe corail. Une tasse fumante devant eux, ils devaient certainement m'attendre depuis en moment en pensant peut-être que j'aurais la présence d'esprit de me rendre au bar en arrivant… Mieux ne valait pas effrayer le réceptionniste devant mes clients. Je préférai l'appeler :

— R. Hunter, je suis sur le parking. C'est qui la rousse avec vous ?

— Chambre 38, c'est ouvert, allez-y je vous rejoins.

La 38 était à l'autre extrémité. Je redémarrai et décidai de me garer en face de la porte, j'aviserais quand il déciderait de se pointer. C'était peut-être un peu tard mais je me méfiais de tout ce qui pouvait ressembler à une souricière, quitte à marcher sur les limites de la paranoïa.

Quelques minutes de patience plus tard, je vis D. sortir du bar et se diriger d'un pas pressé vers la chambre, la rouquine le suivait. Je les laissai entrer et les rejoignis. J'entrai sans frapper, histoire de les surprendre un peu. Ça fonctionna à moitié : la rouquine poussa un petit cri d'effroi, l'homme ne sourcilla pas et finit d'accrocher sa veste.

— Assied-toi ma chérie, lui intima-t-il.

Elle ne bougea pas, par peur plus que par rébellion.

— Qui est-ce ?

— Ma femme.

Son effet de surprise fonctionna deux fois mieux que le mien. Je m'y attendais visiblement autant que son épouse que je ne reconnaissais pas vraiment.

— Ne soyez pas surpris, nous avons tous des choses à nous dire, je crois, dit-il avec la froideur que je lui connaissais tout en aidant sa femme à s'assoir sur le bord du lit.

J'attrapai une chaise pendant qu'elle retira sa perruque rousse et défis ses cheveux. Je ne comprenais pas pourquoi elle s'était affublée de cette fausse tignasse mais je reconnus cette fois correctement la femme de la photo. Lui resta debout, les mains sur la taille. Je trouvais sa posture étrange. Ce type avait un peu trop l'habitude de donner des ordres et d'attendre que ça bouge, et surtout, je n'appréciais pas d'être pris au dépourvu. Mais il avait raison, on devait tirer certaines choses au clair.

— Ne me dites pas que vous lui avez fait croire à une petite escapade romantique dans cet endroit ? ricanai-je en le voyant regarder honteusement cette piaule fatiguée.

Piqué, il se ressaisit en s'adressant à sa femme.

— Cet homme travaille pour moi, annonça-t-il avec le ton de celui qui a toutes les cartes en main. Je sais que tu me fais surveiller, je l'ai engagé pour qu'il me le prouve.

Il tendit ensuite tout naturellement la main vers moi pour récupérer la liasse de photos. Elle se mit à pleurer en postillonnant ses questions, perdue.

Il parcourut un instant les clichés et je repris la main froidement :

— Elle n'est au courant de rien.

Elle leva la tête et osa enfin me regarder. Malgré les larmes et sa lèvre inférieure qui tremblotait, ses traits lui confiaient une plus grande douceur que ce que j'avais pu voir sur sa photo. Lui me regarda avec défiance, l'air de se demander comment un employé osait briser sa petite mise en scène.

— Ce n'est pas elle qui a engagé quelqu'un pour vous faire suivre. Le type a été contacté par courrier, on s'est fait passer pour votre femme pour vous faire surveiller. Elle n'a rien à vous reprocher.

Il la regarda d'un autre œil, essayant de réfléchir rapidement, mais les questions étaient trop soudaines et nombreuses pour qu'il puisse y comprendre quelque chose. Il se retrouva vite assis à côté d'elle, le dos courbé sous le poids de la culpabilité. Je me levai et déballai ce que je savais, ce pauvre couple n'avait pas besoin de souffrir davantage. Mais avant de les laisser en découdre tous les deux, je devais poser une question qui me taraudait :

— Comment avez-vous appris qu'on vous surveillait ? Vous avez refusé de m'en parler lors de notre premier rendez-vous, maintenant il faut nous dire ce que vous savez. Pour votre femme !

J'appuyai où ça faisait mal, il semblait si touché par ce qu'il venait de faire endurer à son épouse que je pouvais en profiter un peu.

— Par courrier, anonyme. Ça disait simplement que Sylviane mijotait quelque chose, qu'elle me faisait suivre et que je devais me méfier. J'ai eu peur, je... bégaya monsieur je-mets-les-mains-sur-la-taille sous le regard dégoûté de son épouse.

— C'est probablement la même personne qui a engagé l'autre type, annonçai-je.

— Mais pourquoi ? hurla quasiment la femme sans maîtriser son excédent de salive dont une partie atterrit piteusement sur la moquette usée.

Son mari tenta bien de passer un bras réconfortant autour de sa taille mais elle le repoussa.

— Ça, madame, je ne le sais pas, lui dis-je calmement. Pas encore...

J'enfilai sans honte le costume du chevalier servant, mon égo s'en gargarisait et je questionnai encore l'homme :

— Pourquoi m'avoir engagé, moi ? Comment m'avez-vous choisi ?

— Vos cartes, c'est à ça qu'elles servent, non ?

— Quelles cartes ?

— Vos cartes de visite qu'on trouve régulièrement dans notre courrier depuis des semaines.

Les cartes de visite coûtaient trop cher, je n'en avais plus depuis des lustres. Tout ça était donc ficelé depuis des semaines et me confirmait encore que j'étais bien le centre de cette histoire, je gardai ça pour moi. Je conservai plutôt la main d'un ton enjoué :

— Vous avez bien fait. Il parait évident que quelqu'un s'échine à vous mener en bateau mais vous avez inversé la tendance en m'engageant. Vos doutes auraient empiré sans mes recherches. D'autant plus que je me suis occupé de votre photographe.

— Quoi, vous l'avez… ? demanda-t-il trop horrifié pour finir sa question.

— Vous vous croyez où ? Dans un roman noir ? Disons que je l'ai court-circuité, il ne viendra plus vous embêter.

Cette nouvelle sembla les apaiser tous les deux. La bouche tremblante de l'une et le front de l'autre retrouvèrent un peu de dignité. Je laissai la tension retomber en jetant un coup d'œil dans le mini bar : une bouteille d'eau, un petit sachet de cacahuètes. J'ouvris les arachides et regardai mes deux clients encore sonnés. Ce couple allait probablement bien jusqu'à ce que ma cliente vienne fourrer ses sales manigances dans leur vie. Maintenant, lui devrait porter cette espèce de trahison et sa femme oublier que son mari la crut capable de se lancer dans une histoire pareille. De mon côté, le lien entre mon nouveau contrat et ce qu'il fit subir à ces pauvres gens restait obscur. Je n'avais, pour l'instant, défait qu'une partie du sac de nœuds qu'elle me mit entre les mains.

Je finissais mes cacahuètes et pensai soudain que je pouvais peut-être tirer profit de la situation. J'attrapai monsieur D. de mon regard le plus déterminé :

— Vous voulez savoir ce qu'il s'est passé ?

— Je veux savoir qui est cette personne et ce qu'elle nous veut ! déclara-t-il alors que sa femme me regarda durement pour me montrer sa détermination tout identique.

Cette histoire était clairement mon problème, sans que je sache pourquoi, ces gens n'étaient que des dommages collatéraux, mais en me servant de leur curiosité tout à fait légitime je pouvais être rémunéré pour enquêter sur ce qui m'intéressait moi… J'empochais mes honoraires pour le contrat qui venait d'être honoré et négociai habilement le suivant. Accablé par la culpabilité et rongé par la colère à l'idée qu'on s'en prenne ainsi à lui, D. me gratifia d'une avance de quelques centaines d'euros alors qu'aucun résultat n'était garanti. Je savais pertinemment que me payer grassement n'était qu'une façon de se racheter auprès de sa femme, mais peu m'importaient ses mobiles, se faire payer grassement est une expression qu'on peut utiliser trop rarement pour ergoter.

Je raccompagnai monsieur et Madame D. à la porte en leur proposant gentiment de rendre à leur place la clef à la réception pour qu'il puisse vite quitter ce lieu qui n'était pas fait pour des gens comme eux. En réalité, il se faisait tard et reprendre la route après cette foutue journée ne m'enchantait pas, je décidai alors de profiter de cette chambre déjà réglée pour la nuit. Dans leur état, ils étaient bien loin de pouvoir s'imaginer que je profitais allègrement de la situation.

Sur le pas de la porte, monsieur D. me serra franchement la main l'air de dire : je compte sur toi vieux ! La femme garda le silence et me regarda avec une sorte de reconnaissance qui valait bien plus que les biftons de son mari.

La blancheur des néons renforçait la noirceur du parking, c'est sans doute pour ça qu'on fut aussi surpris par les flashs qui éclatèrent pile au moment où je m'apprêtais à retourner dans la chambre, ceux d'un appareil photo braqué sur nous. Nos regards stupéfaits suivirent des yeux la moto qui embarquait celui qui venait de nous tirer le portrait. Je me jetai aussitôt à sa poursuite et fus heureusement très vite rattrapé par un peu de bon sens. Je m'arrêtai dans la pénombre et on n'entendait déjà plus qu'un bourdonnement lointain de la moto qui fila en trombe.

— On nous a suivis ? Je croyais que vous l'aviez mis hors circuit ? grogna D. plus effrayé qu'en colère.

— Ce n'était pas lui croyez-moi.

— Alors qui ?

— Je n'en suis pas certain mais j'ai ma petite idée là-dessus. Rentrez chez vous maintenant, je vous contacte dès que j'en sais davantage.

Ils obtempérèrent, courbés par le poids de la soirée et montèrent dans leur voiture. Je restai planté là en les regardant s'éloigner dans la nuit. Bientôt, il ne restait d'eux que deux petits points lumineux qui rejoignaient le rougeoiement que la ville projetait dans la voûte.

La porte de la chambre restée ouverte laissait s'échappait une trace de lumière jaune qui s'estompait dans la nuit. De là où je me trouvais, on aurait dit un foyer chaud et accueillant, mais en y retournant je ne retrouvai qu'une odieuse chambre de motel à la moquette verte et aux murs jaunis. Je remis mon blouson et décidai que finalement ce maudit bar serait plus accueillant que cette turne.

Le réceptionniste me reconnut. Au lieu de me saluer, il me toisa avec ce que j'interprétais comme une méfiance morbide. Il garda malgré tout son calme pour me dire qu'il espérait que je ne venais pas « perturber sa clientèle ». Je le rassurai en prenant calmement un tabouret et en lui disant de m'apporter un verre. L'endroit était d'une tristesse affligeante. Les trois pauvres routiers qui cuvaient dans leur fauteuil n'avaient pas pris la peine de s'assoir ensemble et de picoler entre collègues. Chacun échoué dans un coin de la pièce, comme si la présence de l'autre leur était insupportable. Le serveur arriva avec mon verre et son regard inchangé. Il avait une nouvelle tenue : un pantalon noir et une chemise blanche surmontée d'un petit gilet de costume bordeaux qui lui filait une fausse allure de croupier. Cette espèce d'élégance maladroite donnait à sa personne et au lieu quelque chose d'hypocrite et de risible à la fois, mais je saluais quand même l'effort en gardant la critique pour moi.

Son regard me déplaisait mais je devais bien avouer qu'à ma dernière venue, la quiétude de sa fameuse clientèle avait effectivement été quelque peu perturbée. Une prostituée à qui je devais un service m'avait demandé de récupérer les papiers qu'un de ses clients avait malencontreusement oubliés dans une des chambres. Le pauvre, en plus d'avoir laissé son larfeuille dans la couette malpropre du motel avait eu la bonne idée de se retrouver aux urgences en plantant sa voiture sur le chemin du retour. Alors si le seul motel du coin, réputé pour être un lieu de passe, appelait chez lui le lendemain pour lui annoncer triomphalement que ses papiers avaient été retrouvés dans une chambre, l'estropié qu'il était aurait en plus de ça fini au tribunal pour un divorce bien difficile à négocier. L'histoire aurait été simple si ladite chambre n'avait pas déjà été occupée par un autre couple. Je récupérai rapidement le portefeuille, mais malgré mes efforts pour régler ça dans le calme, il y eut des cris, des larmes et l'utilisation tapageuse de la barre de mon cric. Logiquement, depuis ce soir-là, la direction de ce respectable établissement et son réceptionniste redoutaient ma venue et tout ce que ça pouvait comporter.

Cette fois, tout s'était passé paisiblement, si on oubliait ce motard et ses photos bien sûr… J'avalai difficilement une gorgée de whisky – tant pis pour le mélange toxique – et me concentrai sur la brûlure qui glissait jusqu'à mon estomac.

Devant le couple, je réussis à garder le masque du professionnel qui gère ce genre de situation sans sourciller. Une fois seul, tout remonta et cogna dans ma tuyauterie : les lettres, les photos, les filatures, les questions. Je sentais l'effet de l'étau qui se fermait sur moi. Les interrogations s'accumulaient et chaque pas en avant épaississait le voile qui flottait sur mes affaires en cours. Dénicher des questions au lieu de pistes me menait doucement vers une frustration coléreuse qui allait, je l'espérais, réveiller la part d'orgueil et de témérité nécessaire à la résolution de cette histoire. *Cette histoire...* Ma cliente aurait sans doute apprécié le choix de ces mots. Je n'aimais pas cette idée, mais il fallait bien avouer que malgré moi j'étais au beau milieu d'une histoire qu'elle avait contribué à créer et peut-être même à planifier. J'étais l'un de ses personnages. Je chassai cette pensée désagréable avec le reste de mon verre. Le personnage devait réfléchir tout seul. J'avais bien une hypothèse sur l'identité de ce motard et de son intérêt pour moi, mais ça ne faisait qu'ajouter à l'horrible sensation d'être traqué. La cible était suspendue à mon dos et m'ébrouer ne faisait qu'attirer davantage l'attention sur moi. Il avait dû me suivre et enclencher volontairement le flash de son appareil en guise d'intimidation. Ça avait plutôt bien fonctionné, mais intimidé ou pas, tout ça me mènerait tout droit au *Smarty's*...

Je me demandais depuis quand je n'avais pas été absorbé de cette façon dans une affaire et je commençai à ressentir le poids de la journée. En guise de réconciliation, je lâchai un pourboire au réceptionniste et rentrai chez moi. Finalement, la literie douteuse du motel ne me disait plus rien. En roulant bien, j'avais encore une chance de bavarder avec Claire avant qu'elle ne s'endorme.

12

Le lendemain soir, en route vers le *Smarty's*, je me concentrais sur la circulation pour ne pas me laisser bouffer par la trouille. Malheureusement pour moi, conduire en fin de soirée dans cette ville, c'était comme marcher sur une plage un soir pluvieux de novembre. J'étais seul sur un tapis roulant mortifère et avais tout le loisir de ne penser qu'aux risques que je prenais. Depuis sept longues années, j'évitais soigneusement cet endroit. Tout un pan de la ville qui s'était en une soirée envolé de mon existence et de mes errances, une partie de mon territoire confisqué. Mais cette nuit repoussée depuis sept années était arrivée. Et malgré l'impression de se jeter dans la gueule du loup et cette trouille qui me bottait les intestins, je conduisais plutôt paisiblement dans la ville fatiguée.

Heureusement, le temps entre ma dernière fois au *Smarty's* et ce soir-là avait enrobé mes blessures dans un drap d'oubli que je ne secouais jamais par peur d'être éclaboussé douloureusement. Les contours tranchants de cette soirée s'étaient peu à peu arrondis et me permettaient de pénétrer le quartier sans laisser mon esprit se perdre dans des conjectures vengeresses et stériles. Tout dans mon affaire m'y menait, j'y retournais donc principalement pour le boulot. Et puis, cette impression d'être mené en bateau depuis plusieurs jours me donnait suffisamment les crocs pour étouffer mes craintes.

La nuit était claire, la lune jetait ses pâles lueurs sur le ciel légèrement embrumé qui dormait sur la ville. À demi cachée, elle n'avait rien de majestueux ou de rassurant, elle avait plutôt l'air boiteuse ou fatiguée et, même si les superstitions ne me parlaient pas, j'espérais que ça n'augurait rien pour moi. De toute façon, la journée n'avait pas attendu les présages lunaires pour mal commencer.

Le matin même, au bureau, Ishak m'apporta mon café avec un petit supplément dont je me serais bien passé.

— Ne fais pas venir ton courrier ici, bougonna-t-il en me tendant une petite enveloppe brune qui commençait à m'être familière.

— Qui t'a remis ça ?

— Personne, c'était dans ma boite à lettres. Ne fais pas venir ton courrier ici, répéta-t-il avant de retourner à sa mise en place.

Je le laissai s'éloigner et ouvris impatiemment la lettre en me demandant dans quelle direction j'allais encore être emmené.

R.,

Comment avance mon roman ? Les ficelles que je tire pour vous semblent doucement accélérer les choses. Continuez à vous laisser perdre et à agir en conséquence. Prenez, s'il le faut, des chemins sombres. Étrangement, ce sont souvent eux qui mènent à la lumière, et pour moi, cette lumière est synonyme de victoire. Vous verrez...

Encore une chose, ne m'en voulez pas d'avoir pris des précautions et des mesures qui jalonnent vos recherches. Disons simplement qu'il s'agit de repères. Même si je vous demande de vous perdre dans les lignes de ce roman en construction, je ne souhaite pas que vous divaguiez sans résultat. Ce ne serait pas bon pour votre moral.

Pour soulager une inquiétude que vous pourriez avoir, ne vous inquiétez pas pour la qualité du dénouement, s'il le faut, je vous fournirais les éléments d'une fin haletante. Cherchez, et faites simplement votre travail de personnage.

PS : Je suis chanceuse au jeu, veuillez trouver un second acompte sur vos honoraires.

Bien à vous,

Une autre liasse de mille euros et encore un coup de gourdin sur la nuque. Je regardais mes doigts comme si je venais de toucher un objet visqueux. À chaque enveloppe ouverte, le même sentiment, celui d'une horrible sensation de proximité, d'enfermement. Comme les lettres précédentes, celle-ci ne contenait aucune information, juste ces maudites insinuations et encouragements narquois. Et avec elle, cet argent facile et malsain qui charriait derrière lui l'odieux sentiment d'être à la fois en laisse et redevable. J'essayai de faire passer ça avec une gorgée de café puis relus encore une fois son papier. Finalement, cette deuxième lecture me rassura. Si j'interprétais bien le ton derrière les tournures de phrases, cette lettre était plutôt encourageante. Visiblement, ma méthode qui consistait à ne pas savoir ce que je faisais fonctionnait plutôt bien. Mais des questions désagréables demeuraient. Comment savait-elle que je réagissais et avançais dans le bon sens ? Comment pouvait-elle avoir un retour sur mes faits et gestes sans que jamais elle ne me demande des comptes ? Étais-je à ce point prévisible ? Un vent familier de paranoïa soufflait sur cette affaire et je commençais même à soupçonner Ishak qui ne bougeait pourtant jamais de son restaurant et qui, surtout, ne montrait toujours qu'un dédain monumental pour mes gesticulations. J'allais finir assis sur les toilettes avec une bouteille dans les mains si je ne bougeais pas de là. Je me mis en route pour l'étude de maître rapace, j'avais une dette à négocier.

La secrétaire, une jeune femme petite et sèche comme un cracker que j'aurais pu briser en toussant trop fort, m'accueillit d'un visage sombre et sévère qui frisait le mépris. Son petit menton anguleux semblait vouloir m'accuser de toutes les bassesses du monde mais j'essayais de ne pas me formaliser. Je lui posai la mise en demeure sous le nez et lui dis que je venais régler une partie de ma dette. Sa petite tête d'enfant colérique se décrispa, elle en devint presque mignonne, du moins aussi mignonne que peut l'être une assistante d'huissier de justice au menton accusateur.

— Je vais voir si Maître Payre peut vous recevoir, dit-elle coquettement. Vous pouvez patientez dans le petit salon juste là, désigna-t-elle de son index tout sec.

Une demi-heure plus tard, le fameux Maître Payre me fit signe d'entrer dans son cabinet, une pièce aride où trônait un austère bureau en bois massif. Il me tendit une vieille main squelettique et m'accusa lui aussi du menton, le même foutu menton acéré que celle qui devait être, vu l'état physique de l'homme, son arrière-petite-fille.

— Bien, monsieur… Hunter ? On me dit que vous souhaitez vous acquitter des sommes pour lesquelles vos créanciers ont sollicité notre étude ? demanda-t-il en tentant de me traverser de son regard aussi délavé que suspicieux.

Ce type avait dû voir tellement de menteurs fauchés que son œil détectait le moindre travestissement de la vérité. Je lui annonçais la couleur sans détour.

— En partie seulement.

Il inclina sa tête comme pour accentuer son analyse puis émit un bruit montrant qu'il comprit l'info et qu'il m'invitait à poursuivre.

— Il me faudra ensuite un délai pour obtenir le reste de la somme, continuai-je en tentant de trouver un ton ferme mais respectueux à la fois : il devait me prendre au sérieux sans être froissé, il me fallait adopter le difficile équilibre des fauchés.

Il émit un autre son qui ressemblait cette fois à un grincement plaintif. Il ouvrit le dossier devant lui, mon dossier, et grinça encore en s'y plongeant. J'imaginais sa maigre carcasse souffrant d'un effort de souplesse mais sans doute n'en avait-il jamais fait pour rester en vie jusque-là. Il se redressa dans un soupir et me demanda de combien on parlait, combien allait-il récupérer. Les deux derniers jours avaient été plutôt rentables. Je récupérai l'acompte de la première lettre, les honoraires de filature pour monsieur D. ainsi que l'avance qu'il me fila pour le renseigner sur notre motard photographe. À tout ça s'ajoutait ce second acompte que je touchai le matin même. J'aurais pu éponger une plus grande partie de ma dette mais je préférai garder quelques liquidités pour mes affaires en cours. Je lui glissais l'enveloppe que j'avais préparée. Elle contenait mille cinq cents euros. Il pouvait s'estimer heureux, il arrivait qu'Ishak attende plusieurs semaines avant que je puisse lui régler quelques misérables cafés. Il compta d'un doigt expert la maigre liasse, me scruta un instant puis remit la tête dans le dossier devant lui. Je ne sais pas exactement ce qu'il contenait, mais le temps me parut long, assez long pour dissiper le maigre respect que je pus lui manifester jusque-là. Il avait l'argent et j'avais autre chose à faire, je fis mine de partir quand enfin il leva les yeux vers moi en laissant échapper un bruit dont visiblement il avait le secret.

— Vous êtes donc une sorte de détective c'est bien ça ?

— On peut dire ça comme ça. Pourquoi ?

— Vous avez besoin de temps, j'ai besoin de récupérer l'argent que vous devez, on peut peut-être trouver un arrangement.

Son menton m'accusait toujours avec autant de vigueur mais sa voix s'était adoucie.

— Je vous écoute, je n'ai pas vraiment le choix…

— Sauf si vous trouvez de quoi rembourser les sommes dues d'ici huit jours…

— Je n'ai donc pas le choix !

— Bien ! dit-il un peu trop victorieusement à mon goût. À certains égards, nous exerçons le même métier. Récupérer les deniers de mes clients nécessite parfois de fouiner jusqu'à débusquer ceux qui éprouvent quelques difficultés à rembourser ce qu'ils doivent mais qui parviennent en revanche à se volatiliser facilement dans la nature.

Je l'écoutais en venir lentement aux faits et pensai soudain à Eddy qui devait lui aussi être planqué quelque part… Je ne m'intéressais plus à cette face de rat et devoir m'y remettre en me frottant à nouveau à ce passé me désolait. Le vieux continua :

— Je n'exerce pas une profession facile, savez-vous pourquoi ? Je vais vous le dire : je travaille contre la nature humaine. L'humain déteste rendre ce qu'il doit. En fait, je besogne chaque jour sur un versant glissant de l'égoïsme, vous comprenez ?

— Pour vous, il n'y a ni bon ni mauvais, juste ceux qui doivent et ceux qui perçoivent.

— Si on veut oui…

Ma façon de résumer sa pensée semblait le perturber. Je le laissai un instant méditer à tout ça en me disant qu'au niveau de la déformation professionnelle ce pauvre vieux en tenait une couche.

— Donc, comment puis-je vous aider dans votre difficile besogne ? demandai-je directement puisque c'était la finalité de son petit laïus.

— Oui ! Mon âge ne me permet qu'avec d'énormes difficultés d'enquêter et de dénicher ceux que je cherche, c'est là que vous pourriez faire quelque chose pour moi, en échange d'un peu de souplesse dans votre mise en demeure. Votre dossier m'indique que vous avez toutes les compétences pour cela. Par ailleurs, vous semblez tout à fait affûté pour vous atteler à ce genre de tâche. Qu'en pensez-vous ?

En sortant du bureau, Louise, celle que le vieux me présenta enfin comme sa petite-fille, visiblement déjà au courant de notre arrangement, me tendit toute guillerette une enveloppe.

— Je vous laisse monsieur Hunter, Louise vous a préparé tous les documents nécessaires pour l'affaire dont nous venons de parler. Nous nous revoyons dans une petite semaine.

Il ferma sèchement la porte et disparut. La petite avait abandonné sa suspicion pour arborer un visage toujours aussi sec mais beaucoup plus lumineux. Dans sa tête, je passais du statut de débiteur récalcitrant à celui de collègue qui selon elle « agrandissait l'équipe »... Ce duo de sac d'os me donnait beaucoup d'envies sauf celle d'agrandir leur équipe, mais encore une fois je n'avais pas vraiment le choix.

Un peu plus tard, installé à une table chez Franck, je jetai un coup d'œil à l'enveloppe de Louise et aux détails de cette nouvelle affaire. C'était dans mes cordes, je devais simplement retrouver quelqu'un et lui rappeler qu'il faisait partie de ceux qui doivent quelque chose à quelqu'un... D'après le petit dossier sous mes yeux, le type en question avait distillé des chèques en bois pour régler ses dettes après avoir récupéré l'héritage familial. Les saisies sur succession sont crapuleuses, ça ne vaut pas beaucoup mieux que dévaliser de vieilles dames, mais devoir de l'argent demande de se plier même aux plus tordues des règles. Le type avait une adresse, le retrouver ne devrait donc pas être si compliqué. L'huissier ne m'avait probablement pas tout dit et la rapidité avec laquelle il me proposa cette solution ne me rassurait pas, mais à chaque jour suffit sa peine. J'avais obtenu un délai, c'était le principal. Je commandai encore un café et en gardai sous le pied pour la soirée qui m'attendait.

À l'autre bout de la journée, j'arrivai donc devant le *Smarty's*. Mes feux balayèrent son parking aux allures de terrain vague. Rien n'avait bougé et ma dernière soirée là semblait dater de la veille. La bâtisse non plus n'avait pas changé. Son néon violacé continuait de projeter sa lumière ringarde dans la nuit en attirant la faune nocturne du coin. Je me garai tout près, sous un lampadaire, pas question cette fois de rester tapis dans l'ombre en attendant ma mort. Il était encore tôt pour l'endroit, personne ne squattait devant le bar. Dans ma tête, à grand renfort de flashs mémoriels brutaux, ma raison battait le rappel de toutes ses forces. Alors avant de renoncer, je sortis de la voiture et m'engouffrai dans la gueule du loup.

Sans conviction et un peu honteux, je récupérai quand même le poing américain qui trainait encore dans la boite à gants, histoire, si besoin, de donner un coup de pouce à ma main gauche dans son épopée solitaire. Je retournais dans le passé et devais forcément remettre mes vieux oripeaux dégoûtants…

Vu l'heure, je rentrai discrètement. Le bar était désert. Seul un type avachi sur un tabouret semblait s'écrouler sur sa bière. Il avait l'air trop vieux et trop gras pour me faire rebrousser chemin. Je me tirai un siège dans le retour du comptoir pour avoir les deux entrées à l'œil. Pas de trace de Marty. Sur ma droite, l'entrée principale ; en face de moi l'épais rideau qui dissimulait la vraie raison d'être du *Smarty's* : les tables de jeu. Une des lourdes paupières du type effondré dans mon champ de vision se leva, il ne m'avait jamais vu, moi non plus, il relâcha bien vite son effort. La salle était fidèle à son délabrement de l'époque ; sans ses jeux illégaux, jamais un client n'aurait la mauvaise idée de s'arrêter dans un troquet si peu soigné. Le mobilier en bois peinait et grinçait à la moindre contrainte, le parquet possédait encore la noblesse d'une forêt de pins oubliée sous une vieille pluie acide et les murs jaunis offraient la chaleur de l'abandon. Le charme sait parfois prendre ses quartiers dans de vieilles buvettes qui gardent avec elles les saveurs d'un temps aux traits amicaux. Le *Smarty's* n'en avait rien à foutre. Chez Marty, on était là pour les vibrations du jeu, pour colorer ses nuits blanches. Le confort on le laissait aux honnêtes gens. Et puis, on venait surtout au *Smarty's* parce qu'on y gagnait…

Marty n'avait pas érigé le profit au rang de doctrine, il aimait faire vivre son affaire et avoir des liquidités disponibles, mais reléguait les gains au second rang. C'est pourquoi le taux de redistribution de son casino était plus élevé qu'ailleurs, les probabilités étaient moins impitoyables chez lui. Chez Marty, on a de la chance, c'est comme ça qu'on disait dans le coin. Et surtout, un tripot où l'on gagne c'est un tripot où l'on revient. Je pensai à ma cliente et me demandai comment cet endroit pouvait attirer une femme, si c'est bien ici qu'elle venait trainer et tentait de m'attirer par la même occasion. Ce qui était certain, c'est qu'elle s'était jusque-là montrée trop fine pour être une simple joueuse du genre à trainer dans des casinos illégaux de seconde zone comme celui-là.

Une fois accoudé à ce comptoir, une fois immergé dans ce lieu redouté, je me rendais compte à quel point j'avais, tout au long de cette journée, tout fait pour éviter de penser à ce moment et aux risques que je prendrais. Je m'y retrouvais sans rien avoir prémédité, sans savoir exactement ce que je comptais tirer de cette plongée dans le passé. Je n'étais pas certain non plus que cette femme soit vraiment venue au *Smarty's*, et surtout, je ne savais pas de quelle façon j'allais être accueilli. Alors, quand le rideau s'écarta et laissa passer la tête du patron, l'amygdale logée dans mon cerveau envoya une violente décharge électrique qui commanda à ma main de me rappeler combien ma dernière soirée ici fut douloureuse. En clair, mon corps réagissait et sonnait le tocsin pour que je fiche le camp. Je laissai passer la douleur et tins bon, j'étais là pour une affaire, pas pour moi, alors la confrontation fantasmée tant de fois aurait bien lieu.

Après le soir de l'agression, Marty disparut totalement de mes radars. Et curieusement, je ne sentis aucune pulsion vengeresse en l'apercevant comme j'avais pu l'imaginer tant de fois. Il finit par sortir entièrement de derrière son rideau, laissant apparaitre son corps ventru et massif. Il arborait encore la même veste de costard en tweed gris foncé qui enveloppait sa carrure de déménageur à la retraite. L'éclairage sommaire ne me laissait pas encore en voir davantage.

Je n'avais rien à faire là, alors forcément, quand Marty me reconnut, il dut feindre l'indifférence. Si je ne l'avais pas suivi du regard, je n'aurais probablement pas remarqué la demi-seconde d'hésitation qu'il laissa échapper. L'effet de surprise était de mon côté et c'était bien l'une des seules choses qui me rassurait.

Il passa derrière le comptoir, prit le temps de glisser quelque chose dans un tiroir et vint vers moi. Le temps ne l'avait pas épargné, sa vie nocturne lui avait tiré les traits et légué une paire de malles de voyage sous ses yeux bleu clair. Son regard vif avait perdu de son éclat comme une pierre semi-précieuse dépolie par le temps et le manque de soin, mais au-delà de la fatigue, je lui reconnus son air jovial, bien content de la place qu'il s'était faite dans le milieu, celui de la nuit et des jeux illégaux, et de la notoriété qu'il en retirait.

Sa vie passée derrière un comptoir en avait fait un habile bavard, un vrai noyeur de poisson. Il s'approcha alors rapidement de moi, et après s'être éclairci grassement la voix, prit la parole naturellement :

— Pas plus tard que ce matin, je parlais avec un client, et je lui disais que peu importait l'heure, la journée finissait toujours par nous surprendre d'une façon ou d'une autre. Qui aurait parié sur ton retour ici ce soir ? demanda-t-il dans un faux rire.

— Je ne l'aurais pas fait moi-même.

— Alors t'es une sorte de détective maintenant, ça paye bien ? enchaîna-t-il sans transition, alimentant la discussion comme il le faisait toujours.

— Si ça payait bien je ne viendrais pas dans ce coin.

— Ouais… Si c'est pas pour le plaisir, t'es là pour le boulot. Qu'est-ce que tu cherches ? On m'a dit que t'étais pas contre remettre les pieds dans des coins peu fréquentables. Tu t'es montré plus prudent ces dernières années. On n'est jamais à l'abri d'une mauvaise rencontre dans ce genre d'endroit…

— T'inquiète pas autant Marty, je ne suis plus le journaliste qui en avait après ton business, dis-je sans relever sa menace, inversant les rôles pour lui faire croire un instant que la peur était de son côté.

Sa grosse tête fatiguée fit une sorte de moue le temps de comprendre ma manœuvre. Marty était un foutu causeur mais pas un abruti. Son hésitation me donnait toutefois le temps de prendre pied dans cet affrontement que j'imaginai tant de fois les années passées. Le temps d'un soupir, il me toisa en réfléchissant. Il n'avait rien à craindre de la justice, quel que soit l'arrangement qu'il avait trouvé, il tenait toujours puisque sa boutique existait encore. Alors il finit par balayer les éventuels risques que tout ça pouvait représenter en allant se servir un fond de bière dans un bock. D'un geste, il m'en proposa aussi. Je le regardais manier la tireuse et me surpris à me demander s'il ferait un bon personnage. Je n'en savais rien mais je me dis que j'avais fini par rentrer pleinement dans mon affaire. Je profitais cependant de son coup de défense pour mettre les pieds dans le plat :

— Y a un autre pari que je n'aurais jamais fait, lançai-je en lui laissant le temps de revenir de la tireuse. Qui aurait pu croire qu'un corbeau ferait un jour chanter ta petite bande !

Son bref silence me confirmait que je venais de taper où il fallait. J'enfonçai le clou en ajoutant qu'il était encore plus surprenant qu'une femme se mette à vouloir mettre ses pieds au *Smarty's*. Cette fois, Marty démarra comme un taureau furieux, visiblement piqué que je puisse être au courant des menaces postales qu'on adressait à son entourage.

— Va falloir arrêter les devinettes et parler maintenant. Je sais que t'as vu Roger, une femme à la manœuvre tu dis ? D'où tu tiens ça, elle est avec toi ? cracha-t-il en s'approchant menaçant.

Mon poing me lançait, tentait de secouer mes craintes et mon bon sens, mais je restai lucide. Marty avait toujours délégué les actes violents jusque-là, je pouvais continuer à creuser mon trou.

— Je n'ai rien à voir avec cette femme, mentis-je. Ton baveux a eu du mal à me tirer les vers du nez, médis-je en voyant doucement une espèce de plan foireux s'afficher devant moi, alors j'ai préféré débarquer ici pour en causer avec toi.

— Foutue faucheuse ! Tu parles d'un avocat ! gronda-t-il.

— Je sais bien qu'il voulait me sonder histoire de voir si c'était moi votre corbeau. Résultat, je suis là devant toi, balançais-je en entendant ma testostérone applaudir.

— Qu'est-ce que tu sais alors ? C'est qui cette gonzesse, qu'est-ce qu'elle veut ? Si t'as pris la peine d'oser remettre un pied dans ce coin de la ville, doit bien y avoir une raison. Faut pas croire tout ce qu'on dit R., la foudre peut taper deux fois au même endroit, dit-il en s'apprêtant à poser sa pogne sur ma main meurtrie.

Je stoppai son geste en laissant lourdement tomber ma main gauche équipée du poing américain sur le comptoir. Je n'avais pas le choix, j'avais visiblement sous-estimé les liens entre Marty et la violence. Et puis, dans ce théâtre, je devais porter le bon masque. Même si cet outil ne m'inspirait plus, il jouait ici un rôle qui m'éviterait bien des douleurs. Avoir l'air, c'est souvent plus important que le reste… Le zinc résonna et, le visage déformé par un sourire factice, il fit un pas en arrière.

— Doucement vieux ! On ne va pas gâcher nos retrouvailles comme ça.

— Garde tes allusions menaçantes et on pourra causer tranquillement.

À ma grande surprise, j'avais pris l'ascendant. Il me regarda un instant en sifflant le reste de sa choppe sans me quitter du regard, comme s'il redoutait que je lui saute à la gorge. Puis il redemanda :

— Alors qu'est-ce que tu veux ?

— J'ai peut-être une piste pour retrouver ta bonne femme.

— Ne me dis pas que t'es venu ici chercher du boulot ?

— Faut croire que si…

Il secoua la tête et jeta un coup d'œil à un groupe d'hommes qui entra dans le bar. Il leur fit signe amicalement et je remis discrètement ma main gauche en poche. J'avais soudainement très envie d'abréger ma soirée avant que cet endroit ne se transforme encore une fois en une souricière.

— Elle n'a pas adressé ses lettres qu'à moi. Mousse et certains de ses potes ne vont pas tarder, tu pourras voir avec eux, me proposa-t-il sans avoir l'air de vouloir me la faire à l'envers.

Le groupe d'hommes avait choisi une table dans le fond de la salle. Je m'apaisais en constatant que je n'en reconnaissais aucun et qu'ils ne me prêtaient aucun intérêt. Mais comme les autres ne devraient pas tarder, je décidai de couper cours :

— Si tes copains sont intéressés par mes services, vous pouvez me trouver dans le bottin, conclus-je en rangeant mon tabouret.

Je laissai Marty m'observer sortir de son bar comme un animal en danger mais satisfait de son forfait. Cette journée trouva finalement une voie à peu près praticable, je venais de semer le doute et de récupérer quelques infos qui devraient m'aider à me perdre avec un peu plus de panache.

13

5 ans plus tôt

— R., parle-nous de ce Marty, dit Rosie avec autant de précautions que de conviction.

Ma piteuse et dernière sortie dans les bas-fonds de la ville remontait à plusieurs mois déjà. Depuis, je croupissais chez moi en laissant le temps rapiécer ce qui pouvait encore l'être de mon égo déchiré. Les jours et les semaines défilaient. Entre les opérations, ma main désenflait sans réellement récupérer de sa mobilité, et surtout, le temps s'écoulait sans que je trouve un soupçon de sens à cette nouvelle vie. J'avais fait ce qu'il fallait pour faire foirer mes entretiens d'embauches dans les boites de sécurité du coin et vivais mon quasi-enfermement en commençant à le considérer doucement comme le seul rempart au danger que pouvait représenter mon ancien milieu. J'aurais pu dépérir comme ça tranquillement, en prenant le soin d'éviter mon reflet et de laisser filer l'idée même de renouveau. J'aurais pu continuer à accepter avec résignation que mon corps ne m'autorisait plus à être celui que j'avais toujours été. J'aurais pu attendre de mordre la poussière définitivement. J'aurais pu tout ça si dans ma chute je n'entrainais pas ma femme avec moi. Claire était forte et pragmatique, elle gérait mon dysfonctionnement permanent en s'occupant des conséquences les unes après les autres, faisait preuve à la fois de rigueur pour me supporter et de souplesse pour ne pas rompre. Sur un ring, elle aurait fait du petit bois d'une lavette comme moi, après quoi elle m'aurait laissé sombrer avec tous les débris que je charriais dans mon sillage. Elle tint le coup comme ça jusqu'à ce qu'elle se heurte au plafond de verre de sa compréhension : la lucidité.

Un soir, on sonna à l'interphone. Quelques secondes plus tard, je vis débouler ma vieille amie dans le salon. Lorsque Claire comprit qu'elle ne parviendrait pas à me relever seule, elle trouva Rosie tout naturellement, comme une grande sœur qu'on appelle en dernier recours. Elle laissa ses clients bavards pour venir écouter mes salades.

Alors ce soir-là, j'eus deux femmes pour moi, mais pas dans les conditions qu'on aurait pu imaginer. C'est comme ça que Rosie en vint à me demander de lui parler de Marty, pensant sans doute que parler était la bonne voie pour remonter à la surface. Acculé dans un coin, je n'avais plus vraiment d'alternative, la thérapie par la parole me semblait une belle foutaise mais j'eus l'intelligence d'être attendri par la démarche de Claire et sa pugnacité hors du commun. Alors je n'eus pas d'autre choix que de m'y mettre.

Je commençai par une grande partie de l'explication : mon boulot. Un journaliste potable cherche avant tout à comprendre son environnement, à avoir une vision claire des liens, des tensions, des histoires qui donnent à la ville son identité et sa mentalité. Chaque quartier à ses gueules, ses idiomatismes, ses histoires cachées sous chaque pavé, derrière chaque pas. Pour ça, je débarquai avec un gros avantage. Je devais faire parler des rues que je parcourais depuis toujours. Et puis y avait la boxe. Trainer depuis la fin de l'enfance dans ce milieu, celui de la salle et de sa clientèle, fit de moi un des éléments de ce terreau qui allait devenir ma matière première. La boxe ne se définit pas seulement par la violence, mais elle attire dans ses salles une foule qui n'envisage aucune autre finalité à ce sport. Alors logiquement, parmi nous trainaient déjà certains des noms que j'écrirais plus tard dans les colonnes *faits divers* de mon canard. En fait, en fréquentant cette salle de sport, je forgeais sans le savoir la porosité des représentations de l'homme et du journaliste que je deviendrais.

Marty était plus âgé que moi, et sans qu'il fasse partie de mon cercle, j'entendis souvent parler de lui. Le moins qu'on puisse dire, c'est qu'il grandit avec un rapport à l'argent très particulier. Fin des années 70, le père de Marty perd son boulot. Le choc pétrolier crée un choc familial : le couple quitte le Nord et vient s'installer dans un ensemble d'*Habitation bon marché* déjà mal en point, juste en bas de ce qui deviendrait quelques années plus tard le très convoité quartier de la Colline. Il n'est pas encore né, mais son père commence à lui forger un patrimoine. Comme la plupart des gars de sa génération, Rico est un bosseur, même en plein marasme, il se dégotte des jobs par-ci par-là. Mais malgré sa bonne volonté, les périodes de chômage lui laissent beaucoup trop de temps libre. Marty a déjà quelques années lorsqu'un soir son père pénètre dans le mauvais bistrot. Il boit un dernier canon avant de rentrer quand une dispute éclate dans l'arrière-salle. Il observe la scène et voit bientôt un des hommes quitter la table et claquer la porte. C'est là que le hasard fit un croche-pied à la famille de Marty. Le troquet est presque vide, Rico connaît vaguement les types bruyants du fond de la salle ; ils l'invitent à venir s'installer à la place libérée.

— Rico, t'as déjà joué ? lui lança ce gaillard dont il ne connaissait même pas le nom mais qui, avec cette simple question, enclencha un processus qui participerait à la fabrication de ce que Marty allait devenir.

Rico n'avait jamais joué et ça aurait pu continuer comme ça si par chance il n'avait pas dans sa poche un billet de vingt francs… Il est prudent, demande qu'on lui fasse de la monnaie, et finit par entamer une fascination qui laissera place au vice. Piqué par le jeu en quelques mises seulement, il s'installa durablement à cette nouvelle place qu'on lui attribua bien gentiment. On jouait simplement entre amis, pas assez pour transformer dans les esprits ce troquet en tripot, mais on jouait suffisamment pour rendre Rico malade. Il continuait à bosser là où il pouvait, mais une grande partie de ses revenus finissaient sur la table de jeux, répartis dans les poches de ses nouveaux amis. Une simple histoire de joueur, sauf qu'à force de perdre la main aux cartes, Rico choppa une autre maladie.

Ça arrive une fois, puis une deuxième, et ça devient récurrent. Le père rentre ivre de rage d'avoir encore distillé sa monnaie sur la table et il s'en prend à sa femme. Rico ne picolait pas, ou trop peu pour en faire mauvais bougre, il travaillait quand il avait la chance de trouver du boulot, il tenait les clichés à bonne distance jusqu'au soir où il digéra ses pertes dans les coups et les cris. Personne n'était là pour pouvoir le dire, peut-être que Marty ne fut jamais témoin des colères de son père, mais ce qui est sûr, c'est que dans les appartements de la Colline, personne n'échappe aux bandes sons de ce genre de scènes. Quoi qu'il en soit, ce n'était pas le petit Marty qui aurait pu venir en aide à sa mère.

Un beau jour, l'un des collègues de jeu de Rico crut reconnaitre sa femme dans un supermarché du coin. Lunette de soleil, l'air gêné et fuyant, elle avait tout de celle sur qui on avait passait ses nerfs. Ça prit un peu de temps mais on finit par comprendre ce qui ne tournait pas rond chez Rico, pas foutu d'encaisser sa malchance, d'assumer ses vices, autrement qu'en envoyant des beignes dans la tronche de sa compagne. Les mois passaient, Rico continuait d'y laisser des plumes et les gars autour de la table n'osaient plus se regarder dans une glace après l'avoir laissé rentrer chez lui fou de rage. La colère et la honte amenèrent le groupe d'hommes à se retrouver un soir dans un autre bar du quartier, il fallait s'occuper de Rico. Ils restèrent silencieux un long moment en sachant bien la portée de leur réunion. Ils ne discutèrent pas longtemps, il n'y avait pas cinquante manières de mettre un terme à ce qu'ils considéraient comme une lâcheté indigérable. Ils se mirent d'accord pour régler le problème de cette femme. Ils agiraient dès la fois suivante.

Rico se pointa comme à son habitude, avec dans l'œil la certitude que cette fois était la bonne, et s'installa à la table où tous l'attendaient déjà. Et ils jouèrent, comme toujours, à ceci près qu'ils firent comme ils avaient convenu, ils s'occupèrent du cas de Rico. Les parties s'enchaînèrent et il finit par quitter sa place et rentrer chez lui. Mais pour une fois, il rentra avec quelque chose en poche. Les gars s'étaient mis d'accord, à chaque fois que ce salopard de Rico s'installerait à leur table, il le laisserait gagner quelque chose, juste assez pour qu'il rentre avec autre chose qu'une envie de cogner sa femme. La bonté sait parfois se frayer un chemin dans le vice.

Des années plus tard, quand le jeune Marty était en âge de comprendre ce qu'on disait parfois de son père dans les cafés où il retrouvait ses potes, son regard sur l'argent fut pris d'un strabisme suffisamment divergeant pour lui donner un rôle ambigu dans son existence.

En bon jeune de la Colline, il grandit à l'ombre des tours de sa cité, entouré par sa bande et toujours occupé à s'inventer de nouvelles activités lucratives. Il s'essaya au commerce, mais la vente n'attisait pas une lueur suffisamment vive dans l'œil de ses clients. Il glissa alors naturellement vers ce qui pouvait attirer viscéralement les gens à lui : le jeu. Bento, jeux de cartes, paris hippiques, sur le championnat de foot ou les combats de boxe des gamins du quartier, il exploitait tout ce qui pouvait générer de l'argent en jouant avec l'espoir de richesse de ses potes. Au fil du temps, le nom de Marty se mit à circuler parfois dans les vestiaires, il approchait soi-disant les boxeurs des clubs voisins pour tenter de truquer les combats interclubs. On n'en sut jamais rien, il était trop malin pour dévoiler toutes ses cartes dans son propre quartier. Un léger soupçon de doute venait s'immiscer dans la saveur de nos victoires, mais ça ne restait que des doutes qui se dissipaient dans l'euphorie que laissaient nos rencontres remportées.

Quand on a le nez dedans, on ne sent plus dans quelle fragrance on patauge. Alors lui et ses potes ne sentaient pas encore le déclin inexorable de sa cité qui vieillissait et se retrouvait de plus en plus éloignée de la ville et de ses considérations. Il grandissait, le quartier prenait de l'âge. Dans les fissures de son bloc s'immisçait ce qu'il fallait de violence, de combine, de frustration et de communautarisme pour que lentement le milieu le façonne. Marty et ses gars ne comprenaient pas les pleurnicheries qu'on pouvait entendre sur l'état des banlieues comme la leur, comment vivre autrement que dans le cocon d'un HLM où la vie en société prenait tout son sens ? Il n'aurait troqué son univers contre rien au monde, satisfait de celui qu'il devenait, endurci par son environnement bétonné et par la nécessité de se forger un caractère résistant aux attaques du lieu. Avec la majorité et l'expérience qu'il emmagasinait, il lança d'autres chantiers qui parachèveraient sa maîtrise du domaine. Il traina alors de longues journées au champ de courses et d'interminables nuits au casino. Vacciné par les cris de sa mère et la réputation misérable de son père, il plongea lui aussi dans le jeu mais resta du côté de ceux qui rentrent les poches pleines. Scientifique de cité, businessman de cage d'escalier, il observa ces joueurs se déchaîner autour des tables ou de l'hippodrome et acquit une parfaite connaissance de ce mal si irrésistible et si coûteux que tous semblaient accueillir chaleureusement.

Le temps de devenir journaliste, je quittai le quartier et Marty disparut de mon radar. En revenant, je trouvais une ville changée, lancée dans une mue teintée de modernité. De son côté, le quartier avait évolué aussi, mais dans le sens opposé, dans un vieillissement souligné par les quelques pansements que la mairie venait parfois apposer sur ses plaies trop laides. La grande majorité des gars que j'abandonnai là s'y trouvait toujours à mon retour. Ce fut sans doute ce qui m'étonna le plus, cette capacité à tourner en rond sans jamais se sentir enfermé. Jusqu'à ce que la vieillesse vienne fourrer son nez dans ces existences, elles restent figées dans le béton qui les entoure.

C'est à mon retour que j'eus réellement à faire à Marty, directement, pas au sein d'un groupe qui divague ou dans une soirée où les visages se croisent sans réellement s'accrocher. Je travaillais au journal depuis quelques mois seulement. Ce n'était pas ma première affaire, mais ma vision était encore celle étriquée et manichéenne du jeune journaliste déconnecté de son ancien quartier à l'influence toute particulière.

Un de nos contacts à la PJ nous avait rencardés sur une affaire qui sortait de l'ordinaire. Depuis plusieurs semaines, la ville semblait héberger un mystérieux bienfaiteur qui, la nuit tombée, garnissait généreusement certaines boites à lettres d'enveloppes contenant un peu d'argent liquide. Bien trop original pour qu'on ne s'y intéresse pas. Le Code pénal interdit la distribution d'argent à des fins publicitaires sur la voie publique, mais la loi n'avait pas encore exploré l'éventualité d'une espèce de distribution altruiste. On ne pouvait pas laisser courir cette histoire sans y mettre notre nez. La provenance, le but, les conséquences, tout semblait malsain et laissait galoper notre imagination. L'argent était l'un des moteurs de notre métier. Sans ce vecteur de haine et de problèmes en tout genre, on pourrait nettement diminuer notre tirage quotidien. Ces sales pattes fiduciaires se retrouvent à tous les niveaux, même le sexe ne sait pas lui faire concurrence. Il m'arrive de douter de l'activité sexuelle des petites vieilles que je croise, mais ce qui est sûr, c'est que jusqu'à la fin elles garderont un peu de force pour gratter et cocher des cases au bureau de tabac du coin…

Le fameux facteur ne nous avait gratifiés d'aucun indice, alors forcément, il ne nous restait plus qu'à flairer dans les coins qu'on connaissait pour secouer les quelques personnes qui trempaient dans tout ce qui se faisait de pas net dans cette ville. Je pensai assez rapidement à Marty. Son bar n'existait pas encore à cette époque-là, mais d'après ce que je savais de son histoire personnelle et de ses activités, il ne pouvait qu'être intéressé par cette histoire, et peut-être même avoir un lien avec elle.

Je le trouvai au quai de déchargement où il travaillait tous les matins. Lui aussi savait ce que j'étais devenu et il se prêta sans rechigner à affronter mes questions et mes soupçons. On s'installa dans un Algeco vieillissant qui faisait office de salle de pause imbibée de café réchauffé et de fumée. Comme toujours, c'est lui qui engagea la discussion, une sorte de principe chez lui.

— Alors ça y est, tu fais partie des gentils maintenant ? commença-t-il avec un demi-sourire moqueur. T'as pourtant trainé parmi nous longtemps, faut croire que t'étais pas du même bois que nous autres.

— Gentils, méchants, tout ça, c'est bon pour les séries TV. C'est juste un métier Marty, un métier qui me permet de jeter un peu de lumière sur ce coin qui commence franchement à sombrer. Tu sais que même par ici certains aimeraient une vie normale ?

— Normale, pas normale, c'est pas bon pour les séries TV ça ? se moqua-t-il en buvant bruyamment une gorgée sans me quitter du regard. Mais c'est vrai R., t'as raison, les contours ne sont pas aussi nets que ça.

— Qu'est-ce que tu veux dire ?

— Tu le verras bien par toi-même. Pourquoi t'es venu me trouver ?

Je lui parlais de notre histoire de facteur et de sa distribution d'oseille. Ça le fit d'abord marrer un bon coup, puis il comprit que ma venue était synonyme de soupçons, alors il devint plus grave.

— Pourquoi tu viens me parler de ça à moi, ici, sur mon lieu de travail ? Qu'est-ce que tu me veux ?

— Je sais que les histoires d'argents t'intéressent, je me suis dit que t'étais peut-être au courant de quelque chose.

— Qui est-ce que ça n'intéresse pas les histoires de pognon ? Les gentils fouineurs comme toi ?

— Faut croire que si, sinon je ne serais pas là à discuter amicalement avec toi.

— Ouais… fit-il en se fourrant une cibiche entre ses lèvres.

Puis il commença par me rappeler l'histoire du braquage du Trésor public, ce fait divers qui secoua la ville alors que je courais encore derrière ma carte de presse. À cette époque, on pouvait encore se déplacer et payer ses impôts en liquide, un groupe de braqueurs planifia alors une descente dans une des perceptions de la ville. Manque de pot, un des guichetiers confondit sa tirelire et celle de l'État. Il se mit en travers de leur chemin, sacrifia un poumon mais mit l'équipe en déroute chargée de sacs de billets maculés. La ville, les flics et les journaleux se retrouvèrent avec un guichetier héroïque, des braqueurs en fuite et un trou dans la caisse sur les bras. On fourmilla dans tous les recoins de la ville pendant des mois, la Colline se retrouva vite dans le collimateur et les doutes finirent logiquement par se jeter sur l'entourage de Marty. On s'épuisa pour ne jamais tirer sur la bonne ficelle. Je connaissais le dossier par cœur et n'avais franchement pas envie d'en entendre le récit. Il le lut sur mon visage et en profita pour me dire qu'il tirait la même tronche lorsqu'on venait sans cesse lui chercher des noises à chaque délit commis dans cette ville. Il ne s'attarda pas davantage sur cette histoire et finit par noyer le poisson magistralement :

— Je vois que cette histoire-là ne t'intéresse pas alors je vais t'en raconter une autre. T'as déjà entendu parler de l'effraye des clochers. ?

Il souffla abondamment sa fumée autour de lui et c'est là que Marty le causeur se mit réellement en marche, il continua :

— C'est un oiseau R., une sorte de chouette, un oiseau de nuit quoi. Je l'aime bien cet animal. On ne peut pas le confondre avec les autres, ça, c'est clair. Sa face est blanche et en forme de cœur, c'est pas pour jouer les romantiques, ça lui permet d'entendre une bestiole tousser à l'autre bout de la plaine. Mais tu vois, ce que j'aime chez ce piaf c'est sa réputation. Il vit la nuit donc on s'en méfie d'entrée de jeu. Et puis il aime trainer dans des coins un peu abandonnés, un peu crasseux, des granges, des clochers, des maisons délabrées… Si t'as l'occasion de le voir s'envoler tu verras c'est grandiose, une forme blanche qui se glisse gracieusement dans la nuit… Le problème je disais, c'est sa réputation. Tu sais qu'à une époque on les clouait aux portes pour conjurer le mauvais sort ? On lui faisait porter le chapeau à la pauvre bête ! Présage lugubre, messager de la faucheuse, dame blanche… C'est le genre de blase qu'on lui faisait porter. Tout ça à cause du raffut qu'elle faisait dans les greniers et les granges. Imagine-toi, t'es pénard chez toi, à deux doigts de baisser la vitrine. Et là, juste au-dessus, t'entends un soupir, des chuintements stridents, t'as vite fait de t'en inventer de bonnes. Une drôle de tronche qui traine la nuit et te fait beurrer ton calcif avec ces cris inquiétants… Forcément, on s'en est pris à elle. Alors que finalement elle faisait quoi d'autre qu'attraper des souris dans ton grenier cette pauvre chouette ? Pour moi c'est du délit de sale gueule, rien d'autre, finit-il par dire en se levant pour poser sa tasse dans l'évier.

Mes questions s'étaient noyées dans son flot de paroles et je pouvais m'assoir sur mes réponses. Je n'obtiendrais rien de lui. Il gérait sa vie privée avec sa faculté à caser des anecdotes dans les mailles des discussions qui venaient tirer la manche de sa vie secrète. Marty ne mentait jamais mais revêtait toujours ses zones d'ombre d'un bavardage tentaculaire tiré d'on ne savait où. Discuter avec lui revenait trop souvent à subir son verbiage, c'était comme essayer de bavarder avec une chaîne de radio de province.

Appuyé contre l'inox, ce petit salopard me regardait en savourant l'instant jusqu'à ce qu'il décide que sa pause avait assez duré. Je quittai les lieux sans l'ombre d'une réponse, mais quelque temps après mon passage, la distribution d'argent finit par se tarir.

Les années passèrent et Marty continua à actionner chez les autres ce levier qu'était l'espoir de s'enrichir. Il laissa la violence à ceux qui avaient plus de tripes et moins de neurones que lui et n'avait pas un assez mauvais fond pour tomber dans la dope. Il avait accepté inconsciemment cette trajectoire depuis l'enfance, l'argent et le jeu étaient ses vices, mais il avait suffisamment déplacé le curseur pour être celui qui fait jouer plutôt que d'être celui qui perd. De façon paradoxale, il avait aussi, au fil du temps et de son observation des joueurs, développé une sorte de haine pour la défaite et la détresse du perdant. C'est de cette façon qu'il avait construit son business sur des préceptes contradictoires : faire de l'argent grâce au jeu tout en aplanissant autant qu'il le pourrait les risques et la honte. Personne ne savait s'il se le figurait de cette façon, mais il ne faisait que prolonger la méthode que les camarades de son père avaient trouvée pour épargner sa mère. Aussi singulière que pût être son histoire, Marty fut comme tout le monde façonné par son milieu, l'argent et la violence. Personne n'échappe à ces trois-là.

Elles m'écoutèrent attentivement. Je parlai longuement, plus que je m'en croyais capable, même si je ne pigeais pas encore en quoi leur raconter l'histoire de Marty allait les aider à me faire remonter la pente. Jusqu'à que Rosie m'interrompe enfin :

— Alors tu l'as choisi lui ? demanda-t-elle simplement.

— Comment ça, *choisi* ?

— C'est pour ce genre de type que tu laisses tout foutre le camp ? T'as choisi de voir sa tronche à chaque fois que tu fermeras les yeux en te demandant où a filé ta vie ?

— Ne lui donne pas cette place R, ne te couche pas pour lui, ajouta Claire pour m'achever.

Ce fut encore une fois la gifle d'une femme qui contribua à me remettre en marche. J'étais au tapis et n'entendais pas le décompte menaçant de l'arbitre jusqu'à ce que ces deux voix viennent me secouer. Les semaines continuèrent à filer puis, à force de m'appuyer sur ces mots prononcés et ces questions cinglantes, je finis par me relever lentement en saisissant la première opportunité venue.

L'opportunité en question n'était pas glorieuse puisqu'elle portait le visage de mon cousin, celui à qui la testostérone fit toujours cruellement défaut et à qui je devais toujours un service. Le brave et procédurier fonctionnaire n'était pas du genre à oublier qu'on lui devait quelque chose, et dans ce genre de situation, il accordait beaucoup d'importance à la parole d'un homme comme il disait. Son histoire de montre laissée au Mont de piété fut donc celle qui me fit débuter ma nouvelle carrière. Autrement dit, c'est à Hervé la gencive, comme on appelait à l'époque ce cousin, que je devais en partie la reconquête de mon existence et de mon égo. Cette fichue montre m'envoya patauger dans de drôles d'endroits et me donna plus de fils à retordre que je ne l'aurais pensé, mais je finis par remettre la main dessus et lancer ma nouvelle activité.

14

À l'époque où je boxais encore, un soir de combat était systématiquement suivi d'une nuit blanche éclairée par les images de l'affrontement. Perdu dans les mouvements perpétuels et dans l'état vaseux de la quête du sommeil, je subissais l'affrontement une seconde fois. La douleur et l'excitation finissaient par s'évacuer dans l'insomnie. Après mon retour au *Smarty's*, couché sur le canapé pour ne pas déranger Claire, je cherchais le repos avec Marty bourdonnant dans les oreilles et s'agitant sous mes paupières.

Les premières moirures de l'aube perçaient les volets mal fermés, j'en profitai pour mettre un terme à cette parodie de sommeil. Une douche plus tard, je me retrouvais en voiture à la recherche d'un café déjà ouvert. Le ciel couvert m'accompagnait dans la brume typique de l'insomniaque qui doit fonctionner malgré la fatigue. J'étais capable d'encaisser plusieurs nuits d'insomnie en fonctionnant à peu près normalement, mais je savais déjà que j'allais trainer mon poids mort pendant cette journée qui s'annonçait longue. Une journée chargée qui gardait son mystère quant au sens dans lequel j'allais courir. Ce qui était certain, c'est que je devrais me secouer les méninges pour m'y retrouver dans toutes les pistes sur lesquelles j'avais déjà glissé un pied. Et ça, je ne pourrais le faire qu'après avoir ingéré une dose excessive de caféine.

Ishak n'avait pas encore levé sa devanture. Je pris alors la direction du centre en m'enfonçant dans le silence matinal. La chaussée se diluait dans l'humidité en me donnant l'impression de conduire sur un tapis spongieux. Par endroit, le soleil parvenait à lancer un de ses rayons pour redonner un peu d'allure à l'asphalte et m'offrir un peu de foi en cette journée.

J'évitai de me rendre chez Franck. Réfléchir dans mon état demandait un terrain neutre, autrement dit, je ne souhaitais pas gaspiller le peu d'énergie qu'il me restait à écouter Lionnel pérorer sur l'espace Schengen ou le prélèvement à la source. Je me retrouvai donc installé au café de la gare. Les cafés de gare sont des endroits sans âme où les habitués sont des passants qui s'offrent une tasse pour pouvoir utiliser les toilettes, le tout bercé dans une fausse musique Jazz débitée par un pianiste à qui il doit manquer trois doigts. Mais pour cette fois-là, ça faisait l'affaire. Je m'installai en regardant avec compassion le serveur qui arrivait. Le pauvre n'était pour moi qu'une dame pipi endimanchée qui ne devait son salut qu'à une surdité sélective et un égo peu regardant. Il m'apporta rapidement une tasse et je pus enfin chasser un peu de la brume qui m'entourait l'esprit.

J'étais revenu indemne de chez Marty mais les premières gorgées de café pansaient les plaies de ma nuit. Je ne connaissais pas encore le résultat final, mais le bilan était plutôt positif. L'allusion au risque que je prenais en me pointant chez lui me confirmait son implication dans mon histoire et corroborait *ma version.* Le temps avait suffisamment dilué la colère pour que cette info ne crée pas en moi de projets de vengeance, j'en retirais simplement une satisfaction depuis toujours interdite. Finalement, plus grand-chose n'importait sinon la vérité. Et puis, imaginer Marty recadrer son avocat à la langue pendue m'aidait à faire passer mon humeur en mal de sommeil.

Un ou deux cafés plus tard, je ne m'occupais toujours pas du temps qui filait ni des voyageurs qui abandonnaient leur place le temps d'un tour aux toilettes. Mais entre deux absences, j'essayais toujours de tirer les bonnes conclusions de ma soirée. Si j'avais récupéré une bonne dose de confiance et obtenu des réponses sur mon passé, je n'en avais pas vraiment appris davantage sur ma cliente, hormis qu'elle n'avait visiblement jamais mis les pieds aux *Smarty's.* Là-bas aussi, elle restait planquée derrière ses courriers.

À mon troisième café, j'essayai de me concentrer sur ce que je savais et envisageai les quelques pistes qui s'offraient à moi. Je devais décider dans laquelle m'engouffrer en premier. Potentiellement, j'étais en selle dans quatre affaires et trois d'entre elles menaient au *Smarty's* et son entourage : ma mystérieuse cliente et son goût pour les lettres, monsieur D et notre motard photographe qui avait dû être lancé à mes basques pour me couper l'envie de faire une petite virée dans le passé, et enfin, les clients de Marty qui allaient probablement me contacter pour essayer de mettre la main sur leur corbeau. En quelques jours, je passai de l'inactivité au surmenage. Mon affaire principale, la première et celle qui payait le mieux, était finalement celle que je devais laisser de côté faute d'éléments. Je n'avais qu'à suivre les conseils de ma cliente et *me laisser perdre* en m'intéressant à mon huissier et au job d'usurier qu'il me confia. Les infos de Maître C. sur le type en question et les raisons qui l'empêchaient de récupérer lui-même l'argent étaient plutôt maigres, ça sentait légèrement le traquenard, mais peu importait, ce compromis arrangeait bien mes affaires.

Celui qui intéressait l'huissier, ce petit fumier qui osait s'imaginer s'en sortir sans payer ce qu'il devait, vivait dans un lotissement flanqué au bord de l'autoroute, un quartier sans réputation dans lequel je ne m'étais jamais arrêté et duquel ses propres habitants s'enfuyaient aux premières lueurs du jour. Je commençai par faire lentement le tour de la zone où une centaine de maisonnettes se partageaient de minuscules parcelles. C'était calme, presque sinistre de tranquillité, les habitations pastel semblaient attendre patiemment une proposition de préretraite. Tout à fait le genre de lieu qui n'apprécierait pas de trop forts remous, je devrais régler ça calmement. L'adresse qui figurait dans le dossier m'amena à un terrain où je découvris un petit Mobil-home et une caravane devant laquelle stationnait une vieille berline. Le campement défigurait le quartier, comme une fausse note sur une portée irréprochable, ou tout simplement une chiure sur un mur bien propre. Le terrain était clos par un grillage en acier et faisait ressembler le lieu à la cour d'une prison, une prison dans laquelle on aurait toutefois échoué deux habitations roulantes...

Ce n'est qu'en frappant à la porte du mobil home que je remarquai les ruches posées sur des parpaings entre les deux habitations. Elles avaient l'air de se tenir tranquilles, je toquai alors une seconde fois en me disant que le pauvre huissier ne devait pas apprécier ce genre de bestioles. Méfiant et sans autre alternative, je remontai quand même la fermeture de mon blouson en attendant de voir si quelqu'un allait daigner m'ouvrir. J'entendis enfin un bruit, je fis un pas en arrière, histoire de pouvoir anticiper une sortie belliqueuse, mais vis une petite tête de femme sortir de la porte qui s'entrebâillait.

— Qu'est-ce que vous voulez ? questionna-t-elle en essayant de savoir qui diable pouvais-je être.

— Je cherche monsieur Mikaïl T., j'ai un courrier à lui remettre.

— On n'est plus ensemble, barrez-vous d'ici, grogna-t-elle d'un ton qui lui allait terriblement mal au teint.

— Il ne vit plus ici ? demandai-je simplement en désignant d'un geste vague la caravane à quelques mètres de là.

— Qu'est-ce que vous lui voulez ?

— Une signature et lui remettre un papier, je représente l'huissier qui gère son dossier, répondis-je en me disant que je n'avais honte de rien.

Comme s'il s'agit d'une formule magique, tout s'enchaîna soudainement très vite. Dans mon dos, j'entendis un cri qui ne m'était pas destiné, la femme rentra sa tête et claqua énergiquement la porte et, à peine eus-je le temps de lancer un regard par-dessus mon épaule que je vis une des gentilles ruches prendre de la hauteur pour venir s'écraser sur mes pieds. Si j'avais pu saluer l'originalité de l'attaque, je l'aurais probablement fait, mais je dus avant tout gérer le nuage d'abeilles en colère qui en un instant s'échappa avec la ferme intention de décharger sa rage et son venin sur le premier être vivant à disposition. Manque de chance, sous la surprise et le fracas, je trébuchai et me retrouvai acculé contre la porte close du Mobil-home. Malgré mes gesticulations, je sentis presque aussitôt les premières piqures. J'entendis vaguement une voiture démarrer avec précipitation mais je restai concentré sur la mort qui bourdonnait tout autour de moi. Je n'aurais pas tenu très longtemps si la petite femme n'avait pas cette fois laissé sortir un bras énergique par la porte qui s'entrouvrait. Elle me tira à l'intérieur en laissant fatalement entrer un filet d'insectes hargneux qu'elle chassa en m'aspergeant copieusement d'insecticide. Étouffé et tétanisé par la peur et la douleur, je roulais par terre sans une once de dignité.

Quand je repris pleinement conscience, la jeune femme lisait paisiblement un magazine sur la banquette d'angle en face de moi. Ma tête engourdie était trempée et ma cuisse droite me lançait. Elle ne dit rien et me laissa le temps de comprendre qu'elle m'avait planté un stylo d'adrénaline dans la jambe et soulagé à l'aide de poches de glaçons. Je me relevai péniblement en essayant de me rappeler ce que je fichais là.

— Vous avez eu de la chance, dit-elle sur un ton qui semblait quémander des remerciements.

Je regardai ma montre et lui répondis qu'il n'était pas encore midi et que j'étais dans un triste état, on ne devait pas accorder le même sens au mot chance. Elle répondit tout naturellement qu'elle m'avait sauvé la vie. Ce qui était absolument vrai. Alors, en soupirant, je dus bien lui offrir ses fichus remerciements bien mérités.

— Foutu taré, soupira-t-elle en arborant un air agacé qui la faisait paraitre plus vieille que ce que l'était, un air de jeune fille plongée dans les galères depuis trop longtemps pour son âge.

— Je n'ai fait que frapper à votre porte.

— Je parlais de Milky ! Il est tellement excessif !

— Milky ? C'est lui que je cherchais ? Vous ne pensez pas que c'est à cause de ce surnom qu'il est si remonté ?

— Vous êtes capable de faire de l'humour, vous êtes capable de dégager d'ici, rétorqua-t-elle en se levant.

— Vous êtes debout, vous allez plutôt me faire un peu de café et m'expliquer dans quoi je suis tombé !

— Vous ne ressemblez pas à un huissier.

— Ouais, merci.

Une tasse dans les mains, on put bavarder à peu près convenablement. Cette jeune femme me plaisait bien, son petit corps en imposait tant il paraissait à l'opposé de la force de caractère qui semblait l'habiter. Je pouvais difficilement être objectif puisqu'elle venait de me sauver les miches, mais en la regardant réfléchir un instant le regard perdu par le hublot, je me dis qu'elle était trop belle pour vivre dans cette roulotte avec un fou furieux plein de dettes. Elle était enlaidie par la fatigue et ses sourcils broussailleux, mais ses traits étaient fins, de très longs cils ouvraient son regard, son nez légèrement retroussé lui donnait un air de jeune fille alors que ses lèvres, elles, la faisaient définitivement passer du côté de la femme. Outre la fatigue, cette beauté était bien sûr nuancée par son effronterie, notamment quand je commençai à la questionner sur ce fameux *Milky*.

— Vous êtes au courant de ses affaires ? Je veux dire, vous savez pourquoi je suis là ?

— Si je n'étais pas au courant de ses affaires, il serait déjà en taule, ou pire.

— On fait partie de ceux qui doivent, il va devoir payer sinon ces charognards ne le lâcheront jamais.

— Je vous signale que c'est vous le charognard qui vient le traquer jusqu'à ma porte.

— Y a pas deux jours, c'est moi qui étais à votre place, lui confiai-je, tant pis pour ma crédibilité.

Elle me regarda soudain d'un autre œil, comme si je venais de montrer patte blanche. Je finis du coup par me mettre copieusement à table : mes dettes, ma mise en demeure et cet étrange arrangement avec cet étrange huissier. Cette pauvre fille semblait avoir été conçue dans les galères, si bien qu'elle m'écouta déballer mes histoires sans sourciller. Elle n'en avait probablement pas grand-chose à faire mais me confier lui permit de s'ouvrir un peu.

Elle commença par me dire son nom : Ingrid. Puis elle me parla de mon client. Son Milky était du genre à toujours parier sur le mauvais chiffre, un poissard absolu qui ouvrait systématiquement la mauvaise porte et finissait par se laisser ensevelir par la crasse qui trainait derrière. Dans la succession de mauvais choix qui caractérisait sa vie, il avait fini par s'enfoncer dans la mouise et dans ce qui accompagne généralement ce genre de trajectoire : le manque d'argent. « C'est pas un mauvais type », répétait Ingrid entre chaque anecdote, comme pour s'assurer que j'intègre bien l'idée. Le temps et les galères développèrent son instinct de survie, instinct qui se réfugia forcément dans l'impulsivité et la méfiance, ce qui ne fit que le précipiter plus loin dans ses erreurs de parcours. Je comprenais mieux le coup de la ruche et lui aurais presque pardonné. Ses parents eurent la bonne idée de mourir en lui laissant un fond de livret épargne oublié, quelques milliers d'euros en guise de trace dans ce monde, une somme aux allures de revanche. Un faux coup de chance, déguisé en lenteur administrative, lui permit de mettre la main sur cet argent et il eut enfin l'étrange impression que le vent se mettait à souffler dans le bon sens. Du moins, jusqu'à ce que ses créanciers rapaces se rendent compte qu'ils avaient manqué l'heure de la curée.

— Depuis les premières injonctions, il se balade avec son argent en liquide sur lui, alors forcément il est un peu à cran. Vous comprenez ? me demanda-t-elle comme si c'était à elle d'excuser le geste de son mec. Et maintenant, qu'est-ce que vous allez faire ?

Je n'en avais pas la moindre idée et n'étais plus vraiment en mesure d'y réfléchir. Je venais d'utiliser le peu de ressource qu'il me restait à écouter son histoire et à me dire que le rapace ne m'avait pas tout à fait servi la même histoire. Il me restait tout juste assez de force pour envisager de quitter cette roulotte. Quand je parvins à me lever, je déposai une copie du document à signer sur la table.

— S'il revient à la raison, dites-lui de signer ça et de laisser tomber.

— Vous pouvez toujours compter dessus !

— Ouais, je sais. Je ne le signerais pas non plus. Merci pour… tout ça, fis-je en désignant le stylo et les torchons mouillés.

— Il devrait peut-être voir un avocat, dit-elle sur un ton à mi-chemin de l'interrogation et de l'affirmatif au moment où je posai la main sur la poignée pour sortir.

Le peu qu'il possédait partirait en honoraires avant même que l'affaire ne soit jugée. Je crois qu'elle le comprit à mon regard et me laissa partir après m'avoir demandé de lui laisser mes coordonnées, ce que je fis de bon cœur, même si m'entretenir avec son ami ne m'inspirait plus rien.

Je devais passer un coup de fil au vieux après avoir trouvé Mikaïl, mais je finis de me hisser dans ma voiture en me convainquant que je ne l'avais pas réellement rencontré. J'appellerais plus tard, le temps de réfléchir aux suites à donner à cette non-rencontre, le temps d'oublier la banalité de cette affaire pour me concentrer sur l'injustice qui en suintait.

Je m'arrêtai chez Franck pour manger quelque chose. Juste après midi, les habitués désertent et laissent la salle se remettre de toutes les salades qu'elle a entendues durant la matinée. Les piqures d'abeilles me lançaient encore et mon crâne était en mode essorage, retrouver un peu de calme et manger un des sandwichs de la femme de Franck me ferait du bien.

Je pensais à Roger en attendant écroulé sur le zinc. C'était le seul avoué que je connaissais personnellement, mais je me garderais bien de refiler les coordonnées de ce tocard à cette pauvre femme. J'aurais encore mieux fait de la détrousser tout seul. Je me demandais surtout quel genre de services il pouvait rendre au *Smarty's* et à sa clientèle. D'autant plus qu'il semblait plutôt satisfait de ce qu'on lui lâchait en échange. C'est comme ça que j'eus l'idée de le filer. En le suivant quelques jours, j'allais peut-être pouvoir en savoir davantage sur ce qu'ils manigançaient. Je parviendrais peut-être à avoir enfin un coup d'avance dans cette histoire.

— Qu'est-ce qui t'est arrivé ? finit par questionner Franck, certainement après s'être demandé s'il faisait bien de poser la question.

— Mauvaise nuit, mauvaises rencontres, mauvaise pioche… Je crois que je suis en train de confirmer la loi des séries en ce moment.

— J'sais pas ce que c'était cette rencontre, mais t'as la tête d'un type qui s'est fait piétiner par une bande de gus qui chaussent plus que lui. T'as des ennuis ? Encore ton huissier qui te cherche des poux ? me demanda-t-il avec ce que j'imaginais être un intérêt réel.

Franck était un homme bien et peu bavard si l'on prenait en compte la quantité d'anecdotes qu'il entendait tous les jours. Mais malgré ça, je restai évasif et le rassurai à coup de demi-vérités. Il me connaissait depuis un bail, il avait suivi ma trajectoire et n'avait pu que constater que je n'étais plus celui qui écumait les coins les moins fréquentables de cette ville, qui jetait sa confiance et parfois ses poings à la tronche de qui se montrait rétif, alors je n'avais pas envie d'entendre ses mises en garde pourtant pleines de sagesse. Et puis, ma mystérieuse cliente avait déjà mis les pieds ici et ça avait forcément ébréché ma confiance et mon envie de m'épancher.

— Tu devrais rentrer chez toi R. Je crois que cette journée n'est pas la tienne.

Assis dernière mon volant je jetai un coup d'œil dans mon rétro pour voir à quoi ressemblait cette gueule. Mon arcade sourcilière gauche tombait lourdement sur mon œil, le recouvrait presque à moitié et me donnait l'allure d'un lendemain de combat mal préparé. Dans la panique, j'étais parvenu à me protéger le visage, mais ces sales petites garces s'étaient concentrées sur mon front. Franck avait raison, mieux valait rentrer. Avec une tête aussi difforme, je ne pouvais de toute façon que m'attirer des ennuis supplémentaires.

Arrivé chez moi, j'éteignis mon téléphone et sombrai lourdement dans mon canapé. Le reste de la journée dura une éternité pendant laquelle j'attendis Claire qui rentra un peu en retard du travail.

Le sang et les contusions sur un visage aimé provoquent une sidération généralement plus marquée qu'une blessure sur son propre corps. Claire demeura un instant bloquée dans l'encadrement de porte, cherchant à déchiffrer quelles horreurs avaient encore pu s'abattre sur ma tronche, se rappelant de sombres instants. La sidération laissa place à sa sœur cadette, la panique :

— Mais qu'est-ce qui t'est arrivé ? Qui t'a fait à ça ? demanda-t-elle en s'agenouillant brusquement devant moi, les mains tendues vers ma face boursoufflée.

— Ça va ma biche, ça va, des piqures d'abeilles, rien de plus, lâchai-je épuisé d'avance par les justifications qui devraient suivre.

— Des abeilles ? Mais… tenta-t-elle de demander jusqu'à ce que ses interrogations s'évanouissent en un soupir d'incompréhension.

Après un bref récit de mon entrevue avec l'huissier et quelques explications sur ma façon de nous donner un peu d'oxygène, l'état de mon visage l'inquiéta finalement moins que l'histoire dans laquelle je m'étais encore fourré. Ses traits se fermèrent quand je lui parlai du sort de ce pauvre Milky qui ne l'émut pas un instant. Elle jugeait d'un bien mauvais œil ce nouveau job qui nous permettait pourtant de dégager un peu la corde qui se serrait autour de notre cou. Elle s'approcha de moi et posa ses mains sur mes joues.

— Regarde dans quel état tu es, je ne supporterai pas devoir encore te récupérer à l'hôpital. Tu n'es pas un usurier R. Tu m'as dit que tu avais des affaires en cours, pourquoi te mettre en danger pour ces gens ?

Prisonnier de son regard, je vis pour la première fois depuis toutes ces années sa force et son endurance craqueler comme une vieille toile délaissée. Même si le temps avait assagi mes méthodes et édulcoré mes fréquentations, Claire ne s'étonnait plus de me voir récupérer les confidences d'un de mes espions freelances, clochards ou prostituées, serveuses fatiguées ou piliers de comptoir poivrés. Mais cette fois, à voir ma tronche déformée, elle afficha clairement son mécontentement et montra ses crocs d'épouse louve qui accusait le coup de voir son mari amoché par ses mauvaises rencontres. Ce n'était sans doute pas le meilleur moment mais il devait bien arriver un jour.

Je laissai passer le weekend, récupérai un visage décent et tentai de digérer la soudaine perte de confiance de mon seul soutien.

15

Après ces deux jours de repos, je remis les pieds en ville dans une forme acceptable. Les traces de ma rencontre avec mon nouvel ami apiculteur avaient quasiment disparu et mon visage avait retrouvé sa forme initiale. Un goût amer me restait malgré tout. Le weekend s'écoula paisiblement, mais les signes de fatigue, d'agacement et de peur que Claire commençait à montrer s'ajoutèrent au sentiment d'inconfort dans lequel je pataugeais. Elle s'était montrée suffisamment forte pendant tout ce temps où j'entamais ma lente métamorphose, mais à présent, tout ça s'effritait pour laisser apparaitre les premières traces de sa déception toute légitime. Je le pris comme un coup de pied dans mon ventre mou et, au bout de deux jours de rumination, je sortis de chez moi l'orgueil fraichement aiguisé. Jusque-là, je ne tirai pas toutes les ficelles, je songeais enfin à reprendre la main et à devenir, dans cette histoire de roman à achever, un personnage un peu plus fougueux.

Pour ça, la méthode la plus sûre consistait à régler mes affaires en cours comme elle me l'avait suggéré. Pour ce qui était de Milky et de notre huissier, même si cette histoire semblait l'avoir remuée au point de se mettre en rogne, j'irais au bout, ne serait-ce que parce qu'on devait de l'argent à ce vieux débris.

Pour ne pas changer cette nouvelle habitude qu'on me fit prendre, je débutai la journée sans savoir dans quelle direction j'allais finir par m'enfoncer. En revanche, quelques pistes germèrent pendant la courte pause que je m'octroyai. Alors, après un rapide café chez Ishak, je descendis vers le centre et la vieille ville. C'est au réveil qu'elle arbore son plus beau visage. Les rues n'étaient encore qu'une enfilade de devantures closes et métalliques qui étrangement me rassurait. Tôt le matin, les pavés sont nettoyés de la vermine nocturne que je côtoyai toutes ces années, je pouvais donc déambuler sans risquer de rencontrer mon passé.

Je traversai la vieille ville d'un pas décidé, manquai de me faire emboutir par un camion de livraison, rencontrai deux ou trois amis commerçants et finis pas arriver sur la rive du canal. Après quelques marches visqueuses, je rejoignis l'une des nombreuses arcades flanquées dans le mur qui bordait le cours d'eau. Dans l'une d'elles créchait Charly, un SDF dont personne n'avait de souvenirs assez lointains pour savoir d'où il sortait. D'après ses dires, il fut à une époque matelot dans la marine marchande, mais je ne savais pas de quelle façon il avait pu échouer dans notre coin bien loin du premier bord de mer. J'avançais dans cet horrible couloir venteux en cherchant laquelle des arcades abritait la couche de ce vieux Charly. Aucun autre clochard ne dormait dans ce coin. Le vent, chargé de l'humidité et du froid du canal les en avait toujours dissuadés.

Quand j'arrivai devant son campement, l'odieux ronflement que mon collègue produisait masqua le clapotis du cours d'eau gris qui ressemblait ce matin à l'endroit le moins chaleureux qu'on puisse penser. Rien, sinon son bourdonnement guttural, n'aurait pu laisser imaginer que quelqu'un puisse pioncer dans l'amas de carton et de vieilles couvertures qui remplissaient l'arcade.

— Charly ! C'est l'heure de se mettre au boulot ! hurlais-je en remontant mon col, soudain revigoré à l'idée de me mettre au travail avec ce qui était sans doute l'un de mes meilleurs associés indépendants.

Une heure plus tard, j'attendais encore Charly installé au café d'un hôtel du centre. Joe, le réceptionniste qui savait, en échange d'un billet, me rendre un service de temps en temps, permettait à Charly de prendre une bonne douche dans l'une des chambres, ce qui marquait systématiquement le début de nos collaborations. Après une dizaine d'années de coopérations ponctuelles, on avait nos petites habitudes. L'étrange associé qu'il était rejetait toute aide financière et prenait un malin plaisir à jouer les détectives freelances en échange de quelques jours loin de son quotidien. Ce devait être le type le plus têtu et le plus mystérieux que je connaissais. Malgré ce que j'appelais notre amitié de longue date, je ne parvins jamais à avoir autre chose qu'une vague idée de son parcours, je ne connaissais ni son âge, ni son identité réelle et comprenais encore moins comment il pouvait rester en vie et lucide en vivant cette vie de marginal bien heureux. Du temps du journal, j'aurais pu prendre le temps d'enquêter, mais hormis la paire de clefs qu'il gardait autour du cou, il ne possédait aucun effet personnel ni papier qui m'aurait permis de lancer une recherche. Avec le temps, j'acceptai qu'il ne soit qu'une âme fantôme et clocharde de cette ville, mais une âme à qui j'accordais paradoxalement une grande confiance.

Quand il arriva, je lui fis signe de se servir un café au buffet avant de me rejoindre à table. Recouvert de son imper gris clair, il était toujours affublé de son costume de clochard mais arborait la mine propre et détendue de celui qui venait de passer une petite heure à se badigeonner de tous les produits d'hygiène mis à sa disposition.

— OK patron, de quoi il s'agit ? questionna-t-il avant même d'avoir avalé une gorgée.

— Ça va Charly, on n'est plus à cinq minutes près, comment ça va là dehors ?

— Pas trop mal, avec la douche que je viens de m'offrir je suis prêt à affronter deux hivers consécutifs !

— Je ne comprendrai jamais comment tu fais pour dormir dans ce coin.

— Tu sais bien qu'une vieille éponge de mer comme moi ne peut pas avoir froid, s'il n'y avait pas ces maudits canards je dormirais dans l'eau, m'assura-t-il pour défendre son choix et éviter que je lui propose de rejoindre un centre d'accueil.

— Je sais vieux, t'inquiète pas, je ne suis pas venu t'exproprier.

— Je préfère ça. Et toi alors, c'est quoi cette tête ?

— De mauvaises rencontres, tu sais ce que c'est…

— Que serait la vie sans les mauvaises rencontres ?

— Sûrement quelque chose qui ressemble à une belle vie !

— Y a des chances ouais…

Il rit doucement puis sembla chasser une pensée ou un souvenir qui voulut s'installer dans son esprit, sans doute un relent de sa vie précédente. Quand il eut fini sa première tasse, je lui expliquai ce que j'attendais de lui. Dans son camouflage de vagabond qui hante les rues de cette ville depuis presque toujours, plus personne ne lui accordait aucune attention, et c'est justement ce qui faisait de lui un atout de taille. À peu près tout dans les affaires qui m'accablaient tournait autour du *Smarty's*, je décidai alors de faire suivre la faucheuse pour voir quel genre de boulot cette clique pouvait lui confier. Il y avait de fortes chances que ça ne donne rien – hormis à faire de Charly le seul clochard de la ville au volant d'une voiture – mais depuis quelques jours on avait suffisamment remué le passé pour éveiller ma curiosité.

— T'es sûr de savoir ce que tu fais R. ? lança-t-il alors que j'attendais qu'il me questionne sur la mission que je lui confiais.

— Tu sais bien que tu as ma confiance, le rassurai-je alors qu'il secoua la tête.

— J'te cause pas de ça. Remontrer ta bobine au *Smarty's*, remettre ton nez dans leurs affaires, ça t'a déjà coûté cher. T'es sûr de ton coup ?

— Absolument pas ! C'est pour ça que je m'entoure des meilleurs éléments, dis-je pour me cacher derrière un peu d'humour, pour faire comme si ça ne me dérangeait pas qu'un vagabond veuille se montrer plus prudent que moi.

Il tira une moue indéchiffrable puis, avant que je lui confie les clefs de ma voiture, accepta de bavarder encore un peu sans poser ce genre de question. On se verrait quelques jours plus tard, dans la chambre d'hôtel qu'il occuperait à mes frais le temps de sa mission ; en attendant, il me passerait chaque soir un coup de fil pour me tenir informé. Après lui avoir donné un peu de liquide pour ses déplacements, je le laissai se mettre en route sans un soupçon d'hésitation. Pleinement entré dans son nouveau rôle, je le vis par la fenêtre partir sereinement comme s'il faisait ça tous les jours. Je me demandais comment ce type qui dormait dans un tas de cartons au bord de l'eau pouvait avoir l'air plus fiable que moi. Comme Charly juste avant, je chassai moi aussi cette question pénible. Je piochai encore un billet dans ce qu'il me restait de liquidité pour payer Joe puis me mis en route.

J'avais une autre personne à employer : Jenna. Sur le chemin en allant chercher Charly, je lui demandai sur son répondeur de venir me rejoindre dans la journée au comptoir d'un des bars de la ville ; un bar où j'avais l'intention de patienter en buvant quelques tasses en me laissant plonger dans le réel, bercé par les conversations des habitués, les bruits de la ville qui s'engouffrent au gré de la porte qui claque sans arrêt et de la tireuse qui semble ne jamais se tarir. Une pause avant de se lancer dans la tempête.

Les bars de la ville ont tous leur identité et n'offrent pas les mêmes perspectives. Pour patienter tranquillement et gamberger en laissant un peu les choses se préciser d'elles-mêmes, j'optai pour la *Fin de journée*, un bar situé dans une rue appartenant encore au centre-ville mais trop éloigné des boutiques pour voir sa salle envahie par des dizaines de pieds roussis par un après-midi de shopping. J'y allais très peu, mais j'y trouvai toujours la quiétude dans la solidité de ceux qui boivent chaque jour le même verre à la même heure. Mon paternel lui-même venait parfois y pencher son museau dans un bock, alors une nostalgie chaleureuse m'accompagnait toujours sur le chemin de ce bistrot. À bien des égards, cette ville devenait parfois un album de photos dans lequel je pouvais m'assoir et boire un verre.

Sans véhicule, et même pas en chemin pour *Babylone*, j'étais sans doute devenu la plus à plaindre des espèces de détectives, me retrouvant à traverser la ville à l'aide des transports en commun. Je sortais justement du bus quand mon portable sonna.

— R. Hunter, j'écoute.

— Je viens aux nouvelles, vous avez quelques instants à m'accorder ? demanda abruptement la voix étouffée désormais familière.

— Vous me payez, je vous accorde le temps qu'il faudra, dis-je blasé à l'idée de débuter une discussion obtuse.

— Comment avancent vos investigations ?

Jusque-là, la voix étouffée qui s'échappait avec mystère de ce combiné fut plutôt patiente, mais cette fois son intonation prenait des accents d'empressement qui m'encourageaient assez peu à poursuivre la conversation. Je répondis froidement :

— Je commence à prendre des initiatives pour me perdre suffisamment bien pour régler notre histoire, madame.

— Est-ce que vous pouvez être plus explicite ?

Je n'aimais pas ce ton acariâtre d'institutrice en bout de course. Le visage que j'imaginais être le sien depuis le début se déforma pour prendre les traits d'une harpie hargneuse.

— Je prends des chemins sombres qui me font remettre les pieds dans des coins dont je n'aime plus entendre parler, je revois de sales tronches que j'ai depuis longtemps laissées à leur bauge et puis, j'ai mis un ou deux gars à moi sur le coup, finis-je par dire parce que ça avait l'air professionnel.

Le silence qui suivit fut en fait celui qui précède la tempête. J'entendis quelques pas et une porte claquer, puis elle reprit la parole, visiblement piquée par ce que je venais de lui annoncer.

— De qui parlez-vous ? Je ne souhaite pas que d'autres personnes interviennent, pétarada-t-elle d'une voix pincée par la colère. Je ne peux pas accorder ma confiance à n'importe qui. Vous comprenez ?

— Je n'aime pas votre ton m'dame, vos enveloppes et vos billets ne vont pas faire de moi votre laquais docile, dis-je en pensant à Charly qui avait depuis longtemps abandonné Mammon[1] avec son ancienne vie.

---

[1] Du grec mamônas, personnification de l'argent dans les *Évangiles*, Matthieu 6 : 24.

Elle marqua encore une pause, puis reprit, essoufflée par l'effort que lui coûtait ce faux retour au calme. Elle me demanda qui étaient ces personnes que j'avais embauchées. Je refusai de répondre, autant par souci de discrétion que par envie de l'entendre maîtriser sa colère avec difficulté. Elle insista encore, je la rassurai en lui disant que je n'accordais ma confiance qu'à des gens plus fiables que moi, du moins peut-être pas dans l'apparence mais dans la sagesse et dans l'efficacité, puis décidai à la fin de cette phrase de raccrocher. Elle rappellerait, les gens rappellent toujours, ils adorent ça.

Après ça, j'arrivai assez rapidement devant le bar et restai figé devant ce qui n'était plus la *Fin de journée* mais une espèce de bar *lounge* à la mode. La façade bordeaux que j'avais toujours connue s'était offert une nouvelle jeunesse. Grise et en vogue, elle arborait une nouvelle enseigne qui reprenait ridiculement pour effigie un ananas et un hibou. Debout devant cette ruine, je me laissai balayer par un courant d'air renfermé et cafardeux, une page de mon album photo venait littéralement d'être arrachée. Je n'avais plus le cœur à remonter dans un bus, alors j'entrai quand même, bien décidé à commander une bière pour avaler la pilule. J'avais du temps et de la tristesse à diluer, alors même si je ne savais plus boire je pouvais bien m'offrir un petit remontant.

Je devais bien l'admettre, ce bar devait être le plus beau et le plus confortable du centre, mais je ne m'y retrouvais pas. La barmaid était mignonne mais trop jeune, elle magnait la tireuse avec beaucoup trop de brusquerie et avait la conversation d'un guichetier mal luné. Les clients, des étudiants cachés derrière un ordinateur et un casque audio, me donnaient l'impression que chacune de mes gorgées allait être analysée. À chaque lampée, l'impression de transformer mon centre-ville en laboratoire. Le mobilier propre et la décoration soignée tentaient d'accorder une âme à cet endroit, mais la clientèle robotique et affairée lui donnaient le charme d'une boite de conserve propre et sans étiquette. J'aurais pu traverser deux rues et changer de café, mais Jenna ne possédait pas de portable, j'étais donc condamné à l'attendre dans cet endroit profané. J'essayai alors de me rappeler que passer sur la tombe d'un ancien compagnon n'est jamais agréable. Je buvais mon verre en tentant de me recueillir en silence.

Je n'avais pas remarqué le type qui s'était installé près de moi au comptoir avant que la serveuse ne l'appelle par son prénom : Milky ! Je me retournai brusquement vers lui, prêt à esquiver un jet de ruche ou de quoi que ce soit d'autre, mais le jeune homme était paisiblement en train de regarder l'un des écrans suspendus au-dessus du bar. Le palpitant soudainement affolé, je jetai un regard méfiant à cette télé qui diffusait inutilement des clips musicaux qui n'avaient aucun rapport avec la musique qui s'échappait des haut-parleurs aux quatre coins de la salle. Je crois bien que toutes les paires d'yeux de ce maudit bar étaient rivées sur ces écrans muets, ce qui l'espace d'une seconde ne fit que contribuer au peu de foi qu'il me restait en l'espèce humaine. Je m'estimai néanmoins chanceux, le type que j'étais censé chercher débarqua tout juste dans le bar où j'avais choisi d'échouer, et sans même que je l'y invite.

La tête appuyée sur ses poings, il se tenait pour l'instant tranquille. Sa barbe de trois jours le vieillissait mais ses traits juvéniles me rappelaient ceux de sa copine Ingrid. Ils avaient probablement le même âge, mais tout dans le profil qu'il m'offrait me criait que je ne retrouverais sans doute pas la même douceur dans son regard que dans celui de son amie. Il s'était installé plutôt calmement mais sa nervosité perlait de tous ses pores. Son crâne rasé et son visage osseux n'étaient adoucis que par l'espèce de bourrelet échoué au sommet de sa nuque et donnaient à sa tête l'allure d'une boule de démolition émoussée par trop de fracas. L'agressivité avait sans doute contribué à exorbiter légèrement ses yeux et à aiguiser son nez dévié par une vieille fracture. Autour de son cou pendouillait un sac banane et son buste plutôt mince était recouvert d'une veste de jogging à l'effigie d'un quelconque club de foot. Sa dégaine ne me disait rien, il avait l'air d'une racaille prête à faire sa connerie quotidienne, mais comme je n'allais pas laisser passer cette chance, je l'abordai sans bouger de mon tabouret :

— Ça rapporte quelque chose le miel ?

Sa tête bascula sans que ses épaules bougent d'un seul degré, comme une chouette inquiétante, la beauté en moins.

— On se connaît ?

Plus jeune et moins imposant que moi, il ne montra toutefois aucune crainte, me regarda avec la méfiance de celui qu'on accuse sans arrêt de s'être gouré de trottoir. Il me servit une mauvaise tête mais avait l'air plus las que méchant. Et puis, je me rappelai les mots que son amie ne cessa de marteler, *c'est pas un mauvais garçon…* J'avais passé des heures douloureuses en tentant de le rencontrer mais j'essayai de ne pas lui en vouloir, je poursuivais plutôt tranquillement :

— Pas vraiment, mais on m'a demandé de vous remettre quelques papiers et d'essayer de vous faire entendre raison, dis-je en m'envoyant une gorgée posément.

— L'autre matin, c'était vous ? grogna-t-il en se raidissant, sans doute prêt à me balancer n'importe quel objet à sa portée.

L'espace d'un instant, je lui aurais bien attrapé le bras pour apaiser son agressivité et pouvoir en placer une, mais je n'étais plus d'humeur à m'agiter. À l'époque peut-être, peut-être que je l'aurais secoué, mais je n'avais plus vraiment les tripes pour bastonner tous ceux qui oubliaient de rester à leur place.

— Tout doux, j'étais tranquillement en train de boire un verre, c'est vous qui êtes venu vous installer à côté de moi, alors bavardons tranquillement. D'autant plus que j'ai passé un sale quart d'heure à cause de vous. Heureusement que votre copine était là.

Il ôta son regard courroucé de moi et reprit sa position initiale.

— Le hasard fait parfois bien les choses, dis-je pour relancer une discussion sur des bases un peu plus sereines.

— Je n'aime pas cette expression.

— Ah, je vois. Dites-vous que c'est le destin si vous préférez.

— Rien à voir. Le hasard, ça n'explique rien, c'est une explication triste, rien d'autre, dit-il avec plus de calme et d'esprit que sa réputation me laissait attendre.

— Vous avez raison, au moins parce ce que ce n'est pas le hasard qui m'a fait venir à votre porte.

— Ouais, peu importe, je comptais vous appeler, pour vous dire de vous torcher avec vos papiers.

Il prononça cette phrase sans défiance, ni dans le regard, ni dans la voix, ce qui eut pour effet de me décontenancer. On est toujours un peu moins fort quand l'adversaire se montre faiblard. Je fis signe à la serveuse qui rappliqua pour nous remettre deux verres. Je prenais des risques en m'envoyant plusieurs bières mais étrangement, je n'en avais rien à faire. Sûrement encore le contrecoup de la *Fin de journée*.

— Ça n'effacera pas vos dettes pour autant.

— Je ne leur filerai pas cet argent, ce serait comme fourrer cet héritage dans la tombe de mes parents.

— Vous avez dépensé cet argent avant même de le toucher, dis-je même si je savais où il comptait en venir.

— Tu sais ce qu'il y a dans cette sacoche ? demanda-t-il en agrippant brusquement le sac banane accroché à son cou. Je promène le passé de mes parents là-dedans, c'est leur seule trace dans ce monde, tu peux toujours courir pour que je les efface comme ça !

Il ajouta quelque chose que je n'entendis pas puisque mon maudit téléphone se remit à sonner.

— R. Hunter vous souhaitant une agréable conversation, bonjour.

— Je suis désolée d'avoir été si virulente.

— Ça va.

— Ma démarche macère depuis longtemps, je prends des risques à mener mon projet à bien, je ne peux pas le voir échouer à cause de mauvaises pistes empruntées.

— Vous m'encouragiez à me perdre, il me semble.

— Je devais vous laisser croire à une certaine liberté, l'auteur garde forcément…

— Ses personnages en laisse coupai-je froidement, piqué et rattrapé par cette impression d'être pris au piège qui accompagnait chacune de mes discussions avec cette femme.

— Je dirais plutôt sur la bonne voie, celle tracée plus ou moins vaguement depuis le début.

— Parlez-moi de ces lettres envoyées au *Smarty's*, dis-je subitement pour donner un réel but à cette conversation. Pourquoi allez-vous vous frotter à ces types ? Certains d'entre eux ne sont pas des tendres.

— Vous y êtes allé ?

— Bien sûr, tout m'y menait. Et je dois dire que j'ai été surpris de découvrir cette histoire de lettres et de menaces. À quoi vous jouez ?

— Vous allez y retourner ?

— Probablement, ce n'est pas ce que vous souhaitiez ?

— Probablement…

— Ça me parait bien vague tout ça ! Dites-moi ce que vous cherchez, cette histoire de roman ce n'est rien d'autre que du pipo.

— Vous finirez bien par le découvrir. Faites attention à vous si vous retournez là-bas, vous l'avez dit-vous-même, certains d'entre eux ne sont pas des tendres et j'aimerais ne pas perdre mon personnage en cours de route.

— C'est plutôt à vous d'être sur vos gardes, c'est après vous qu'ils en ont. Ils vont d'ailleurs sans doute m'engager pour vous retrouver.

— Vous plaisantez ?

Sa voix reprenait des accents colériques, comme si l'espèce de romancière qu'elle était venait de se prendre les pieds dans un rebondissement qu'elle n'avait pas envisagé.

— C'est en quelques sortes moi qui leur ai mis cette idée en tête, précisai-je en savourant l'ascendant que je prenais sur la discussion et son silence qui puait la colère maîtrisée. Je ne compte pas vous livrez à ces brutes, même si vous ne m'êtes pas réellement d'une agréable compagnie.

— Ce n'est pas exactement ce que j'imaginais lorsque je pensais à mon personnage qui prendrait des initiatives. Vous trahissez tous vos clients comme ça ? bégaya-t-elle. Je serais peut-être la première auteure empêchée de finir son projet par son propre personnage. C'est…

— Arrêtez-moi ce mélodrame. Je ne vais rien trahir du tout. Vous allez commencer par cesser d'envoyer vos fichues lettres de menaces, de mon côté je vais les balader un peu pendant quelque temps, ils finiront par passer à autre chose tout seuls. La plupart de ces types réagissent à l'instinct, dans l'instant, et finissent par se lasser quand les choses s'installent et durent. Faites-vous discrètes, n'y retournez plus et ne les contactez plus.

— Je n'y suis jamais allée.

L'espace d'une seconde, je réalisais que c'était sans doute la première fois qu'elle ne travestissait pas la vérité.

— C'est ce que j'ai cru comprendre. Et cet argent que vous m'envoyez alors, il sort d'où ?

— Je l'ai emprunté.

— Dans le genre je-creuse-mon-propre-trou vous battez des records ! Je ne peux même plus vous le rendre ce pognon.

— Ça n'a pas d'importance. Je crois qu'il est temps d'enclencher la fin de l'histoire R.

La familiarité me resta en travers de la gorge mais je laissai couler, je n'étais plus à une bizarrerie près. Je l'aidai plutôt à conclure :

— Dans ce cas, notre pitoyable collaboration va sans doute s'arrêter là.

— Tout dépendra du personnage que vous souhaitez être, prononça-t-elle sans la malice que ce genre de phrase demande.

Elle avait raccroché. Encore une fois.

Pris dans la conversation je n'avais pas remarqué que Milky en avait profité pour mettre les voiles. Je tournai sur mon tabouret dans un soupir plaintif et vis qu'il était en fait en train de fumer devant la porte. Je le rejoignis.

— Vous en voulez une ?

— Sûrement pas, j'ai assez de problèmes comme ça.

On resta un instant silencieux, lui en soufflant sa fumée moi en essayant de m'y retrouver dans ce brouillard.

— Si vous trainez au *Smarty's* faut pas vous étonner, j'ai entendu ça quand vous étiez au téléphone. J'pensais pas qu'un huissier puisse fréquenter ce genre d'endroit.

— J'suis autant huissier que toi mon gars, avouai-je fatigué par la bière et ces affaires qui avançaient d'un pas pour mieux m'en mettre une. Je sortis l'enveloppe et lui tendis. On m'a demandé de te retrouver et de te remettre ce foutu papelard en échange d'une bouffée d'oxygène dont il ne me reste plus grand-chose.

Il prit l'enveloppe en me dévisageant comme s'il essayait de piger quel genre de type bancal il avait en face de lui.

— J'ai fait ma part du boulot, à toi de voir maintenant, essaye de ne pas faire le mauvais choix pour une fois.

Il parcourut rapidement la mise en demeure et l'avis de réception puis tira une taffe comme pour consumer la nouvelle. Il posa sa cigarette sur le rebord de la vitrine et rentra dans le bar. Par la fenêtre, je le vis se pencher sur le comptoir pour attraper un stylo et signer sans même relire. Il ressortit aussitôt et me tendit la maudite feuille.

— Pour moi, ça ne change rien, mon argent reste avec moi, me fit-il avec ce que j'estimais être une triste naïveté.

Je rangeai le papier dans ma poche et il récupéra sa cigarette, le silence reprit là où on l'avait laissé. Il ne nous restait plus grand-chose à partager.

— Vous jouez ? demanda-t-il brusquement.

— Pardon ?

— Au *Smarty's*.

— C'est ce genre de mauvais choix dont je parlais mon vieux. Je ne traine pas là-bas pour jouer, je n'y traine d'ailleurs pas. Reste loin de cet endroit, ça t'évitera d'autres problèmes crois moi.

Il me considéra un instant en faisant mine d'entendre ce que je lui disais. Il jeta son mégot qui rebondit mollement sur les pavés en lâchant son dernier souffle puis il s'en alla sans un mot.

Je le regardai s'éloigner jusqu'à ce qu'il s'engouffre dans une autre rue en me disant que je n'avais plus autant de tripes que ce jeune loup. Puis je me trainai à l'intérieur, décidé à patienter sans toucher à un verre supplémentaire, suffisamment déprimé pour ajouter du poison dans mes veines.

Jenna débarqua en fin d'après-midi. Je me morfondais depuis assez longtemps pour l'accueillir comme un messie grotesque. Ces affreuses heures s'étaient écoulées sous le regard morne de la serveuse mignonne mais trop jeune et dans le va-et-vient mou des étudiants robotisés. Je tentai bien à un moment de joindre Jenna pour lui donner un autre lieu de rendez-vous mais elle ne décrocha pas. Je m'offris alors une distraction en contactant l'huissier pour lui dire que mon job était terminé. Je crus entendre ses vieux tympans crisser quand je lui dis que mon travail s'arrêtait là, son client était retrouvé et le papelard signé, le reste ne dépendait plus de moi. Il assura qu'il me recontacterait rapidement pour donner suite à cette histoire et raccrocha sévèrement. Je commençais à me demander si une de mes discussions du jour allait se terminer moins abruptement. Quand Jenna arriva, nous décidâmes immédiatement de quitter cet horrible endroit en nous promettant de ne plus y remettre les pieds. À bord de sa voiture, une petite citadine au kilométrage digne d'un poids lourd transcontinental, j'exposai les suites de l'affaire et le détail du dernier coup de fil. Elle écouta attentivement en fronçant ses sourcils et finit par faire ce qu'elle fait toujours :

— Tu es toujours aussi touché quand une affaire ne fonctionne pas comme tu veux ?

Je ne répondis rien et laissai la ville défiler derrière mon carreau. J'espérais peut-être trouver un fil conducteur à ce foutoir, et tant qu'à faire, j'espérais aussi laisser les échecs de cette journée s'éloigner. Puis on se mit naturellement à maudire ceux qui osaient profaner les pages de nos albums photos respectifs, ceux qui métamorphosaient notre passé en cette saloperie de demain lisse et sans âme. À force de cracher sur la nouveauté et le futur, on se sentit finalement vieux, fatigués et même un peu cons. On finit par s'arrêter dans un bar fréquenté uniquement par quelques fidèles mourants, où la grosse patronne vissée sur son tabouret se mit difficilement en branle pour poser nos deux tasses sur son comptoir décrépi.

— Tu sais pourquoi j'aime ces vieux bistrots ? Parce que ça sent le café et la bière incrustés dans le parquet. Y a des rires, des larmes et des histoires qui suintent des boiseries. Pas la peine de sortir un écran, y a suffisamment de regards et de gueules à déchiffrer. Regarde-le, celui-là juste-là, dis-je en désignant un type affalé sur son verre, il va pas tarder à rentrer se cuire un steak avant de s'endormir devant la télé, fatigué d'être seul et fauché ; lui-là, va attendre la fermeture parce qu'il n'est plus foutu de parler à sa femme, et la patronne, elle va digérer toutes leurs histoires en ronflant dans son paddock en merisier… De vraies gens, pas des rats de labo, finis-je par murmurer le nez dans mon verre.

— Tu as bu ?

— Si peu et si mal, concédai-je.

— Suffisamment pour faire ressortir le mauvais poète qui est en toi, dit-elle en ponctuant d'un petit rire moqueur et tendre à la fois. Tu n'as pas répondu à ma question tout à l'heure, qu'est-ce qui te mine tant dans cette affaire foireuse ?

Je réfléchis un instant puis lui expliquai de quelle façon j'avais remis les pieds dans mon passé et comment le temps venait de me tourner une page au nez. Cette histoire me faisait tourner en rond dans ma ville en me donnant une allure de rat claustrophobe et enragé, mais finalement, le plus gênant ce n'était pas ça. En y réfléchissant, je n'avais de toute façon jamais rien fait d'autre. Le plus douloureux était de revoir les crocs de mon passé : les coups, le *Smarty's*, les rides de Marty, mon corps meurtri, les vérités de Raymond, *La fin de journée* fermée et cette femme qui m'embarquait dans son histoire dont elle-même ne connaissait pas la fin. Je me sentais vieux et ne savais pas par où attraper ce passé et les relents de violences qu'il m'envoyait.

— Ça aura au moins le mérite de te faire parler plus que d'habitude, dit-elle avec plaisir. Si cette femme avait l'intention de faire divaguer son personnage, c'est plutôt réussi. Et puis, la raison tu la connaîtras certainement à la fin de ce roman.

— Elle vient en quelque sorte de me virer, donc je vais devoir me débrouiller tout seul pour mettre un peu d'ordre et trouver des réponses dans toute cette mouise que je remue depuis ces quelques jours.

— Commence donc par m'expliquer ce que tu attends de moi.

16

Nous nous quittâmes finalement en toute fin de soirée, après avoir lutté contre les griffes du temps à coup de tasses, de bocks et de pleurnicheries nostalgiques. Pour cette soirée, je choisis de laisser un peu de place à la douleur physique pour pouvoir boire quelques pintes, et forts de l'ivresse des premières gorgées, nous décidâmes que d'autres bars méritaient notre soutien ou simplement notre passage avant qu'ils ne sombrent, eux aussi, dans le passé et l'oubli. Par la fenêtre du taxi qu'on emprunta pour rentrer, elle me répéta encore une fois qu'elle s'acquitterait avec le plus grand soin du rôle que je venais de lui confier. Elle me laissa ensuite filer vers ma nuit houblonnée. J'attendis dans la rue jusqu'à voir disparaitre la voiture au premier carrefour. Quelques minutes plus tard, elle prendrait ses quartiers à l'hôtel où Joe lui ouvrirait une seconde chambre à mes frais.

Les deux jours suivants, je ne fis rien. C'est ce que nous avions convenu avec Jenna lorsque je lui expliquai ce que j'attendais d'elle et lui confiai les doutes qui jalonnaient toutes les voies que j'essayais d'emprunter. Je prévoyais simplement de laisser filer le temps en attendant que mes acolytes se chargent de faire évoluer les choses. Charly sur les semelles de Roger et Jenna au *Smarty's*. Mais une nouvelle fois, tout se mit à s'agiter sans que j'en sois réellement pour quelque chose, me donnant encore l'impression de n'être qu'une vulgaire bouée de balisage abandonnée dans la houle.

Après une deuxième journée de filature où il ne vit rien d'intéressant dans les activités de Roger, mon espion SDF me contacta pour me faire son compte rendu journalier.

— Ça y est, la faucheuse nous a enfin donné quelque chose, annonça-t-il avec fierté et empressement. Ce type à la bougeotte, à le suivre à la trace, il a bien plus l'air d'un coursier que d'un avocat.

— Et qu'est-ce qu'il nous a donné ? demandai-je sans l'espoir d'obtenir une information qui vaille trois sous.

— Plusieurs allers et retours entre chez lui, le palais de justice et le *Smarty's.* Rien de fameux jusqu'à son arrêt au journal. Il n'est pas resté longtemps, quelques minutes, puis il est allé se poser dans un bistrot quelques rues plus loin. Il y a attendu une bonne heure avant qu'on le rejoigne. Un demi plus tard, la faucheuse remet une enveloppe à son rencard, et d'après la mine satisfaite que le gaillard tira en y jetant un coup d'œil, il devait y avoir un paquet de pognon à l'intérieur.

— Ne me dis pas que tu es allé t'installer à côté d'eux ?

— Te fais pas de bile vieux, tu sais bien que plus personne ne fait attention à moi dans cette ville, et de toute façon depuis la voiture je n'aurais rien vu de tout ça, argumenta-t-il d'un air plutôt convaincant. Et puis tu me payes pour des résultats non ?

— Je ne te paye même pas… Roger te connaît et sait qu'il nous arrive de travailler ensemble.

— Il m'arrive aussi d'entrer dans un café quand je ne travaille pas pour toi, tu sais.

— Ouais… Bon et ce type, à quoi il ressemblait ?

— Un grand brun, strict, bien mis, j'saurais pas mieux te le décrire que ça. Mais ce qui est sûr c'est qu'il avait une bien drôle de façon de causer, je vais pas te l'imiter mais…

— Une voix de faux jeton ? le coupai-je.

— Ouais, j'aurais pas dit mieux…

Une voix de menteur qui sortait du journal, ça ne pouvait qu'être Drajenski. Des années étaient passées, mais cette intonation-là me sifflait encore dans les oreilles, il y a des choses contre lesquelles même le temps ne sait rien faire. Je ne savais toujours pas ce que je pouvais faire de cette information, mais l'apprendre me faisait encore moins de bien que ce que j'avais pu imaginer. Ce foutu nom et cet affreux visage qui s'affichaient dans mon esprit ne m'offraient rien sinon des contractions de mon membre endommagé. Je ne savais plus pourquoi j'avais engagé Charly – peut-être pour avoir une longueur d'avance sur le passé au cas où il voudrait m'offrir un remake – mais ça ne faisait finalement qu'ajouter plus de doutes à mes hypothèses, à ma version des choses que j'essayais d'effacer de ma mémoire et même de la réalité. Chaque geste que j'esquissais depuis le début me donnait l'allure d'un pauvre type se débattant vainement dans une poche de sable mouvant, et ces gestes, j'avais l'horrible sentiment qu'on me commandait de les faire sans que je parvienne à refuser d'obéir. Drajenski était véreux et Marty arrosait les flics, et après ? Les affaires de corruption ne surprennent plus personne. Tant d'années après, cette histoire digérée ne m'offrait plus rien, preuve à l'appui ou pas. Quant à Roger, on ne pouvait pas dire qu'il avait retourné sa veste puisqu'il n'avait jamais vraiment su dans quel sens la mettre.

— Écoute vieux, profite encore de la chambre une nuit et on s'arrête là, proposai-je pour atténuer mes gesticulations et abandonner la partie.

— Laisse-moi encore coller aux basques de ce type à la voix de faux jeton, j'suis sûr que ce qu'il trame peut t'intéresser.

— Ça aurait pu m'intéresser à une autre époque, laisse tomber. Laisse les clefs de la voiture à Joe, je viendrai la récupérer et régler la note dans la semaine.

— Bon, c'est toi le patron, concéda-t-il avec une pointe de déception dans la voix. Je débarrasserai le plancher demain matin.

On raccrocha, déçus tous les deux. Je regrettais de l'avoir embarqué là-dedans et peut-être même mis en danger, et bien que cette idée me fasse frissonner, il valait mieux qu'il retourne à la quiétude de son canal.

J'aurais pu essayer d'appeler Jenna à l'hôtel pour lui dire à elle aussi d'abandonner, mais je n'en fis rien. Je me doutais bien qu'elle avait déjà modifié le service que je lui avais demandé pour nourrir une de ses théories fumantes. Et puis, si elle avait déjà mis les pieds au *Smarty*'s, aucun des noms qu'elle aurait pu me citer ou des nouvelles qu'elle aurait pu m'apprendre n'aurait nettoyé l'humeur qui s'était installée en écoutant le rapport de Charly. Je décidai donc d'en rester là et de laisser passer la nuit sur ces pénibles images qui débarquèrent par le combiné de mon téléphone. La vie m'apparaissait soudain comme une grosse masse informe, sans prise et sans saveur, un amas vide de sens que j'aurais bien balancé dans la première benne trouvée. Je gobai un Seresta et me couchai. Je fermai les yeux en me rapprochant un peu plus que d'habitude de Claire qui cette fois ne se réveilla pas. J'attendis ensuite que mon cacheton me fasse croire à une quiétude bien méritée.

Le lendemain matin, un peu plus convaincu de mon abandon et de la vanité de cette quête que le temps m'avait ravi, je finissais ma première tasse quand trois types entrèrent dans le kebab. Ils n'avaient pas l'allure de travailleurs lève-tôt mais plutôt la gueule déterrée de types qui venaient de passer une sale nuit. J'en reconnus d'ailleurs deux, des espèces de parasites qui grouillaient au *Smarty's*, l'autre, plus jeune, ne pouvait qu'en être une déjection lui aussi. Je connaissais les membres historiques, ceux qui avaient grandi dans la cité, pas tous ceux qui vinrent papillonner plus tard autour de l'ampoule crasseuse qu'était le *Smarty's* dans ce sombre quartier. Ils passèrent devant Ishak qui les vit débouler d'un mauvais œil, celui affûté de quelqu'un né dans un bar à castagne. Son air renfrogné me rassura, si besoin, je savais que je pourrais profiter de son cuir et de sa charpente de lutteur à l'huile.

Diego, celui dont la tête m'évoquait le souvenir le plus net, s'installa en face de moi alors que ses deux copains prirent place autour de la table de façon à m'éviter tout espoir de fuite. Ça sentait mauvais, j'étais cerné par leurs sales tronches et leur odeur de fumée. Des trois, Diego affichait le visage le plus défait par la fatigue, sa tête était celle d'un bœuf qu'on aurait trop longtemps privé de sommeil et d'ombre. Les poches qui soulignaient son regard caféiné ressemblaient à deux outres flasques et violettes dans lesquelles ses yeux semblaient à deux doigts de se noyer. Je pris la parole le premier pour éviter qu'il ne se fatigue davantage :

— Si vous êtes venus ici pour le petit déjeuner, vous allez être déçus.

— On est venus parler affaire, répondit-il après avoir pris un air consterné par mon pseudo trait d'humour.

De mon côté, j'adoptais un air entendu pendant que celui dont j'avais oublié le nom alla commander trois cafés auprès d'Ishak.

— Il s'agit toujours de cette femme ? Vous avez encore eu de ses nouvelles ? demandai-je pour m'assurer qu'elle ait suivi mon conseil en restant tranquille.

— Tu vas simplement nous dire où elle se trouve.

Devant l'arrogance qu'on se forçait à me servir, je décidai de continuer sur la voie empruntée face à Marty lorsqu'il m'évoqua ce mystérieux corbeau.

— J'ai dit que j'étais au courant de cette histoire, pas que je savais où elle était. Mais je veux bien me mettre au boulot et vous la retrouver, dis-je comme s'ils n'étaient pas en position de force et si je pouvais négocier un nouveau contrat.

— Arrête-moi tes conneries, grogna-t-il en tendant le bras vers le plus jeune qui se trouvait à sa droite, montre-lui la photo.

Son acolyte plongea immédiatement sa main dans la poche intérieure de son blouson et sortit son portable. Pendant qu'il le trifouillait pour me montrer cette fameuse photo, l'autre revint et déposa les trois cafés sur la table. Diego me fixait en faisant grossir ses narines, ça lui donnait l'air d'un taureau idiot, mais il devait s'estimer plus intimidant ainsi. En observant sa tête massive et ses naseaux frétillants, j'essayais de me convaincre qu'un nez de poids lourd n'est pas vraiment plus solide que celui d'un welter, mais malgré cette vérité rassurante je rangeai instinctivement ma main droite sur ma cuisse, en attendant de voir ce qu'ils avaient à me montrer.

On me tendit le portable, je me penchai pour l'examiner.

— Tu vas vite nous la retrouver cette gonzesse, et en échange tu pourras récupérer ce qu'il reste de ton copain, t'es allé trop loin mon gars, on ne joue plus maintenant.

Les deux autres arrêtèrent de boire bruyamment leur café pour ricaner, bien fiers d'eux et de la mine qu'ils me firent tirer en m'offrant une vue de Charly, son imper gris clair tâché de sang, le visage tuméfié, ligoté dans le coffre d'une voiture.

— On a trouvé ton copain le clochard qui rôdait par chez nous, j'sais pas ce qu'il fichait dans ta voiture si loin du tas de carton mouillés qui lui sert de baraque, ni comment il peut s'offrir des nuits d'hôtel, mais si tu veux pas le voir flotter dans son canal tu vas nous apporter cette femme, pigé vieux ? Tu t'imaginais quoi en venant parader comme ça chez nous ?

Il m'ôta l'image pitoyable des yeux afin que je puisse me concentrer sur ce qu'il disait. Je relevai la tête mais l'image de Charly emballé dans son imper comme dans un linceul resta fixée sur ma rétine. Le pauvre avait décidé de terminer sa mission sans prendre en compte ce que je lui avais demandé. Mes tempes battaient vicieusement et je repensais à cette histoire de personnages qui désobéissent en me disant que tout foutait le camp.

— T'as entendu ce qu'on t'a dit ? beugla celui dont j'avais oublié le nom mais qui avait visiblement envie de se rappeler à mon bon souvenir.

La colère qui tambourinait au fond de moi ne demandait qu'à être promenée pour décharger le flot de violence qui s'était cristallisée autour de l'image de Charly ensanglanté. Le mal se répandait à nouveau par petite touche autour de moi. Le vieux Ralph voulait reficeler ses gants, mais dans cette position, où seul le regard méfiant d'Ishak pouvait ressembler à un soutien, je n'avais pas d'autre choix sinon de commencer par demander docilement à aller aux toilettes me passer de l'eau sur le visage. Je devais recouvrer mes esprits si je souhaitais reprendre la main dans ce combat mal entamé.

— J'ai jamais vu un ancien boxeur se sentir mal en voyant en mec un peu amoché ! Marius, ramène-le aux chiottes, ordonna-t-il dans un rire moqueur.

— Ancien boxeur infirme ! corrigea Marius en se levant pour m'accompagner.

Je marchai lourdement en tentant de maîtriser mes nerfs jusqu'à rejoindre un des cabinets alors que Marius en profita pour utiliser le pisoir. Une fois dehors, je passai au lavabo sous le regard de mon maton et retournai un peu ragaillardi dans la salle.

— Je crois qu'il était à deux doigts de faire dans son froc ! envoya Marius pour accompagner mon retour.

Diego secoua la tête et reposa sa tasse pendant que je retrouvai ma place. Le jeune n'avait pas bougé et trifouillait encore son portable. Marius resta debout, les deux mains posées sur la table, me surplombant et me gardant à l'œil.

— T'as la journée pour nous l'apporter, c'est clair ?

— Où est-ce qu'il est ?

— T'inquiète pas, il se repose dans un coffre de bagnole.

C'est là que je perçus le petit faux pas qui me permettrait de sortir de ce guêpier. Sur les mots de Diego, Marius jeta inconsciemment un coup d'œil vers la rue, sans doute en direction de leur voiture, là où devait encore croupir Charly. Ils le trimballaient probablement avec eux. C'était le bon moment : d'un geste brusque, je libérai la matraque télescopique que je venais de récupérer dans le faux plafond des toilettes. J'envoyai un premier coup au niveau du cou de Diego qui s'écroula lourdement de sa chaise. Prisonnier de sa stupeur et déséquilibré par mon poing dans le pli de son coude, Marius se baissa et reçut un vigoureux coup de boule qui l'envoya tenir sa mâchoire un peu plus loin. Le jeune lui, perdit une fraction de seconde en regardant son portable choir au sol, il goûta à son tour à la matraque et s'étala en renversant la table devant lui. Marius se leva presque aussitôt mais fut remis au tapis par Ishak qui se jeta sur lui comme une torpille trapue et musculeuse. Les deux s'agitèrent encore pendant que je fouillai la veste de Diego à la recherche de ses clefs de voiture. Il toussa du sang sur mes manches en essayant de me saisir mais la douleur le rappela à l'ordre quasi instantanément. J'attrapai le trousseau et sortis en courant sans me retourner vers Ishak qui hurlait quelque chose dans sa langue maternelle. Mon ardoise chez lui s'alourdissait encore…

Ce n'est qu'après m'être faufilé dans plusieurs ruelles au volant de la Mercedes de Diego qui empestait le shit et le tabac froid, que je pus reprendre mon souffle et m'arrêter pour vérifier si Charly se trouvait bien dans le coffre.

Le pauvre était amoché. Ses cheveux gris n'étaient plus qu'un amas poisseux agglutiné par le sang échappé de son arcade sourcilière éclatée, son œil gonflé se lovait contre son nez tordu et sa bouche veillait à l'harmonie de l'ensemble en proposant un rictus tremblant de douleur. Sa respiration lente et saccadée me confirmait qu'il était encore vivant et, lorsqu'il m'aperçut, une lueur de soulagement apparut dans l'œil qu'il parvenait encore à ouvrir. Je refermai le coffre puis déguerpis avant qu'on me repère avec un type ligoté dans cette voiture empruntée, avant aussi que le sentiment de culpabilité ne m'empêche totalement de fonctionner et que je n'écrive une ligne encore plus misérable à cette histoire.

Je me concentrais sur la respiration de Charly et tentais d'effacer les pires scénarii qui s'étaient échafaudés quelques instants plus tôt en voyant cette image de lui ensanglanté dans ce coffre, mais la soudaineté et la violence de la rixe que je venais d'essuyer me filèrent une tremblote que j'avais un mal de chien à calmer. J'en sortais indemne mais avec un goût de défaite plein les dents.

Le trafic s'intensifiait, on approchait des heures de bureau. Je ne tenais pas vraiment à attiser mes nerfs dans l'effervescence des embouteillages matinaux, alors je quittai le centre-ville et m'enfonçai dans des recoins secondaires.

Je conduisais au hasard en cherchant un endroit où lourder cette voiture mais décidai finalement de la garder. Ils avaient probablement récupéré la mienne, autant profiter de la leur. Restait à savoir où conduire Charly. Il était hors de question que je l'emmène chez moi. Jusque-là, j'étais quasiment certain qu'ils ne connaissaient pas mon adresse, nous avions déménagé deux fois depuis que je n'étais plus journaliste et même Ishak qui vivait pourtant en face ne savait pas où j'habitais. Ils avaient logé l'hôtel où j'avais installé Charly et Jenna risquait elle aussi d'être repérée si je l'y déposais. Rosie aurait peut-être pu s'en occuper dans l'arrière-salle du bar mais j'avais apporté suffisamment de tracas aux personnes que j'appréciais pour en rajouter une couche.

Ce n'est qu'en sortant d'une pharmacie devant laquelle je pus me garer que je pensai à Ingrid. Elle ne me connaissait pas, ne me devait rien, mais dans mon souvenir récent elle était la seule à s'être montrée encline à prodiguer des soins à quelqu'un de pitoyable. Et puis, pour être honnête, je comptais bien profiter de sa capacité à se fourrer systématiquement dans de sales histoires pour m'aider à me sortir un peu des miennes.

Quand je tambourinai à la porte de son mobil home, je jetai un coup d'œil encore stupéfié aux restes de la ruche que quelqu'un avait regroupés près de son socle désormais nu. Nous n'étions qu'en tout début de matinée, j'imaginai Ingrid encore endormie et me trouvai subitement affreusement ridicule de m'être pointé à sa porte pour lui demander de soigner un clochard amoché. J'abandonnai et retournai vers la voiture quand elle franchit le portail grillagé qui délimitait le terrain. Emmitouflée dans son pull à capuche, elle dut dégager une mèche de cheveux pour me laisser voir son regard, il semblait plus interloqué que courroucé de me voir encore une fois pénétrer dans son campement. Elle s'approcha sans sortir les mains de sa poche ventrale, et pour une personne que j'imaginais encore endormie elle arborait une bien meilleure mine que la mienne.

— Ça commence à ressembler à du harcèlement vous ne trouvez pas ?

Elle lança sa question sans animosité et je ne sus quoi répondre. Je la laissai approcher et gravir les deux marches du perron en bois qui était greffé à l'habitation.

— Milky m'a dit que vous vous êtes rencontrés il y a quelques jours.

— Par hasard oui, répondis-je pour écarter tout soupçon de harcèlement comme elle le disait.

— Il m'a aussi dit que vous n'étiez pas huissier et qu'il avait signé votre fichu papier. Les affaires vont plutôt bien pour vous finalement.

Juchée devant moi avec tout l'aplomb que lui conférait son expérience de la galère, elle ne jugea pas nécessaire de formuler une interrogation pour que je me sente vite contraint de m'expliquer sur ma présence devant sa porte. Je jetai d'abord un coup d'œil plein de méfiance à la maisonnette roulante derrière nous, elle continua alors sans que je me justifie encore :

— Détendez-vous, Milky dort comme une souche. Il est sorti hier soir et n'est rentré que ce matin. Si vous êtes venu pour lui parler, je vous déconseille d'essayer de le réveiller, enfin... c'est vous qui voyez !

— Ce n'est pas Milky que je suis venu voir.

— Quoi, vous avez un papier pour moi cette fois ? demanda-t-elle juste avant d'avoir quelque chose qu'elle prit pour un éclair de lucidité : ne me dites pas que vous êtes venu me sortir votre baratin ? Je vous ai soigné parce que je ne voulais pas voir votre cadavre sur mon perron, c'est clair pour toi vieux ? finit-elle par dire en retirant sa capuche comme pour montrer qu'elle était prête à me botter le cul.

— Remettez votre capuche ça va aller. Je ne suis pas venu chercher de la compagnie, j'ai besoin d'un service. Je me suis dit que vous pourriez peut-être m'aider puisque... commençai-je par dire en me heurtant encore une fois au ridicule de ma démarche. Je n'en sais rien en fait, avouai-je simplement. Je ne sais pas pourquoi je vous ai choisi vous, je vais plutôt vous laisser.

Je m'engageai sans panache vers la voiture avant qu'elle cherche à en savoir davantage, mais elle m'interrogea justement à son sujet en s'en approchant :

— C'est quoi cette voiture de mac ?

— Empruntée à des amis, j'espère récupérer la mienne bientôt.

Alors que j'en faisais le tour, Charly se réveilla et se mit à hurler et à faire vibrer ostensiblement le coffre. Le temps doit s'écouler différemment dans un coffre de berline.

— Eh, attendez ! C'est quoi ces conneries ? lança Ingrid en se précipitant vers l'arrière de la voiture où elle libéra Charly qui sortit de là comme un diable en boite.

— Le service dont je vous parlais...

Installé dans l'unique fauteuil de Mobil-home, Charly revenait à lui en laissant Ingrid tamponner ses plaies. Ses gestes appliqués contrastaient avec la colère que sa mine affichait, sans doute furieuse de se retrouver encore à rafistoler les conneries d'un autre. Elle ne pipait plus un mot depuis la sortie de Charly et son silence me tambourinait aux oreilles comme une foule de reproches hargneux et légitimes. Je venais avec mes gros souliers lui prouver encore une fois qu'elle et les ennuis avaient des atomes crochus, alors en la regardant faire, je cherchais ce que j'allais bien pouvoir lui servir pour expliquer la situation. De son côté, Charly non plus n'avait pas dit grand-chose, sûrement à cause de sa mâchoire blessée, mais certainement aussi par pudeur. Sans doute n'avait-il pas été touché ni même approché de si près, par une femme depuis bien des années. Il gardait son œil indemne fermé et réagissait docilement aux gestes de Ingrid.

Quand elle eut fini de faire ressembler Charly à une momie bon marché, elle se leva et déposa sur lui un plaid élimé.

— Reposez-vous un peu ici, je n'aimerais vraiment pas vous savoir au bord de ce canal dans cet état.

Elle le regarda encore, offusquée et compatissante, puis elle sortit du mobil home. On entendit ses pas résonner sur le perron puis la balustrade craquer légèrement lorsqu'elle s'y appuya. Elle attendait mes explications de pied ferme, et ruches ou pas à proximité, je n'allais pas y couper. Je remplis un verre d'eau au robinet puis posai amicalement ma main sur l'épaule du Charly jusqu'à ce qu'il ouvre l'œil. Je lui tendis le verre et un cachet d'antalgique que je piochai dans ma poche. Il l'avala douloureusement sans rien dire et je le laissai se reposer.

Les jambes croisées et les mains dans la poche de son pull, elle me regarda sortir avec un questionnement mauvais dans le regard. Quelle espèce d'énergumène pouvais-je bien être ?

Je m'appuyai sur la balustrade perpendiculaire à la sienne de façon à ne pas être pleinement en face d'elle, comme si les réprimandes que je risquais pouvaient être moins violentes dans cette posture.

— Vous êtes qui ? finit-elle par me lancer en rangeant sa frange blonde derrière son oreille. Je veux dire, j'sais pas dans quel genre d'histoires vous trempez et j'ose même pas imaginer comment on peut se retrouver avec un SDF amoché dans son coffre ! C'est vous qui lui avez fait ça ? Vous…

— Vous n'y êtes pas du tout, Charly est un ami. Je ne savais pas où l'emmener.

— Et vous vous êtes dit qu'il serait plus à l'aise dans le coffre ?

Que pouvais-je lâcher sinon un soupir lucide et pathétique. Toutes les justifications possibles, bien que vraies, brosseraient un étrange tableau dans lequel elle n'aurait aucune envie de plonger. On resta silencieux un moment, ou plutôt, elle m'imposa encore une fois son silence accablant en me laissant apprécier la moiteur de ma nuque et ma main qui commençait à me lancer. La tension de cette matinée me serrait la pogne un peu trop franchement, j'attrapais un comprimé et gobai un Tramadol moi aussi. Elle m'observa avec autant de jugement qu'elle était capable de manifester puis laissa son regard tomber dans ce qui devrait être une mélasse d'incompréhension et de dépit. Causer la déception de l'autre donne la fierté d'un abatant de w.c. public, c'est sans doute pour ça que je décidai de tout lâcher, bien que je fusse convaincu d'accroitre ainsi le ridicule et l'incompréhension qui pesaient sur moi. Je lui refis le coup de la confession. Comme lors de notre première rencontre, je déballai tout pour relisser son visage lacéré par la déception. Nous étions de parfaits inconnus, elle n'avait rien à attendre de moi ni moi d'elle, mais sans que je sache pourquoi, elle faisait partie de ces personnes qui au premier regard donnent tout sauf l'envie de les décevoir. Je voulais contrer son avis sur le monde qui l'entourait, un avis sûrement mérité mais qui lui donnerait toujours cet air de fleur fanée qui gâchait sa beauté. Peu importe la raison, je livrais tout : Marty, ma main, ma femme qui nous supporte mon passé et moi, cette cliente et ses maudites lettres qui me font tourner en rond dans cette ville sans que je pige quoi que ce soit à ses motivations, mon retour au *Smarty's* et mes anciens compagnons qui ont amoché Charly, mon acolyte SDF… Sous un regard perçant, cherchant à éprouver mon honnêteté, elle écouta mon récit laborieux et foutraque sans m'interrompre.

— En fait, j'y comprends rien à votre histoire, vous savez pourquoi ? Parce qu'on se connaît pas. Vous êtes un foutu aimant à problèmes et j'aime pas que vous veniez vous coller à moi, j'ai pas envie que vous m'entrainiez encore plus bas que je ne le suis. Vous croulez sous ses galères, ça j'veux bien le croire, mais j'ai même pas fini de nettoyer la saleté de votre premier passage que vous m'apportez la tuile suivante ! m'envoya-t-elle en montrant du doigt la porte du Mobil-home d'où sortaient les ronflements de Charly.

Essoufflée, elle fit une pause pendant laquelle j'essayais de trouver une suite à tout ce que je venais de lui dire, une suite qui paraitrait moins pathétique, mais avant que je puisse ébaucher quelque chose elle relança :

— Je peux rien faire pour vous, vous comprenez ? finit-elle par demander comme si au fond elle regrettait de ne pas être la bonne personne. Allez-vous-en.

Je n'en menais pas large, ma culpabilité rappelait à l'ordre ma jugeote pour me dire d'obtempérer rapidement et sans importuner davantage cette pauvre fille. Les tuiles s'accumulaient, mais elle avait raison, je n'avais aucune aide à quémander ici. Erreur d'un pantin mal guidé qui se raccroche aux ficelles dans la panique… Je n'avais toujours pas enfourché le souffle de la vendetta mais son jeune visage fatigué méritait que je cesse de jouer à l'infirme désolé.

— Ne vous en faites pas, on va dégager le plancher, on n'a rien à faire ici vous avez raison, dis-je en me retenant de lui dire que venir à sa porte n'était rien d'autre qu'une erreur qui puait l'aveu d'impuissance et le manque de solution.

J'allais pousser la porte pour récupérer Charly quand quelqu'un se força à tousser bruyamment dans mon dos. Cette fois, aucune ruche ne vint s'écraser sur mes épaules, juste le regard de Milky qui me percuta en silence. Il récupérait visiblement plus vite que ce que Ingrid pensait. Il se tenait derrière le garde-corps contre lequel j'étais appuyé quelques instants plus tôt et crachait machinalement sa fumée en me fixant. Il portait toujours un survêtement et la barbe qu'il arborait la dernière fois qu'on s'était rencontrés, il tirait encore sur une cigarette mais son sac banane ne pendait plus autour de cou. Comme Ingrid quelques minutes plus tôt, il garda le silence un instant. C'était à croire que dans ce couple on se parlait uniquement en se toisant. De mon côté, je ne voyais pas ce que je pouvais dire, j'étais dans la peau du môme qu'on avait pris la main dans le sac, alors je le laissai me regarder en attendant de voir quelle suite il allait donner à cette non-discussion. Et puis, c'était une façon d'accepter l'ascendant que je l'avais laissé prendre. Physiquement, ses jambes maigrelettes planquées dans son jogging en coton me laissaient deviner le poids faiblard qu'il aurait pu mettre dans un coup, mais psychologiquement, il avait pris toute la place et avait imposé une force de caractère que j'avais du mal à soutenir. J'aimais donc me dire que ce n'était pas de la peur mais plutôt une sorte d'abdication.

— Récupérez votre copain et dégagez d'ici. Venez pas mêler Ingrid à vos ennuis, elle a déjà assez à faire avec les miens, finit-il par dire bien plus calmement que ce que j'avais pu imaginer.

Je m'estimais plutôt chanceux de ne pas devoir en découdre avec lui ou de réceptionner une seconde ruche sur le coin de la tronche, alors sans rien dire de plus que quelques mots exprimant mon assentiment, je rentrai récupérer mon associé. Je ressortis quelques instants plus tard en soutenant lamentablement Charly que j'avais dû sortir d'un sommeil douloureux.

Milky n'avait pas bougé, Ingrid non plus d'ailleurs. J'ouvris ma portière pour fermer cette impasse dans l'histoire, et avant qu'elle ne claque, Milky rompit leur foutu silence en y laissant une ouverture :

— J'ai votre carte, je vous appelle.

17

Le reste de cette journée passa comme une feuille morte balayée par un vent mouillé. On commença par conduire mollement à la recherche d'un endroit où laisser à Charly le temps de récupérer sans trop attirer l'attention. Mon cachet agissait et, en plus d'avoir calmé ma main, il me jetait dans un calme aussi chimique que médiocre. Ça ressemblait à être maintenu dans le vide par une corde pourrie, mais sans cette sérénité en comprimé, j'aurais sans doute perdu pleinement les pédales.

Charly continuait à somnoler à la place du mort quand on passa aux abords du quartier de la salle de boxe, le hasard me donnait encore une petite tape dans le dos en plaçant Arthur sur ma route. Il serait peut-être disposé à nous aider un peu.

Raymond me rudoya de loin en me voyant débarquer avec une mine encore plus déconfite que lors de notre dernière discussion. Je jetai un signe vague en sa direction et m'engouffrai dans le bureau d'Arthur avec Charly sous le bras.

J'installai le blessé dans le sofa et me jetai dans le fauteuil en face du bureau.

— Dans quel pétrin tu t'es encore fourré ? lança-t-il en faisant pivoter sur elles-mêmes les lamelles des stores occultants de la fenêtre. C'est ton copain du canal ? Enfin, ce qu'il en reste.

— On a fait une mauvaise rencontre ce matin…

— Va falloir m'en dire plus mon pote !

Arthur n'avait pas entendu parler de mes affaires depuis des années. Il renifla d'amertume en constatant à quel point mon passé poisseux ressortait ses vieilles griffes, surpris que mes activités puissent encore m'embarquer dans ce genre d'aventures. J'essayai de ne pas l'assommer de détails sordides mais fermai encore davantage son visage en évoquant les clients de Marty, Diego et Marius. Il ne côtoyait plus ce monde-là depuis longtemps, se contentant du revenu généré par la salle de boxe et de la violence qu'elle pouvait attirer. Un ancien boxeur jouit toujours d'une certaine tranquillité, d'autant plus quand il est entouré d'une bande de jeunes chiens fous qui ne sont pas loin de considérer leur entraineur comme un père. Alors dans cette quiétude de retraité cogneur, il vivait sans plus se mêler ni se soucier des combines de son ancien milieu. Je continuai néanmoins le récit de la matinée en lisant le procès que son regard m'intentait. Il me laissa causer, et au fil de mon récit, je comprenais encore une fois que plus rien dans cette vieille histoire ne me donnait suffisamment de tripes pour me salir dans la violence et la vengeance. Je lui fis part de cette réflexion, de ce que je considérai comme de la lâcheté, ce motif du nouvel homme que j'étais. Puis, avec plus de philosophie qu'on accorde communément à un vieux pugiliste, il corrigea mon point de vue :

— Je crois juste que la page est tournée et que c'est plus la peine d'aller fourrer ton nez dedans. Et depuis quand ne plus être rongé par la haine ressemble à de la lâcheté ? Je crois que t'étais sur la bonne voie avant qu'on te replonge dans ce passé pourri. Si tu veux mon avis, tu devrais laisser tomber tout ça. Regarde un peu l'état de ton pote. Si ça continue, le prochain à morfler ce sera toi mon vieux, encore une fois. À toi de voir si ton huissier et cette histoire de fin de roman en valent vraiment la peine.

J'étais tenté de m'engouffrer dans la voie pleine de raison ouverte par Arthur mais la honte de celui qui se couche en plein combat me retenait sur la mauvaise pente. Je réfléchissais aux conseils irréfutables qu'on m'assénait quand Charly émit un odieux bruit de gorge aussi laid que sa plaie à l'arcade.

— Diego doit émettre le même genre de sons à l'heure qu'il est !

L'humour s'invita enfin parmi nous. Son visage s'éclaira à nouveau quand je lui racontais plus en détail le grabuge que j'avais laissé derrière moi chez Ishak. Il désapprouvait la matraque, je ne pouvais que me ranger derrière son avis, c'était une relique que je conservais sans jamais croire en son utilité, mais il conclut dans une moquerie facile que trois gus contre un infirme ça méritait bien d'adapter un peu les règles du jeu ! On plaisanta encore sur Diego, ses nasaux de taureau idiot et le mal de crâne qu'il devait se payer, puis je lui dis tout net que j'allais devoir lui laisser Charly le temps de régler deux, trois choses en ville. Il grogna un peu, il ne se plongerait plus dans cette mélasse pour me venir en aide, mais accepta de veiller sur Charly le temps qu'il faudrait. Arthur était plus fort que moi et aucune des pattes tentatrices du passé n'avait de prise sur lui, je ne pouvais que respecter ses grognements et sa sagesse. De mon côté, que je poursuive dans ma lancée ou non, je devais passer voir l'huissier. L'argent déciderait de la suite des évènements.

Chez maître C., la petite secrétaire sèche comme un cracker m'accueillit avec un sourire crispé, le vieux lui avait certainement touché un mot sur mon intention d'arrêter là ma mission. Je n'aurais pas fait partie de l'équipe très longtemps.

— Vous pouvez me laisser ça là et prendre place en attendant, me dit-elle en désignant l'enveloppe qui contenait le papelard signé par Milky.

Quand je lui dis que j'allais plutôt lui remettre moi-même, elle cligna deux ou trois fois de l'œil gauche, comme si sa rigidité venait d'être mise à rude épreuve. Elle allait devoir s'en accommoder, mon dernier cacheton n'agissait plus et les mots d'Arthur tapaient encore dans mon esprit, alors je n'étais pas d'humeur à patienter en ayant déjà abattu toutes mes cartes. Elle ne répondit rien et appela son ancêtre pour l'avertir de ma venue.

Le vieux ouvrit sa porte en émettant un des bruits de bouche dont il avait le secret. J'entrai et il retourna derrière son bureau sans me tendre son antique main.

— Eh bien monsieur Hunter, avez-vous avancé depuis notre dernière conversation ?

— Tout juste assez pour vous apporter votre papier.

Je jetai la feuille sur son bureau et me laissai tomber dans le fauteuil en attendant de recueillir son mécontentement.

— Avez-vous saisi que le but de mon métier est de récupérer de l'argent ? Cette feuille que vous m'apportez est un bon début, mais il manque l'essentiel : l'argent !

Je vis dans sa mine qu'il aurait bien aimé taper du poing sur son bureau en accompagnant son petit cri, mais y avoir pensé lui fit sans doute déjà bien assez mal aux os pour qu'il ne le fasse réellement.

— Je vous l'ai retrouvé, allez-y, c'est votre boulot, pas le mien.

— Je n'ai malheureusement plus les ressources pour courir derrière ce genre d'énergumène.

Il était effectivement trop vieux et trop sec pour supporter un jet de ruche ou une autre fantaisie du genre. Seulement, le mal le rongeait depuis trop longtemps, ce petit vieux n'avait pas le vice du jeu mais l'appel de l'argent le tenait tout autant. J'essayai d'appuyer sur la corde sensible.

— Laissez donc filer ce pauvre type, ce n'est même pas votre oseille.

Cette fois, le bruit qu'il émit ressemblait davantage à un étranglement. Il déglutit comme pour faire disparaitre ce que je venais odieusement de dire et me regarda avec une sévérité pleine de déception.

— Eh bien, que fait-on ? demanda-t-il soudainement vigoureusement.

Il posait la question alors que nous savions pertinemment tous les deux que je n'avais pas grand-chose à proposer. Sa soudaine vigueur le trahissait. Comme toujours dans sa sombre carrière, il allait profiter de la position honteuse de celui qui *perçoit* pour obtenir ce qu'il voulait. Pendant que ce vieux débris me fixait, je pensai à Milky et son entêtement derrière lequel je me serais bien rangé, mais j'étais suffisamment érodé par l'âge et la raison pour savoir que je n'y couperai pas. Je pouvais gesticuler autant que je voulais, tant que je ne rembourserais pas, il me tiendrait comme les autres. D'ailleurs, il n'attendit pas davantage pour serrer ses mains poussiéreuses autour de ma gorge en sortant un feuillet de l'un de ses tiroirs.

— Hélas, je crains que notre collaboration ne soit pas fructueuse.

Il marqua une pause, histoire peut-être de me laisser le temps de piger qu'il y avait une conséquence à son constat d'échec, puis poursuivit :

— Êtes-vous en mesure de vous acquitter des sommes dues ?

— Vous savez bien que non, c'est pour ça que nous avions un arrangement, il me semble.

— Un arrangement que vous n'honorez pas ! pétarada-t-il en brandissant sa fichue feuille. Nous allons devoir mettre en place la procédure de saisie des biens. C'est malheureux, dit-il en pinçant ses lèvres comme si un regret pouvait se frayer un chemin dans son esprit aride.

— Arrêtez-moi cette comédie, je parie que vous adorez prononcer cette phrase, c'est votre came.

Il ne releva pas.

— Je me vois dans l'obligation de vous signifier le titre exécutoire obtenu par vos créanciers. La procédure s'appliquera après le délai légal de huit jours. Pensez-vous que le fruit de la saisie puisse couvrir les sommes demandées ?

Cette ordure avait obtenu ce qu'il voulait, mais tant que je n'aurais pas remboursé ma dette, le tiroir-caisse qui lui servait de cervelle ne pourrait s'estimer heureux. Si rien n'assouplissait sa rigidité, de mon côté, c'est ma courtoisie qui baissait ses bras faiblards :

— Allez vous faire foutre, débrouillez-vous avec…

Il me coupa la parole en appuyant sur son interphone :

— Louise, faites monter Gérald s'il vous plait.

Son os relâcha le bouton et il s'adressa de nouveau à moi.

— Nous avons l'habitude de gérer ce genre de situation, tout va bien se passer.

Je sentis l'embrouille dans son œil sadique et sortis du bureau en laissant malheureusement ce rapace intact. Dans le hall d'entrée, Louise essaya de me retenir mais je rejoignis rapidement l'escalier en tentant de ne pas avoir l'air de celui qui s'enfuit. À l'approche du rez-de-chaussée, je croisai un type rustaud, emballé dans un costume sombre et peu adapté à sa morphologie, qui se lançait à l'ascension des trois étages avec la fougue d'un obèse un peu trop sûr de lui. Si ce gras double était le fameux Gérald appelé pour me maîtriser, j'étais plutôt satisfait de ne pas avoir à me ridiculiser en calmant les ardeurs d'un gros lard trop essoufflé pour m'affronter dignement.

Je sautai dans la Merco un goût de revanche plein les lèvres. Ce vieux rapace ne m'avait encore rien soutiré mais je sortais de son bureau délesté une fois de plus d'un peu d'amour propre. Je m'insérai dans la circulation, malgré tout réconforté par l'image de Gérald rampant jusqu'au troisième. Mon sourire disparut néanmoins rapidement : huit jours avant que sa fichue procédure ne se mette en place, autrement dit pas grand-chose au vu des solutions qui s'offraient à moi…

Il n'était pas encore midi. Les camions de livraison commençaient à fuir le centre et les piétons marchaient plutôt mollement, avec le pas de ceux qui ne se sont pas encore aperçus de l'heure qu'il est. De mon côté, ma destination se dessinait vaguement devant moi alors que l'ultimatum qui planait au-dessus de ma tête m'imprimait un odieux tic-tac. L'entrevue n'avait pas duré longtemps, alors je décidai de passer chez Frank histoire de me ressourcer avant d'aller récupérer Charly et d'essayer de trouver un énième plan d'action foireux.

Je m'engageai dans la rue du bar quand mon téléphone sonna. Je laissai sonner, je n'avais aucune envie d'entendre qui que ce soit à l'autre bout de ce maudit fil. Et puis je dus me résigner, je devais bien m'avouer que dans ma situation lamentable, j'en venais à espérer un coup de fil salvateur. Je décrochai : c'était Milky. Il avait l'air plus enjoué que lors de nos dernières conversations. Ça n'augurait rien de bon. Je me demandais quels plans il avait bien pu échafauder dans son esprit impétueux.

— J'ai un plan pour en finir avec tout ça.

— Vous pensez vraiment que je sois le bon confident ?

— Je vais aller miser mon blé au *Smarty's*. Ces gars ne me connaissent pas, alors vous allez m'y accompagner, je veux être pris au sérieux.

Je marquai un blanc, comme si l'info était trop stupide pour qu'elle puisse enclencher une réponse de ma part. Ce pauvre type était à ce point façonné par la galère que ce qui lui apparaissait comme des idées salvatrices et géniales n'était rien d'autre que des boules puantes qu'il égrenait lui-même autour de lui.

— C'est ça votre plan ? Vous avez assez de problèmes pour vous mettre ces gars sur le dos, croyez-moi.

Je crus un instant que j'allais lui conseiller paisiblement de payer sa dette, de se trouver un boulot qui paye mal et d'aimer sa gonzesse, mais je gardai finalement tout ça pour moi. Ce genre de conseils originaux ne pouvaient de toute façon pas s'accrocher à sa conception des choses.

— On dit qu'au *Smarty's* la chance sourit plus qu'ailleurs, reprit-il.

— Elle sourit si fort que vous y retournerez pour perdre vos gains. Vous trainez dans la boue depuis longtemps, venez pas en plus marcher dans cette merde-là.

— Eh vieux, t'as vu votre tronche ? Viens pas me servir ton avis sur la vie que je mène. On se retrouve au *Smarty's* ce soir un peu avant minuit et de mon côté j'oublie la plaque d'immatriculation de ta bagnole et son chargement qui pourrait intéresser les flics.

Ce petit salopard avez bien réfléchi, je n'eus pas le temps de prendre une décision qu'il abrégea la communication :

— À ce soir, mec.

Ouais, à ce soir. Son petit chantage se tenait plutôt bien, je n'avais aucun intérêt à me retrouver au milieu d'une enquête mêlant les gus du quartier de la Colline et un SDF tabassé croupissant dans un coffre de bagnole. Le hic dans son histoire, c'était moi. Je doutais légèrement qu'il soit pris au sérieux en débarquant avec moi là-bas, même si Diego et ses potes devaient m'attendre de pied ferme…

Comme trop souvent, je me retrouvais devant une belle fournée de culs-de-sac, et j'allais devoir choisir dans lequel me jeter. Affronter une enquête pour vol et séquestration ou bien me jeter dans la gueule du loup. La même odeur repoussante exhalait des deux options, mais c'était bien à moi d'avancer un de mes pions boiteux dans cette partie à l'aveugle. *Tout dépendra du genre de personnage que vous souhaitez être*. Les derniers mots de la folle dingue et ses lettres revenaient forcément me percuter. Je ne voyais pas bien quel genre de personnage l'un ou l'autre choix ferait de moi, mais les décisions me revenaient.

Ma main me tiraillait et ma jauge criait famine. À la première station, je jetai l'un de mes derniers billets dans mon réservoir puis tentai de me ressaisir en m'accoudant au petit comptoir installé contre la vitre. Pendant qu'un interminable flash info se rependait dans la boutique, je dégustais un délicieux café dans un gobelet en plastique trop fin en observant successivement un routier et un petit vieux mettre le plein.

On approchait forcément de la fin, rien ne s'arrangeait et tout prenait une tournure décisive, tout allait donc me péter à la tronche dans les heures qui suivraient. Je me fis cette réflexion en rangeant un cacheton que je m'apprêtai à gober, mieux valait être en pleine possession de mes moyens, quitte à souffrir un peu et à laisser mes nerfs s'emballer. En partant du principe que la fin approchait à grands pas, je décidai finalement de ne pas aller chez Franck. Elle l'avait dit il y a plusieurs jours déjà, ça ne faisait pas un bon endroit pour un dénouement. D'un autre côté, si le lieu importait tant, je me demandais bien comment un type coincé dans une station essence deux pompes pouvait être le bon personnage pour achever son roman. Je repensai à la liberté du personnage et au marionnettiste, je me demandais quel pouvait bien être mon rôle et dans quelle mesure on se payait ma tête. Je finis par chasser ces questions, cette bonne femme m'avait semé dans tant de mensonges et de flou que je n'avais de toute façon pas obtenu une seule réponse potable depuis le début, mieux valait prendre les chapitres les uns après les autres. Et puis, elle avait raccroché en me disant qu'elle enclencherait bientôt la fin elle-même… Je vidai alors mon gobelet et laissai là toutes ces questions sans parvenir à comprendre comment on pouvait se mettre en danger pour un bouquin à fignoler.

Je repris le volant et pris la direction de la salle pour récupérer Charly. On verrait ensuite comment les choses allaient se mettre en place.

18

Voilà donc comment Charly et moi on s'était retrouvés accoudés à *La tireuse,* à attendre que la nuit s'installe correctement pour rejoindre Milky au *Smarty's*. C'est là que je reçus ce coup de fil qui enclencha véritablement la fin. Ce fameux appel qui allait mettre un terme à mes errances et me jeter sur la route un vrai but entre les dents.

Charly épongeait son menton plein de menthe à l'eau quand je reconnus la voix de Jenna dans le combiné. Je n'avais pas eu de ses nouvelles depuis le soir où nous avions écumé les bars et que je l'avais laissée filer pour prendre ses quartiers chez Joe.

— R., c'est moi. Tu es en ville ? demanda-t-elle dans une voix enveloppée d'une crispation inhabituelle.

— Bien sûr que je suis en ville, je suis toujours en ville… Je commençais à m'inquiéter. Comment ça se passe ? T'es où ?

— Je suis garée sur le parking du *Smarty's* et…

— Tu as un portable maintenant ?

— En quelque sorte, peu importe. La femme R., elle vient d'arriver au *Smarty's*, et d'après ce que j'ai pu apprendre, c'est la première fois qu'elle y met les pieds.

— Cette folle cherche les ennuis ! m'écriai-je, encore une fois pris de court par quelqu'un qui faisait l'inverse de ce que je lui demandais.

— Cette folle R., je crois que tu la connais, lâcha-t-elle comme un coup de massue plein de regrets.

— Qu'est-ce que tu me racontes ? aboyai-je les tempes soudainement douloureuses sans qu'un visage ne s'affiche encore devant moi.

— Tu ferais bien de rappliquer ici parce tes copains viennent de l'enfermer dans le coffre de ta voiture.

C'était donc devenu une habitude de fourrer les gens dans le coffre de leur bagnole !

— Mais qui est cette femme bon sang ? J'arrive !

— Je n'en suis pas sûre, je ne l'ai vue qu'en photo, mais je crois que c'est ta femme R.

Je ressentis subitement, entre mes tympans, l'équivalant d'un freinage ferroviaire et compris aussitôt des notions que jusque-là je n'avais en fait qu'effleurées : l'urgence et la peur. C'est aussi en entendant ses mots que mes défenses cédèrent et que j'abandonnai subitement la lutte intérieure que je menai depuis des jours pour ne pas laisser ressurgir l'ancien R. Celui qui fréquente les bas-fonds et qui cogne.

Je me ruai alors dans la rue, suivi de mon ami aussi boiteux que tenace. Au volant, la ville nocturne défilait, muette et scintillante, se préparant peut-être à devenir le décor d'une tragédie.

Quand je disais n'avoir aucun flair dans cette affaire… J'étais censé retrouver ce que les gens perdaient et je n'avais pas été foutu de déceler les manigances de ma propre femme. Un direct en pleine poire qu'on ne voit pas venir. Si je n'avais rien vu venir, je ne pigeais pas non plus en quoi se pointer au *Smarty's* pourrait fabriquer la fin qu'elle souhaitait, la fin de quoi ? Pour quoi faire ? En revanche, je savais que les péquins de la colline ne rigoleraient pas, pas après la raclée que j'avais mise à certains d'entre eux et après qu'on eut essayé de les faire chanter. Elle s'était jetée dans mon propre passé et m'y entrainait par la force des choses aussi ; j'y glissais à sa suite, accompagné de douloureux relents de rage que je redécouvrais malgré moi.

Charly me sortit de mes cogitations lorsqu'on arriva près de la gare :

— Arrête-toi là, je dois récupérer un truc dans une consigne !

— Tu plaisantes ? Ils tiennent ma femme Char' ! Tu t'occuperas de tes affaires une autre fois !

— Arrête-toi je te dis ! insista-t-il en brandissant déjà l'une des fameuses clefs qu'il portait autour du cou. Arrête-toi, fais-moi confiance !

Je pilai à contrecœur et grimpai sur le trottoir le plus proche, surpris qu'après tant d'années de collaboration il s'apprête à dévoiler une partie de son histoire.

— Magne-toi ! Mes nerfs me laisseront pas t'attendre longtemps !

Il fila en claudiquant puis s'engouffra entre les portes automatiques. Pendant que je tordais mon volant en sentant la pression de ma boite crânienne augmenter dangereusement, j'enviais la quiétude de ceux qui trainaient mollement sur les pavés du parvis. On pouvait clairement lire sur leur visage qu'aucun d'entre eux n'avait un être cher à récupérer d'entre les mains de raclures sur les nerfs… La trotteuse m'égratignait à chaque mouvement, j'allais abandonner Charly et sa fichue consigne quand je le vis sortir un sac sur son épaule. Il se jeta dans la voiture et je démarrai sans perdre une seconde supplémentaire.

— J'espère que ça valait le coup ! dis-je quand Charly balança son sac à l'arrière.

— On verra ça plus tard, fonce maintenant !

Je venais de quitter la rocade pour enfin pénétrer dans le quartier de la Colline quand mon téléphone vibra encore, je le balançai à Charly pour pouvoir continuer ma course effrénée sans nous envoyer dans le décor.

Il articulait difficilement, sa mâchoire avait gonflé, j'avais la pire standardiste de la ville. J'entendais vaguement la voix s'échapper du combiné mais ne comprenais rien ; ce téléphone et ses maudites mauvaises nouvelles…

— Accouche Charly, qu'est-ce qui se passe ?

Il raccrocha et m'expliqua qu'ils avaient quitté le *Smarty's* avec ma caisse et qu'ils se dirigeaient vers la rocade, direction l'extérieur de la ville. Jenna les suivait à distance et nous tiendrait au courant. Je rétrogradai pour en remettre une couche, le moteur gronda et on remonta sur la voie express en attendant les instructions de notre éclaireuse.

Elle rappela rapidement : ils se sont arrêtés à *L'Express Motel & Bar* et viennent de récupérer une chambre, la 17.

Arrivé au parking du motel, j'aperçus immédiatement la voiture de Jenna, elle n'était pas à l'intérieur. Je fis le tour pour inspecter les lieux et vis la mienne garée un peu plus loin. Rien d'autre, le calme plat. Il faisait nuit, le parking était fidèle à lui-même : à moitié désert et entaché par la lumière des deux ou trois lampadaires asthmatiques encore en état de marche. Je repensais à ma dernière venue ici et à monsieur D. qui devait encore rassurer sa femme blessée pendant que je cherchais à récupérer la mienne indemne. Je finis par couper le contact dans un coin sombre sans être réellement prêt à en découdre. Jenna allait nous éclairer sur la situation, mais pour l'instant, la peur et l'urgence avaient saturé ma cervelle pour ne laisser qu'une colère stérile qui m'empêchait de réfléchir convenablement. Probablement pour tenter de dissiper le trouble et l'hésitation qui envahissaient l'habitacle, Charly enfonça le clou en me demandant si j'avais un plan.

Le plan qui s'affichait le mieux dans mon esprit tourmenté se dessinait à coups de pompe. Malgré ma tremblote, c'est à l'ancienne que je me voyais débarquer dans cette turne, distribuer et recevoir quelques coups, prendre les risques nécessaires pour achever cette histoire comme les circonstances le demandaient. Ma vision était voilée par la peur et la rage, des conseillères muettes depuis bien longtemps qui tentaient de percer le sac de doutes que je trimballais. Il n'y avait en effet que deux voies possibles. Je pouvais continuer à me vautrer dans la boue de mon passé, entrer récupérer ma femme à grands coups de pompes, redevenant pleinement l'espèce de cowboy rustique que j'étais ou alors décider de rester fidèle à celui que j'étais devenu, un margoulin tempéré par ses faiblesses et sa peur sage. La solution raisonnable était évidente, mais la balance était déréglée par les images de ma femme enfermée avec ces types. La première voie s'affichait par conséquent avec bien plus de clarté. Je tentais malgré tout de rester pragmatique :

— Retrouvons Jenna, voyons ce qu'elle peut nous apprendre avant d'enfoncer leur porte.

Un coup de fil plus tard, on entra dans la chambre qu'elle avait réservée en attendant mon arrivée. Elle aperçut ma mine abattue et me prit dans ses bras avant même qu'on ait refermé la porte. Je récupérai autant de courage que possible de cette étreinte mais avais besoin embrasser une autre femme.

— T'es sûre que c'est elle ?

Elle me relâcha en remarquant Charly qui se faufilait à son tour à l'intérieur.

— Y a pas de doute, R. Je l'ai revu quand ils l'ont sortie du coffre. C'est ton ami du Canal ?

Charly répondit à ma place et, alors qu'il tendit sa main à Jenna, je fouillai ma poche à la recherche d'un cacheton.

— Mais qu'est-ce qu'elle fiche ici Jenna ? Franchement, je n'y comprends rien, pourquoi aller se frotter au *Smarty's*, pourquoi maintenant ? Cet endroit ne fait plus partie de notre vie depuis longtemps !

— Je n'en sais rien, si ce n'est qu'elle envoie des lettres au *Smarty's* depuis des mois, des menaces, une sorte de chantage. Mais tu vas la sortir de là et elle t'expliquera tout ça elle-même, me dit-elle ses mains posées sur mes épaules surchargées.

— Je n'aime pas ça, mais il faut peut-être prévenir la police R. C'est peut-être ce qu'il y a de plus sûr pour ta femme, intervint soudain Charly l'air désolé et franchement peu fier de sa proposition.

Étrangement, Jenna eut un mouvement de rejet plus ostensible que le mien en entendant mon associé évoquer l'intervention de la police. De mon côté, mes doutes étaient trop grands, la bande de Marty était de mèche avec Drajenski qui avait lui-même ses entrées au sein de la PJ, je ne tenais pas vraiment à offrir un remake sur le parking de ce motel à cette bande de vendus. Mais je ne voyais pas en quoi ça pouvait gêner Jenna.

— Qu'est-ce qu'il y a ? me demanda-t-elle avant que je lui pose moi-même la question.

— Ces types ont leurs entrées dans la police, on risque de se retrouver avec une bande de ripoux sur les bras, répondis-je en attendant qu'elle s'explique elle aussi.

— C'est ce que je me disais, confirma-t-elle simplement avant de baisser le regard un instant comme pour accuser le coup.

Le silence reprit ses droits pendant que j'usais la moquette en préparant mentalement la seule issue possible. Le dénouement se tenait devant moi et arborait sa plus belle peinture de guerre. Et pour bien connaître l'équipe du *Smarty's*, ils n'envisageraient pas d'autres solutions eux non plus, on ne ramène pas quelqu'un de force dans ce motel miteux pour regarder les chaînes du câble. Claire m'avait fourni les éléments nécessaires à la fin qu'elle fantasmait, il ne me restait plus qu'à laisser R. le rustique refaire pleinement surface. Mon infirmité faisait de moi un piètre adversaire et j'étais affublé d'une équipe peu convaincante, mais il était temps d'agir. J'avais jusque-là laissé s'endormir la bête, lui laissant juste les miettes glanées à la salle de boxe pour la tenir tranquille, mais puisque tout dans cette affaire avait pour but de la réveiller, mes doutes se dissipaient, mes poings brûlaient et je glissais lentement sur la voie tracée par les premiers courriers de Claire.

— Jenna, redis-moi leur numéro de chambre, on va se mettre en route.

Charly se raidit et toussa un coup quand je lui lançai les clefs de la voiture et lui demandai d'aller récupérer l'extincteur et la barre du cric repérés dans le coffre de Diego. Il n'eut pas le temps d'esquisser un mouvement que Jenna abandonna la fenêtre contre laquelle elle était adossée pour revenir parmi nous avec un regard que je lui connaissais parfaitement.

— Tu fais donc toujours partie de leur monde.

Pour une fois, elle ne m'envoya pas une question, mais une plutôt une sentence pleine de déception qui me fit l'effet d'un genou dans les parties.

— Tu ne t'es pas assez ridiculisé ce matin ? J'ai vu dans quel état ils sont rentrés.

Je bégayai quelque chose en me prenant encore une fois dans ses filets. Même si une légère fierté venait envelopper le souvenir de cette rixe, je me heurtais à son jugement implacable. Mais englué dans la peur, il m'était impossible de capter la justesse des paroles de cette foutue prophétesse. Pas sans qu'elle poursuive avec ce qu'elle sait faire de mieux.

— Tu avais raison quand tu disais ne pas être à la hauteur du personnage qu'on te demandait d'être. Tu t'es contenté de laisser revenir celui que tu avais réussi à oublier. Ça te manquait tant que ça de saccager les chambres de ce motel ?

Jenna me fixait lourdement pendant que je me laissai tomber sur le bord du lit. Sa déception et ses mots venaient d'envoyer un coup de masse dans la détermination qui m'animait enfin. Mais pour une fois, Jenna n'avait qu'à moitié raison. En observant ma soudaine détermination à me mettre brutalement en marche, elle venait de saisir le mal qui me rongeait depuis le début de cette affaire, le passé et sa violence qui remuaient et reprenaient leur place dans mon existence. Impossible de le nier, j'étais de retour. Je retrouvais les mêmes adversaires et comptais utiliser les mêmes recettes. J'écumai à nouveau ces coins de la ville laissés en plan et récupérais peu à peu les réflexes qui m'appartenaient autrefois. Indéniablement, je glissai piteusement vers mon passé jusqu'à me jeter inconsciemment dans cette chambre d'hôtel où était retenue ma femme. De ce point de vue, l'échec était effectivement complet. Mais Jenna se trompait sur un point. J'avais été parfaitement à la hauteur jusque-là. C'est Claire qui m'avait désigné comme personnage de cette histoire et c'est aussi elle qui finit par apporter l'élément déclencheur de la fin en se pointant au *Smarty*'s. Elle savait pertinemment les risques qu'elle courrait et savait quelle voie je devrais emprunter pour la sortir de là. Elle voulait réveiller l'ancien R. Je commençais seulement à comprendre sa démarche mais savais que la fin qu'elle attendait était de celles qu'on règle brutalement, comme un dernier coup pour abréger les souffrances d'une bête blessée. Seulement, mon état d'esprit s'était depuis trop longtemps modifié pour que je puisse envisager la fin comme Claire le souhaitait, les mots de Jenna me permirent de le comprendre et d'ôter cet infâme poids de ma poitrine. Je soufflai un grand coup, mes réflexions abandonnèrent enfin la stérilité et j'en sentis les bienfaits envahir mon organisme : l'étau sur mes tempes relâche la pression, mes poings se desserrent, mes poumons s'emplissent sans douleur, peut-être même que j'esquisse un sourire. Sous les yeux de Charly qui observait la scène près de la porte, hésitant encore à sortir chercher les outils dans le coffre, je pus enfin répondre avec calme :

— À une autre époque, j'aurais fait sortir ma femme de là depuis longtemps.

Charly déglutit et Jenna se figea dans la déception que créa ma réponse, mais avant que ses épaules finissent de s'écrouler, je verbalisai tout haut le sursaut de bravoure qui fourmillait en moi depuis qu'elle me mit devant mon abandon lamentable :

— Claire s'est trompée sur la méthode. Je ne sais pas encore comment, mais aujourd'hui on va essayer de faire autrement.

Je prononçai ces mots et sentis ma vieille personnalité se prendre un revers qui la renvoyait dans les pages poussiéreuses de mon passé. On pouvait considérer ça comme une victoire, mais le temps montrait toujours les crocs, s'il arrivait quelque chose à Claire, je retournerais forcément à mes démons. Il me fallait plus d'éléments pour imaginer ne serait-ce que le début d'une idée :

— Qui est avec elle dans cette chambre ?

— Celui qui l'a fourrée dans le coffre, je ne l'ai jamais vu, mais Mousse et le gros à qui tu as refait le portrait sont montés avec lui dans ta voiture.

Mousse et Diego, le duo de choc, le gros abruti et le maigrelet dont il fallait se méfier. Quand ces deux trainaient ensemble les embrouilles les suivaient de près. Il m'en fallait davantage :

— Dis-moi ce que t'as appris ces derniers jours, y a peut-être quelque chose qui peut nous servir à nous y prendre autrement qu'en distribuant des coups de barre à mine.

Elle se jeta juvénilement sur le lit comme si la vie de ma femme n'était pas en jeu, fidèle à son décalage permanent avec ce que la situation attendait d'elle. Je ne relevai pas vraiment, bien trop nerveux pour en avoir réellement quelque chose à faire, et elle se mit à table :

— Tu connais Mousse ? C'est lui qui m'a fait entrer au *Smarty's*.

Bien sûr que je connaissais Mousse. À l'observer de loin, on aurait vite fait de le fourrer dans la casse de l'Arabe de service que Marty utilisait à sa guise. Mais s'il se servait de lui, c'était plutôt parce qu'il était indispensable à son business. Ce type était un artiste de la magouille qui faisait tomber ses malversations et autres arnaques du côté de l'ingéniosité. La combine chevillée au corps, il ne se voyait pas profiter de l'existence autrement que par le vol et le mensonge. Comme d'autres énergumènes du coin, ses valeurs n'avaient jamais réellement été celles que la société demandait officiellement, c'était un pur produit de la Colline, quelqu'un qui vivait au grand jour les vices que le monde requérait officieusement pour réussir. Il avait fait un ou deux tours en calèche pour des trucs suffisamment mineurs pour ressortir rapidement et s'y remettre aussi sec. Et puis comme toujours, avec le temps, ce genre de gus finit par se confondre avec les pierres de la ville et devenir insaisissable.

— Comment tu l'as ferré ?

— Toujours la même faille masculine, tu sais bien qu'elle traine même dans le meilleur des hommes.

— Tu lui as fait le coup du bain ? demandai-je spontanément, faisant tiquer Charly qui avait les deux mains plongées dans son sac et provoquant une étincelle de déception dans l'œil de Jenna.

— Non ! On ne ferre pas tous les poissons avec les mêmes appâts !

Elle était évidemment bien trop futée pour pointer subitement son museau inconnu au bistrot de la Colline. Au lieu de ça, elle eut la folie nécessaire pour s'acoquiner avec Mousse pour y entrer sans soupçon. Elle me passa les détails, mais elle commença par se retrouver je ne sais comment installée à sa table dans un troquet, celui en face de la clinique vétérinaire où, d'après ce que j'en savais, Mousse traficotait avec l'un des soigneurs animaliers. Elle lui sortit sans doute son numéro et se retrouva dans sa voiture en route pour une soirée qui se termina au tripot de Marty.

— Je suis entrée derrière Mousse et j'ai pu m'imaginer assez précisément ce que *se jeter dans la gueule du loup* voulait dire, raconta-t-elle. J'ai eu le droit à une vicieuse volée de regards poisseux qui a presque réussi à me faire déguerpir lâchement !

— Évidemment, ils étaient à la recherche d'une femme et toi tu t'y pointes comme par magie ! Et après ?

— Ton ami Marty nous a fait signe d'approcher, à Mousse et à moi. Franchement, si tu veux mon avis, cet homme force trop son air de pas y toucher pour être clair, aucun doute là-dessus. Il m'a reluquée d'un sale œil et a demandé à Mousse avec un sourire encore plus crado si j'étais ce qu'il croyait.

Je me doutais bien que Mousse était trop professionnel pour se laisser berner par la première gonzesse venue, même s'il s'agissait d'une femme comme Jenna. Son récit ne nous menait pour le moment nulle part mais je la laissai poursuivre :

— Tu ne crois quand même pas que je me suis jetée entre leurs pattes sans avoir anticipé un minimum leur réaction ? Bien sûr qu'ils me soupçonneraient, alors j'ai joué sur un deuxième tableau. Quand ton ami Mousse m'a montré son vrai visage en me demandant ce que je fichais là, je lui ai dit que je savais qui était leur corbeau.

— Mais tu n'en savais rien, qu'est-ce que tu leur as servi ?

— Je leur ai tout simplement dit que c'était toi leur maître chanteur.

J'écarquillai les yeux suffisamment pour essayer d'envisager la folie que j'avais en face de moi.

— Tu ne sais encore pas que j'aime prendre le problème sous un angle original ?

J'y étais pourtant habitué, mais sur ce coup, son originalité me dépassait largement. Forcément, en leur balançant mon nom à la figure elle se retrouva vite dans le bureau du patron, une pièce aveugle parfaite pour cuisiner les éventuels tricheurs ou mauvais payeurs.

— Logiquement, Mousse me demanda pourquoi je venais te balancer alors que je travaillais pour toi. Je lui ai répondu que tu me devais de l'argent et que tu avais généralement du mal à casquer, expliqua-t-elle dans un petit rire comme pour signifier que dans son lot de mensonges celui-là n'en était pas vraiment un. C'était un coup de bluff, mais j'étais persuadée qu'en déplaçant un peu leur attention sur cette histoire de dette et de vengeance, ils baisseraient suffisamment leur garde pour me laisser un peu de mouvement entre leurs sales pattes.

— Je comprends mieux pourquoi ils me sont tombés dessus ce matin… Bon et après ?

— J'étais un peu déçue, car je ne faisais que confirmer leurs doutes. Le contenu des lettres les avait déjà mis sur ta piste.

— De quoi parlaient ces lettres Jenna ? Qu'est-ce qu'ils t'ont dit ? demandai-je en espérant pouvoir apprendre enfin quelque chose qui m'aiderait à trouver une solution.

— Eddy, cet horrible type que tu as cherché dans toute cette ville, elle demandait de ses nouvelles, alors forcément ils firent le rapprochement avec toi avant même que j'en parle.

Elle poursuivit son histoire pour me dire comment elle se retrouva finalement à la table de jeu du *Smarty's*, mais je ne l'écoutais plus vraiment. J'arpentai à nouveau la chambre en me triturant la cervelle. Je comprenais à peu près les motivations de ma femme mais je ne m'expliquais toujours pas la réaction de Jenna à l'évocation de la police. Je la connaissais, la suite allait tout éclairer. Je la relançai, impatient de transformer l'espoir de voir Claire indemne en une piste crédible. Et puis Jenna finit par m'avouer son coup de folie supplémentaire comme on déballe ses atouts : avec une fierté dérangeante.

Elle s'installa donc à la table de Marty, à la seule table qui importait dans ce rade miteux, mais fit bien plus que jouer. Fidèle à elle-même et à ses préceptes incompréhensibles, elle décida de surprendre son monde et de jouer avec le feu, au propre comme au figuré.

Autour de la table, les cartes et les jetons monopolisaient l'attention. Mousse officiait en tant que croupier-joueur, ses sales pattes se devant toujours de manipuler quelque chose d'illégal. Les premières parties se jouèrent dans la crispation, un lapin ayant plus sa place sur un navire qu'une femme au *Smarty's*. Mais l'appel de l'argent fit son travail et Jenna ne devint plus qu'une paire de mains qui posait ses atouts et ses billets. Les mains passent, les heures aussi ; Jenna joue candidement mais avec une conviction qui force l'assentiment de la tablée. Il n'y avait de toute façon rien à redire puisque Marty lui avait accordé une place. Debout dans un coin de la pièce, il surplombait la table et goûtait comme chaque soir son plaisir. Et pendant que tous les esprits obnubilés par leur vice se concentraient sur les chiffres, ceux des cartes et ceux des gains potentiels, Jenna s'éclipsa un instant vers les gogues. C'est à ce moment qu'elle nous ressortit son histoire de l'artiste et du laborantin. « Il faut que l'artiste soit en mouvement, tu comprends ? Il doit quitter l'odeur renfermée de son atelier. S'il se comporte comme un laborantin trop penché sur ses instruments, il ne saisira plus rien. Il doit se plonger dans la mélasse du monde et en revenir suffisamment sale. Il n'y a que de cette façon qu'il peut espérer créer ! » m'expliqua-t-elle dans une gestuelle excessive, paraphrasant sans doute je ne sais quel penseur en oubliant probablement que je n'avais pas vraiment les nerfs à entendre ses élucubrations. Elle était descendue dans cette fosse pour mon compte, mais il fallait forcément qu'elle s'en serve pour créer quelque chose, et quand Jenna crée quelque chose il y a toujours une odeur de soufre qui flotte dans l'air.

— Me dis pas que t'as mis le feu au *Smarty's* ? éructai-je à mi-chemin entre la consternation et l'euphorie.

— Mais non. Enfin pas vraiment, dit-elle avec un pétillement fier dans l'œil. Tu as déjà mis le feu à une fourmilière ?

— Malheureusement oui…

— Et bien, on peut dire que j'ai pu vivre ça de l'intérieur, avoua-t-elle avec un sérieux qui fit tousser Charly qui commençait à se demander autant que moi ce qui n'allait pas chez cette femme.

Ensuite, avec un naturel absurde, elle expliqua tout simplement qu'elle avait « laissé choir » dans la corbeille des toilettes du bar les deux ou trois fusées de détresse à main qu'elle trimballait toujours dans son sac. Quelques minutes plus tard, un léger vent de panique souffla dans la demeure de Marty.

— Tu aurais dû voir ça R. L'odeur est vite montée dans la salle de jeux. Quand l'un des types a laissé rentrer la fumée en écartant le rideau, tout s'est entrechoqué, les hommes et les instincts ! C'était prodigieux ! hurla-t-elle quasiment en retrouvant cette foutue excitation pour laquelle je n'étais pas d'humeur.

Je me levai moi aussi du paddock, les nerfs irrités par ses conneries :

— Bon Dieu, Jenna, viens-en aux faits ! Ma femme est dans la piaule d'à côté avec ces tarés !

Ses épaules tombèrent et elle retrouva enfin une mine qui seyait bien mieux à la situation. Elle reprit son récit plus calmement, avec la concision que requérait la situation. La fumée se répandit au moins aussi vite que la panique parmi les joueurs. Elle prit le temps d'apprécier l'hésitation qui parcourut tout le monde un instant, une brève hésitation qui mettait en lumière l'avancement de la gangrène qui les rongeait. L'air devint bientôt irrespirable et Marty dut renverser sa propre table de jeu pour tirer de leur torpeur certains de ses clients et compères, ressentant à son tour ce qui traversa l'esprit des amis de son père qui sacrifièrent leurs gains pour protéger sa mère. Les billets et les cartes disparurent dans la fumée, les plus récalcitrants purent enfin songer à sauver leur peau. Jenna, dans son élément, sortit son appareil et fit crépiter son flash. La lumière percute la pièce, les rétines agressées par les émanations sont giflées et des cris supplémentaires s'ajoutent aux angoisses et aux instincts contradictoires qui gesticulent sous l'objectif. Quelques clichés, et Jenna s'éclipse dans la cohue en prenant le soin de ramasser un portable perdu dans l'agitation.

— Avec les dégâts de la veille, je me doutais bien que personne ne jouerait ce soir, mais j'y suis retournée pour continuer mon observation comme tu me l'avais demandé. C'est là que j'ai vu ta femme arriver et se faire embarquer dans le coffre de ta voiture, conclut-elle en m'octroyant enfin la compassion que je pensais mériter.

Le visage entre mes mains pour ne pas balancer ma tête contre un mur, je tentais de récapituler. Le Tramadol agissait à peine dans mon sang gorgé d'adrénaline, mon jugement était intact. Je comprenais mieux pourquoi faire intervenir les flics ne l'enchantait pas, mais je n'en restais pas moins trahi par le second membre de mon équipe. Jenna était bien plus cinglée que ce que je crus jusque-là. Elle était capable de blâmer mes éventuels relents de violence en incendiant sciemment un lieu public, le tout en mettant ma femme dans une situation encore plus dangereuse qu'elle ne l'était déjà. La fascination que j'éprouvais depuis le début pour ce personnage m'empêcha jusque-là de saisir à quel point elle pouvait être aussi contradictoire que dangereuse.

— Dis quelque chose, souffla-t-elle incommodée par la colère affichée sur mon visage.

— Tu as fait flamber leur repère après leur avoir dit que j'étais leur corbeau, quelle chance tu crois qu'on peut donner à ma femme maintenant ? demandai-je en me retrouvant pour une fois avec amertume de l'autre côté de la question.

Elle me fixa et, exceptionnellement dans ses grands yeux bleus, je ne vis rien sinon la désolation qu'elle était capable de semer. Étonnamment, elle se tut, décidant de ne pas dévoiler davantage l'étendue de sa folie en développant un énième concept vaseux qui aurait épaissi le brouillard ambiant. Elle garda le silence jusqu'à ce que mon regard triste et enfin lucide la laisse s'écrouler dans la honte et le regret.

La tempête revenait au galop et piétinait les perspectives pacifistes et rusées que j'esquissai quelques instants plus tôt. Au fil des minutes, je passais d'une décision à l'autre en ayant à chaque fois la certitude de me tromper, et comme pour me rappeler l'urgence de la situation, les petits poings de ma femme tapaient contre mes tempes et tentaient de me mettre sur la voie qu'elle avait elle-même tracée.

— Charly, cette fois c'est la bonne, je te laisse veiller sur elle, tu sauras peut-être éviter qu'elle rajoute une couche au foutoir qu'elle nous a déjà laissé, dis-je en lui faisant signe de me rendre les clefs.

A la place, il souffla un grand coup puis plongea la main dans le sac qu'il triturait nerveusement depuis qu'il l'avait récupéré.

— Bon. On ne peut pas appeler les flics alors il va falloir donner leur pitance à ces chiens, envoya-t-il sans doute avec toute la froideur qu'il avait accumulée durant ces années passées au bord de son canal, une froideur déterminée comme un cours d'eau.

À ses froids mots, il joignit le geste et déposa deux épaisses liasses de billets froissés et maculés sur la table basse devant lui, puis avec délicatesse, il replongea la main au fond de son sac pour en sortir un vieux six coups qu'il garda fermement en main. Stupéfait, au moins autant par la conviction que dégageaient ses gestes calmes que par la nature de ce qu'il venait de sortir de son sac, je laissai Jenna réagir avant moi et lâcher un cri aussi exagéré qu'horrifié.

— Elle plaisante la pyromane ? lâcha Charly comme un rot surprise devant la réaction démesurée de Jenna.

— D'où est-ce que tu sors tout cet argent Charly ? Et cette arme, tu vas me dire qu'elle vient de ton passé de marin ? questionnai-je nerveusement.

— Je me demandais si j'allais retoucher à ça un jour... J'ai pas toujours été marin R. J'ai fait deux ou trois autres boulots depuis.

Un petit sourire plein de secrets s'affichait sur sa face meurtrie alors qu'il manipulait rêveusement son pétard. Je tentais d'intégrer la scène que j'avais sous les yeux : un clochard armé d'un pistolet au moins aussi mal en point que lui, une épaisse pile de mystérieux billets de banque et une hystérique qui s'enferma avec fracas dans la salle de bain. La pire escouade du monde. Je fixais moi aussi la funeste pièce de ferraille qu'il tenait dans ses mains et, sans qu'elle tirât un seul coup, j'étais transpercé par les débris de mon passé qu'elle symbolisait. Charly venait de sortir de son sac les clefs perdues de mon histoire : la violence et l'argent. Tout était là, je n'avais qu'à me baisser, donner raison au passé et récupérer ma femme en me plongeant dans mon ancien milieu... Sauf que, même si elle s'était plantée en beauté, Jenna avait bien raison. Redevenir celui que j'avais été revenait à me vautrer dans la boue et rebrousser le chemin que j'avais parcouru ces dernières années, des années passées à devenir quelqu'un d'autre en trainant mes guêtres éloignées des influences de ce milieu qui tentait de me ressaisir. J'arpentais sans doute les rues avec moins de panache que par le passé, mais je le faisais aussi avec beaucoup moins de violence et d'excès. Encore une fois, j'avais tourné la page, et plus j'avançais dans cette histoire, plus j'affectionné celui que je m'étais efforcé de devenir.

On entendait les pleurs colériques de Jenna qui glissaient sous la porte de la salle de bain, mais Charly ne sembla pas s'en occuper, il continua en proposant son plan :

— Ce sont des balles à blanc, avoua-t-il avec un soupçon de regret tout en m'arrachant un soupir soulagé, mais ça peut quand même faire son effet. Je pense qu'on peut tirer deux ou trois coups là-dedans et sortir t'as femme de là ! Factice ou pas, l'avantage est généralement du côté de celui qui tient ce machin…

Ce bon vieux Charly était à sa façon aussi étrange et fêlé que Jenna, je lui posai ma pogne sur l'épaule en espérant tempérer les soubresauts d'une autre bête endormie dans son passé.

— Range ça Charly, d'abord parce que cette antiquité risque de te péter dans la main et ensuite parce que ça fait un moment que j'ai changé de méthodes. Est-ce que tu te rappelles seulement la dernière fois où j'ai dû bastonner quelqu'un dans une de ces piaules ou un autre coin crado de cette ville ?

Il tira une moue pleine d'incompréhension avant d'essayer de me mettre un coup de fouet :

— T'as vu ma tronche ? Tu veux la récupérer dans le même état ?

— Je crois qu'ils préfèrent ferrer un plus gros poisson, dis-je en récupérant une bonne dose de sérénité dans la lucidité de ce que je venais de répondre.

J'aurais pu y penser plus tôt. Si Jenna leur avait servi mon nom avec les casseroles qu'il trainait, ils préfèreraient probablement s'occuper de mon cas plutôt que de ma femme. La souffrance psychologique est une chose, mais ça n'aurait pas autant de saveur que de me raboter le portrait.

J'étais toujours empêtré dans ces conjectures boiteuses quand je fus encore une fois interrompu par ce maudit téléphone qui me fit sursauter à la première vibration. C'était Milky, je l'avais oublié celui-là :

— Je t'attends mec, t'es où ?

— Je vais pas pouvoir t'accompagner ce soir, j'ai une affaire plus urgente sur le feu là.

— Plus urgente que d'expliquer aux flics ce que tu fais avec un clodo dans ton coffre ? m'envoya-t-il, sûr des effets de son chantage.

— Fais ce que t'as à faire petit, lâchai-je froidement en raccrochant.

— C'était qui ? demanda Charly.

— Un type qui se trompe encore de jeu…

Charly oublia l'interruption en une fraction de seconde puis me resservit son regard en attente d'une solution. Il avait toujours son piteux revolver à la main, alors j'essayai de penser vite pour l'aider à oublier cette mauvaise idée. Puis enfin, dans la crasse de cette journée qui n'en finissait pas, jaillit enfin une idée potable. Je rappelai Milky.

— C'est R. Si t'es vraiment sûr de vouloir jouer, c'est pas au *Smarty's* que ça se passe ce soir.

— C'est quoi ces conneries ?

— Tu vois le motel à la sortie de la ville ? Gare-toi devant la chambre 17 et klaxonne jusqu'à ce qu'on t'ouvre. À tout de suite, conclus-je en raccrochant.

— Charly, on va peut-être finalement se servir de ton butin…

19

Je jetai un coup d'œil par la fenêtre. Tout était là. Bon endroit ou non pour une fin, cette histoire s'achèverait bien dans ce motel. À moitié dissimulé derrière le rideau jaunâtre de la piaule, j'attendais l'arrivée de Milky qui donnerait le coup d'envoi à notre assaut. Je l'avais appelé avec ce qui ressemblait au début d'une bonne idée et comptais bien m'appuyer sur le caractère impétueux de cet adjuvant lanceur de ruche. Le temps qu'il arrive jusqu'au motel, je pris le temps de transformer cette idée en un plan qui, au moins dans mon esprit persécuté par la peur, avait l'allure d'une vraie stratégie. Ils tenaient ma femme et s'apprêtaient sans doute à me contacter pour me mettre la pression, mais ils ne savaient pas que j'étais déjà sur leurs semelles. J'allais devoir me servir de cet effet de surprise et peut-être même jouer sur plusieurs tableaux. Tout reposait à ce moment sur du vent, mais une chose demeurait : je reviendrai forcément, d'une manière ou d'une autre, à ce qui nous définit, à ce que Charly avait sorti de son vieux sac. D'ailleurs, mes deux acolytes, bien qu'instables et déjantés, auraient leur rôle dans ce dénouement.

Je repoussai mes tergiversations dans les cordes et commençai par briefer Charly qui quitta ensuite la chambre pour attendre mon signal. Il boitait et sa mâchoire lui donnait la diction d'un ivrogne édenté, mais il n'aurait de toute façon pas accepté de me voir me démener tout seul. Heureusement, il semblait avoir recouvré une partie de ses forces au contact de ses objets retrouvés, comme si l'aura de ses reliques lui donnait la fougue du temps de ses mauvaises décisions. Quand je le forçai à me raconter en deux mots l'histoire de la consigne et de son sac à dos, il répondit enfin à des questions que nous étions un paquet à nous poser depuis des années. Son bref récit et la vie que je lui connaissais me donnèrent les gages de sa fiabilité. Depuis le casse du Trésor Public, dont il fit plus les frais qu'autre chose, ce type n'avait rien à perdre et n'accordait plus aucune valeur à ce qui aurait pu faire retourner la veste des trois quarts des types que je connaissais.

— J'en suis pas fier, tu sais, j'ai pas eu plus de jugeote que nos copains de la piaule d'à côté sur ce coup. Je trempais dans le mauvais milieu et la promesse du pognon a fait le reste du boulot, dit-il l'air gêné par sa bêtise. Et puis y a cette arme qu'on m'a refilée, avec ça je me suis dit que ça pouvait marcher… J'ai pas mis un pied dans ce foutu Trésor Public, j'attendais les mains tremblantes sur le volant en attendant qu'ils sortent, puis la suite tu la connais, tout a foiré et je me suis retrouvé à courir dans les rues de cette ville les poches bourrées de ces billets pleins d'encre.

— T'as rien à voir avec ces types vieux, dis-je aussi simplement que je le pensais. On traine tous des casseroles, les tiennes étaient enfermées dans cette consigne et les miennes m'attendent à la Colline, et c'est peut-être l'heure de nettoyer tout ça, annonçai-je avec une pointe d'optimisme.

Il ne dit rien, mais je vis dans son œil indemne quelque chose de plus beau que son anecdote honteuse. Et puis je salis tout en poussant l'interrogatoire plus loin :

— Ça ne me dit pas comment t'as atterri sur les bords de ce canal.

— Chacun sa méthode pour se remettre d'un échec, me lança-t-il comme pour me remettre à ma place.

J'en savais largement assez pour lui accorder ma confiance, je briefai alors Jenna. Elle accepta de m'écouter à travers la porte de la salle de bain et m'assura que cette fois elle s'en tiendrait à mon plan. Je ne demandais qu'à la croire et n'avais de toute façon aucun autre choix disponible. J'entendis la chasse d'eau puis elle sortit rapidement et quitta la chambre en trainant son visage contrit hors de ma vue.

La pièce avait retrouvé sa quiétude relative de chambre de motel bon marché. Accompagné de mes pieds gelés et de la télé qui criait de l'autre côté de la cloison, j'essayais de trouver le calme nécessaire pour ne pas tout faire foirer. Je ne savais pas exactement quelles conséquences impliquerait un échec, mais imaginer Claire en danger suffisait amplement à me faire refuser cette éventualité. Milky n'allait plus tarder, je sortis me poster derrière la Merco de Diego. Ce soir-là, la lune n'était pas de la partie, nous devions nous satisfaire des lumières artificielles et médiocres que l'*Express Motel & Bar* crachotait dans la nuit. Mais si tout suivait mon plan, on ne tarderait pas à y voir un peu plus clair…

Quand le faisceau borgne d'une voiture balaya le parking, je sus immédiatement que c'était l'heure. Il s'arrêta bien en face de la chambre 17 mais ne donna aucun coup de klaxon comme je lui avais pourtant demandé. Au lieu de ça, il coupa le contact et sortit de sa voiture sans une seule trace d'hésitation. Il réajusta la banane autour de son coup, se dirigea vers la chambre et, après avoir jeté un coup d'œil aux alentours, frappa à la porte aussi bruyamment qu'inconsciemment. Sans le savoir, ce petit fumier serrait la corde autour du cou de ma femme et aurait bien mérité le coup que j'envoyai de rage dans la carrosserie qui m'abritait. La porte s'ouvrit, j'avançai accroupi pour me retrouver collé à la caisse de Milky. Je n'entendais que de vagues éclats de voix mais il était clair que Milky demandait à entrer pour jouer, pensant réellement que les activités du *Smarty's* se poursuivaient dans cette chambre. Diego sortit, affublé d'un collier cervical rigide qui accentuait son air idiot, derrière lui, un type au crâne rasé qui ne me disait rien mais dont je connaissais parfaitement le genre. À partir de là, tout s'enchaîna très vite. En quelques instants, Milky se retrouva aux prises avec le chauve qui goûta à sa nervosité. Les coups et les cris s'échangent, Diego aboie comme un insensé, si bien que Mousse montre enfin sa sale tronche, et s'intéresse à tout ce raffut. Les trois ravisseurs sont dehors, il ne reste plus que Claire dans la chambre ; c'est le moment d'envoyer le signal à mes acolytes. L'index et le pouce en bouche, je siffle aussi fort que possible et Charly entre dans la danse presque aussitôt : depuis le bout de la coursive, son vieux revolver déchire la nuit et ouvre le bal. « Il est l'heure de régler les comptes ! » hurle-t-il aussi distinctement que sa mâchoire le lui permet avant de s'enfuir en courant comme un vieil homme tabassé le matin même.

— D'où sortent tous ces tarés ? hurla Mousse qui se mit à courir vers Charly qui remplissait pour le moment parfaitement son rôle.

— C'est le clochard ! Il est avec R., répondit Diego qui suivit Mousse du regard.

Même si pour l'instant Jenna n'avait pas répondu à mon signal, la voie était à peu près libre : Milky et le chauve se chiffonnaient encore au sol pendant que Diego avait à l'œil Mousse qui se précipitait vers Charly et sa grossière diversion.

Le moment ne se représenterait peut-être plus, je me faufilai dans la coursive et me jetai dans la chambre.

Claire était bien là, tristement recroquevillée et bâillonnée dans un coin de la pièce. Je me précipitai fiévreusement à ses pieds et découvris son visage giflé et humide qui glaça subitement l'apaisement qui osait à peine se montrer. Tout ça n'aurait sans doute été qu'une formalité pour l'ancien R., les coups, les cris, les risques ne l'auraient pas fait sourciller, mais même si je me jetai sur Claire sans maîtriser ni mes larmes ni l'hideux filet de bave qui sortit de ma bouche lorsque j'hurlai son nom, à ce moment, j'étais bien le personnage qu'il fallait être sans pour autant réemprunter mes anciens pas boueux. La fierté et le soulagement qui fusèrent du regard de Claire en étaient la preuve.

J'ôtai son bâillon et pris son visage entre mes mains mais, avant même que le flot de sanglots et de questions attendues ne déferle sur nous, un affreux cliquetis métallique tinta dans mon dos et mit un terme à nos retrouvailles.

— Tu es venu ? demanda encore Claire, les yeux dégoulinant de mascara avant que je ne me retourne.

— Deux pour le prix d'un ! ricana Mousse qui me tenait en joue avec le vieux revolver de Charly sans que sa main ne montrât un soupçon de tremblement. Tu nous as mis une sacrée bande de cinglés sur le dos, R. T'avais plus ce qu'il fallait entre les jambes pour régler cette vieille histoire seul ?

Claire se serra à moi, comme si j'allais lui être d'un quelconque secours à ce niveau de l'histoire. La partie était perdue. Charly, après une piètre course, devait gésir au bout de la coursive. De son côté, Jenna, vexée, s'était probablement enfuie loin de cette débâcle. Il ne restait plus que moi, pétrifié par mon échec. Les joues de Claire, encore chaudes des coups qu'on leur porta, criaient sur moi leur dédain et attisaient la honte qui m'accablait.

Devant mon silence, Mousse évoqua sommairement la suite des évènements, on allait sagement attendre Diego et Léon qui ne devraient plus tarder, puis on appellerait Marty. Il ferma ensuite la porte et piocha une cigarette dans une poche intérieure, se la fourra dans le bec et l'alluma de la main gauche tout en gardant l'arme pointée sur nous. Le vieux serpent qu'il était se ravisa avec un regret démesuré et ôta son blouson avant de s'appuyer contre la commode qui nous faisait face. De mon côté, je fulminais en pensant à Jenna qui fit encore tout capoter. Si elle avait simplement allumé les phares de sa voiture et de la mienne, le surnombre factice aurait peut-être suffi à les faire suffisamment douter pour qu'on puisse déguerpir à temps. Le plan était faiblard, mais on ne peut que jouer les cartes en sa possession. Je ne le saurai jamais, puisque j'avais encore une fois misé sur le mauvais cheval. Il ne me restait plus qu'à regarder la vérité dans le canon du pistolet pointé sur moi, une vérité noire et métallique.

— Tu lui trouves quoi à ce motel ? persifla Mousse. Depuis toutes ces années, t'as jamais cessé de trainer dans ce taudis, on a de beaux clichés de toi, t'accompagnes les couples illégitimes maintenant ? Tes encore plus détraqué que nous finalement…

Je ne répondis pas mais l'endroit me parut encore plus dégoûtant en l'écoutant. J'eus forcément une pensée pour monsieur D. qui attendait de connaître l'identité du motard qui nous tira le portrait dans l'un des moments les plus honteux de son existence. J'avais maintenant un nom et un signalement à lui fournir, je mourais peut-être avec des dettes mais aussi avec une prime à récupérer…

Être abonné aux déconvenues permet de bien gérer la résignation, mais les petits gémissements craintifs de Claire me poussèrent à oublier la honte et à me bouger :

— Laisse-la partir, ce n'est pas son histoire, mentis-je en me levant. On peut régler ça entre hommes.

— Tu l'as pourtant embarquée là-dedans mon vieux ! Quelle espèce de mari enverrait sa propre femme au *Smarty's* ? T'étais pas bien dans ta nouvelle vie ? demanda-t-il en reniflant pour montrer sa réelle incompréhension sans pour autant dégourdir son bras toujours braqué sur nous. Enfin, moi j'ai jamais su garder une femme, alors j'en sais peut-être rien... En attendant, on va relâcher personne, tu vas te rassoir dans ton coin et rester tranquille ! Quand les autres seront là, on appellera le patron, il a des choses à régler avec toi. Essayer de le faire chanter avec tes lettres bidons c'était déjà pas futé de ta part, mais envoyer ta jolie copine pour faire flamber son business... ça, c'était le faux pas de trop. Mais t'inquiète pas, on va pas engager une bande de Roumains pour s'occuper de toi cette fois-ci.

Claire, qui ne comprit qu'à moitié les accusations de Mousse, se crispa en l'entendant déplorer l'incendie du *Smarty's*. Elle m'interrogea d'un regard effrayé mais mon esprit raisonnait trop sous les coups des aveux de Mousse pour répondre. Cette petite frappe ne m'apprenait rien, je me doutais bien depuis le temps que cette bande d'étrangers sortait de nulle part ; que cette histoire de transaction était bidon, mais son aveu franc et précis était le seul élément qui corroborait mon récit, alors je pris un sacré coup sur le citron.

— Ton mec est dingue ma chérie, il aurait pu rester tranquille à chercher des objets perdus, mais il fallait qu'il revienne se frotter à nous, expliqua-t-il à ma place.

— Ce n'est pas lui ! C'est moi qui vous ai fait chanter, c'est moi qui l'ai envoyé vous brûler ! cracha-t-elle en s'ébrouant de colère.

Je la retins jusqu'à ce que ses forces cèdent. Elle s'écroula dans mes bras.

— Tout est ma faute R. Je suis désolée…

— Vous êtes aussi tarés l'un que l'autre en fait, souffla Mousse qui n'accorda aucune valeur aux révélations exagérées de Claire.

Elle tremblotait à bout de force dans mes bras pendant que je faisais la somme des pertes. Si j'avais senti le fiasco dès les premières lignes de cette histoire, j'en avais mal imaginé la mesure. Je croyais simplement remuer le passé alors qu'en fait il se retournait tout entier contre moi, me faisant passer d'une tranquillité molle à une fin dictée sous la menace d'un flingue.

— Ils devaient payer R. Ils devaient payer… répéta Claire dans un soupir désolé.

Le cheminement complet m'échappait encore, mais ses motivations m'apparaissaient plus nettement. J'avais depuis longtemps tiré un trait sur ce passé, mais de son côté et pendant tout ce temps, Claire n'avait cessé de broyer cette histoire jusqu'à devoir s'en emparer et me trainer malgré moi dans son stratagème. Elle avait pris ma chute à bras le corps et je suivis docilement son plan destructeur, tout ça pour finir ensemble à genou devant une des raclures qui me fit déjà mordre la poussière. Le goût de cette vengeance prenait celui d'une nausée qui m'aurait probablement fait rénover la moquette si Diego n'était pas entré avec fracas dans la chambre.

— Le gus s'est barré, Léon devrait le ramener d'ici peu ! En attendant, vise un peu ce que j'ai récupéré pendant qu'il essayait de le maîtriser, lâcha-t-il juste avant de lancer le sac banane de

Milky à son pote et de découvrir celui qui se trouvait dans la ligne de mire.

Dans son regard idiot s'alluma subitement une flamme bien violente pour un gros lard trainant des cervicales blessées.

— Pourquoi ce péquenaud s'est pointé ici avec tout ce pognon ? nous demanda Mousse qui sortit la liasse de Milky pour finalement l'abandonner sur la commode sous l'aboiement de Diego.

— Donne-moi ça ! lui ordonna-t-il en pointant le revolver, je vais lui mettre une ou deux balles dans le genou, grogna-t-il revanchard en se rejouant certainement la correction qu'il prit le matin même.

— Arrête-moi ça, on verra ce que Marty veut faire de lui. D'ailleurs, passe-lui un coup de fil, plus moyen de mettre la main sur mon phone depuis l'incendie.

— Il en fera ce qu'il veut quand je me serai occupé de lui, passe-moi ça ! grogna-t-il en agrippant l'arme.

Mousse céda presque aussitôt, trop habitué à ne pas compter sur son physique de Bédouin face à son massif semblable. Même si cette fois, ce gros tas aurait pourtant été terrassé par le soufflet d'une femme enceinte... Dans cette nouvelle main, l'arme ne tremblait pas davantage mais, à la lumière de la colère de l'énergumène qui la tenait, elle crachait une menace bien plus sérieuse.

— Cette fois, je vais pas te laisser le temps de pisser ailleurs que dans ton froc !

Il avança avec toute sa rancune concentrée dans la première phalange de son index droit. La mort ou quelque chose de proche se précisa ; Claire était à mes côtés, je ne perdis pas de temps en pensées altruistes comme j'avais pu le faire autrefois. Je ne pensai à personne, juste à ce qui m'amena vers cette fin piteuse qui survint comme un crochet après le dong. Je me laissai mener jusqu'ici sous la dictée de Claire, je parvins à contenir tant bien que mal le passé et mes penchants enfouis jusque-là, remplaçant la violence par de mauvaises ruses, mais devant la promesse d'une fin imminente, il ne restait plus qu'à tenter un dernier coup de volant pour sortir de cette impasse. Et ce n'est qu'en acceptant l'abdication tant attendue que les mots de Charly me revinrent : j'étais en réalité tenu en joue par un abruti armé d'une arme factice. À nouveau, la honte me prenait pour son frère et éprouvait un malin plaisir à me faire passer pour l'attardé de la fratrie. Qu'importait, libéré de la peur morbide dégueulée par ce bout de métal, la suite pouvait s'envisager sous de meilleurs auspices. Pour la méthode en revanche, je me cognai en quelques instants à trop d'émotions contradictoires pour conserver un semblant de retenue ; je frapperai un type blessé pour la première fois de ma vie. Je repoussai Claire et me levai d'un bon, prêt à renvoyer Diego goûter la poussière. Il recula d'un pas, tendit son bras et c'est à ce moment que Jenna se décida enfin à entrer dans la danse, m'évitant des gestes regrettables.

— C'est quoi ce bordel ? Là par la fenêtre ! éructa Mousse en ouvrant presque aussitôt la porte qui laissa entrer une vive lumière rouge et des cris dans la chambre. Diego magne-toi de venir par-là ! Ils ont choppé Léon !

Sans plus d'explication, Mousse se rua dehors. Diego le suivit avec hésitation jusqu'au seuil en veillant à garder l'arme pointée sur nous. Il jeta un œil dehors, poussa un cri et sortit brusquement comme si nous n'avions soudainement plus aucune importance. Je remerciai son manque sang-froid et, en une fraction de seconde, sentis la chaleur du pistolet quitter mon visage. C'était peut-être notre porte de sortie, je tirai subitement Claire par le bras et la trainai vers la fenêtre.

— La Merco ! hurlai-je en voyant une boule de feu qui ressemblait encore vaguement à une voiture éclairer chaudement le parking.

— Mais qui a mis le feu à cette voiture R. ? demanda Claire parfaitement perdue.

J'avais ma petite idée là-dessus, mais ce n'était pas le moment de bavarder. Il fallait préparer notre sortie et se barrer de là. Je récupérai les liasses de billets maculées dans mes poches et les tendis à Claire qui faisait de son mieux pour ne pas céder totalement à la panique.

— Écoute-moi. Pendant que je cherche les clefs de la voiture et que je vois comment sortir d'ici, toi tu récupères l'argent de la sacoche sur la commode et tu le remplaces par ces billets-là. Ensuite, tu vas dans la salle de bain et tu ouvres la fenêtre en grand, compris ? Dépêche-toi !

Elle me lâcha la main sans poser de question et suivit mes directives. J'en profitai pour récupérer mes clefs dans le blouson de Mousse puis passai la tête par l'encadrement de porte afin de voir s'il y avait réellement une chance de s'en tirer. Je ne pouvais en être sûr, mais je compris très vite que Jenna venait finalement de nous offrir le chaos nécessaire à notre fuite. Je lui avais simplement demandé d'allumer les lampes de nos voitures, mais comme elle était incapable d'exécuter ce qu'on lui demandait sans y mettre son grain de sel décalé et dangereux, elle décida de mettre le feu à l'une d'entre elles… L'absurdité du geste était indiscutable mais il soulignait la mollesse de mon plan à moi, et surtout, il fit se rameuter tous les routiers qui craignaient pour le camion contre lequel j'avais garé la bagnole de Diego. Par chance, pour nous, au moment où ils déboulèrent autour de l'incendie, Léon revenait des abords de l'hôtel où Milky s'était enfui. Jenna saisit cette chance : elle sortit du coin sombre où elle s'était planquée et dénonça ce sale type qui, d'après ses dires, rôdait sur le parking avant le départ de l'incendie. Sa sale trogne, ses vêtements défaits par le corps à corps et ses nerfs en pelote lui donnèrent la gueule de l'emploi. Alors sous l'émotion, pendant que le chauffeur du camion menacé par les flammes grimpa dans sa cabine, la demi-douzaine de camionneurs restants, fatigués par la route et les verres qu'ils s'enfilèrent toutes la soirée, crurent Jenna sur le champ et se précipitèrent sur Léon qui fut bien vite submergé par les cris, les insultes et les menaces de coups. C'est à ce moment que les choses s'envenimèrent, encore.

Quand Mousse et Diego sortirent de leur chambre pour se jeter dans la rixe qui éclatait autour de leur voiture enflammée, ils furent accueillis par les gerbes de flammes qui suivaient le semi-remorque dont la bâche finit par s'embraser elle aussi. Dans la panique, le chauffeur eut la bonne idée de démarrer brutalement son bahut. Il prit de la vitesse et la combustion de sa remorque s'activa, transformant l'engin en une étoile filante qui s'enfonça dans la nuit. Le geste stupide eut au moins le mérite de redorer le blason des dommages collatéraux et de gratifier cette soirée d'un peu de beauté.

Mais Diego, plus stupéfait par sa voiture en flamme que par la beauté que l'incendie mobile nous offrit, se mit à faire ce qu'il savait faire de mieux : beugler comme un insensé.

— Qui a fait ça à ma caisse ? hurla-t-il en brandissant le revolver devant les routiers qui reculèrent d'un pas.

— Tout doux mon vieux ! lança l'un des routiers en levant ses deux mains en guise d'apaisement. On a trouvé ce gus qui rôdait sur le parking ! On va le ramener à l'intérieur en attendant calmement que les flics se ramènent.

Évoquer la police à une bande de truands sur les nerfs n'est jamais une bonne idée, surtout quand ils pensent encore détenir une femme ligotée dans leur piaule. Mousse se retourna brusquement, près à retourner récupérer ma femme et foutre le camp, mais il fut soudain stoppé dans sa lucidité par la réaction excessive de son ami : le son du coup de feu ricocha contre la façade du motel et siffla dans la nuit. Diego venait de faire feu sur le petit groupe de routiers qui pourtant s'était déjà calmé en le voyant débouler l'arme à la main. Les pauvres hommes se firent probablement dessus mais aucun ne s'écroula, le coup de feu avait bien retenti, mais ne fit pas mouche. Les balles à blanc… J'en avais enfin la confirmation. On pouvait filer sans crainte, Diego n'était plus qu'un obèse blessé et armé d'un calibre inoffensif et, de son côté, Mousse ne se mettrait de toute façon pas sur mon chemin. Claire s'accrocha craintivement à mon bras et nous sortîmes de la chambre. Je ne savais pas encore comment Jenna et Milky allaient s'en sortir, mais je ne pouvais à ce moment rien pour eux. J'envoyai Claire se mettre à l'abri dans notre chambre et courus, aussi discrètement qu'on puisse courir, vers Charly qui tentait de se relever à l'autre bout de la coursive.

— T'en as pas marre de te prendre des trempes, vieux ? chuchotais-je comme si tout ça n'était pas ma faute.

Il sourit, visiblement fier d'enchaîner ces trempes sans y laisser trop de plumes.

— Tirons-nous d'ici, on rigolera de tout ça plus tard, me reprit-il.

C'est ce que nous fîmes. À demi accroupis, en marche vers notre chambre, avant qu'on ne soit ralentis par un second coup de feu, suivi d'un troisième et d'un horrible hurlement qui déchira la nuit. J'interrogeai Charly du regard qui n'y comprenait visiblement rien n'ont plus. On jeta un coup d'œil par-dessus la balustrade et vit, horrifiés, Diego à genou, hurlant et tenant son avant-bras qui n'était plus qu'orné d'un lambeau de chair sanguinolent. Épouvantés, les routiers se dispersèrent sans demander leur reste alors que Mousse fondit sur son pote qui n'en finissait plus de hurler de douleur et d'incompréhension en regardant les restes de sa main gauche.

— Tu m'as dit que tu n'avais que des balles à blanc ! Cette balle aurait pu être pour moi, Charly ! hurlai-je en refermant la porte de la chambre, repensant au moment de bravoure inconscient que j'eus quelques minutes plus tôt.

Il secoua la tête, plus abasourdi qu'horrifié par les cris qu'on entendait encore filtrer à travers la porte en carton de la chambre.

— Ce type est encore plus abruti qu'il en a l'air !

— J'ai entendu des coups de feu ! Ces types sont armés ? demanda Claire, tremblante et déjà blottie contre moi.

— Explique-toi Charly !

— *Lésions balistiques sans projectile*, c'est comme ça qu'on appelle la blessure de ce pauvre type. Si tu veux mon avis, ce fou furieux a voulu en dégommer un. Il a fait feu, sans résultat, forcément à quelques mètres de distance, il a ensuite retenté sa chance et compris qu'il menaçait son monde avec un pistolet à blanc. Après ça, sa connerie a pris le relais, il a sûrement voulu faire l'idiot ou bien prouver à son copain qu'il n'était pas simplement un mauvais tireur en visant sa propre main.

— Et l'état de sa main alors ?

— T'as jamais entendu parler de Jon Erik ? Ce pistolet à blanc n'est qu'une imitation, mais ça reste une arme. Si ce gros lard a effectivement tiré sur sa propre main pour prouver que ce flingue était factice, elle a été arrachée par le souffle du gaz qui sort du canon. À bout portant, ces trucs tuent aussi. Ça joue les durs mais à part filer des trempes à de vieux clochards comme moi ça ne connaît pas grand-chose…

Je mis un instant à saisir l'info et commençai doucement à entrevoir l'ampleur du bazar que mon équipe de choc et moi-même avions semée. La lumière des gyrophares bleus me sortit de ma torpeur. Je jetai un coup d'œil par la fenêtre et vis les pompiers et la police débouler sur le parking pendant que Mousse trainait tant bien que mal son gros ami amputé vers leur chambre.

— Comment va-t-on expliquer ça à la police ? Je ne pensais pas que tout ça irait si loin… gémit Claire qui manqua de s'écrouler.

— Personne ne sait qu'on est dans cette chambre, c'est Jenna qui l'a réservée avant qu'on arrive Charly et moi. C'est à ces deux-là qu'on demandera des explications, fis-je en désignant la fenêtre du pouce.

Elle regarda Charly, découvrant enfin le visage de ce fameux acolyte dont je lui parlais depuis tant d'années, puis me demanda le plus naturellement du monde qui était Jenna, confirmant que ses investigations dans les pages de ma vie s'étaient circonscrites au *Smarty's* et sa sphère d'influence. Je me cramponnai à son regard pour ne pas être balayé par tous ses pans de nos vies qui entraient en collision. Le passé, les secrets et le présent se télescopaient et j'allais devoir balayer derrière eux. Je me contentai pour l'instant de passer ma main sur sa joue mouillée pour lui dire qu'on verrait tout ça plus tard.

— Ton personnage a encore quelque chose à régler, dis-je avec un sourire complice et apaisé. Charly, allume la télé et reste avec Claire, j'ai un coup de fil à passer.

Je m'enfermai dans la salle de bain et utilisai le téléphone de Mousse pour joindre Marty. J'avais repris la main mais je devais encore conclure cette maudite histoire. Après ça, je pourrais m'expliquer avec Claire qui me devait bien quelques éclaircissements. Il prit mon appel presque aussitôt, avec la nervosité de celui qui attend des nouvelles.

— Comment ça se passe là-haut ? demanda aussitôt Marty de sa voix éraillée, pensant avoir son lieutenant au bout du fil.

J'inspirai profondément et puisai de la force dans les coups que je m'étais interdit de porter toute la soirée :

— On ne va pas tarder à le savoir, vieux. Mais tu vas peut-être devoir te bouger et te ramener ici pour finir cette histoire comme on l'a prévu pour toi.

— R. ? C'est toi espèce de salopard ! On a ta femme, cette fois il risque d'y avoir plus qu'une main brisée.

— T'es sûr d'avoir encore la main dans cette partie Marty ? Tu prends Mousse pour un pigeon, tu penses qu'il m'a gentiment prêté son téléphone ?

— Tu sais pas à quoi tu joues mon gars, je...

— C'est toi qui as joué la partie de trop Marty. Viens payer la note et récupérer ce qu'il reste de tes gars. À l'arrière du motel, évite le parking et magne-toi.

Je raccrochai et m'écroulai lourdement sur la faïence, tremblant comme un carillonneur à la retraite. J'aurais pu me contenter de filer d'ici en laissant les gars de Marty nettoyer tout ce foutoir, mais je devais soigner cette fin pour éviter de devoir y revenir encore.

— Ça va ? demanda doucement Claire à travers la porte. Je peux entrer ?

20

L'arrière du motel était plongé dans une épaisse obscurité. Les quelques lumens qui filtraient à travers les fenêtres des rares salles de bain allumées n'y changeaient rien, on n'y voyait pas à trois mètres. Je m'éloignai un peu de notre chambre et m'adossai entre deux lucarnes dont les stores étaient tirés en attendant mon homme. J'allais affronter Marty le causeur une dernière fois avant de le laisser se prendre les pieds dans le tapis. Après ça, je pourrais déguerpir avec quelque chose qui ressemble à un sentiment d'accomplissement. Un cacheton supplémentaire m'aurait bien soulagé mais j'étais à sec, je devais tenir le coup sous le stress qui gelait mes pieds et engourdissait ma main. Encore un petit effort, le dernier de la soirée, quel que soit le résultat.

Le temps passa assez lamentablement, bien moins fougueux qu'au moment où je traversai cette ville à toute berzingue sans me soucier d'autre chose que du sort de Claire. En fait, une partie de la tension s'était évaporée quelques instants plus tôt dans la salle de bain, dans l'intimité des premières explications.

Tout commença par un échange de fluide salé. Nos larmes se mélangèrent sur nos visages déconfits et soulagés. Elles s'échouèrent sur le tapis de bain famélique et emportèrent avec elles la pression qui nous empêcha jusque-là de causer réellement.

J'évacuai vite les excuses dont je n'avais pas besoin pour obtenir des réponses qui me faisaient cruellement défaut. Mes mains encadrant son visage bouffi par les larmes, je demandai simplement pourquoi. Pourquoi s'être lancée dans cette histoire, s'être frottée à Marty et ses gars ? Pourquoi ne pas m'en avoir parlé et fabriqué cette affaire bidon ? Les larmes refirent forcément surface, mais cette fois elles ne firent pas trembler sa voix, juste souligner la sincérité de sa démarche.

— Je voulais te récupérer, tu comprends ? Tu n'es plus le même depuis ce soir-là, ta main, ton travail, et même si je n'aimais pas la boxe, ça faisait partie de toi, ces salopards t'ont tout pris ! Et moi, je devais apprendre à vivre avec ce qui restait de toi en te voyant abandonner la partie.

— Abandonner la partie ? De quoi tu parles, Claire ? J'ai claqué la porte du journal, j'ai écrit, enquêté, j'ai cherché Eddy pendant des mois, tout s'était envolé !

— Pour trouver quelque chose, tu devais déjà commencer par retourner dans ce quartier !

Piquée, mon amour propre se renfrogna, j'eus un léger mouvement de recul qu'elle rattrapa en retrouvant un brin de compassion :

— Tu ne pouvais plus y retourner, je sais, admit-elle sans condescendance. C'est pour ça que je devais t'aider, je n'avais pas d'autre choix.

— Pour y trouver quoi ? demandai-je avidement en ayant en tête les déboires des derniers jours. Il n'y avait plus rien à faire Claire. Marty arrose Drajenski et les flics pour qu'on lui fiche la paix, il n'y avait personne pour entendre ma version.

— Je te parle de vengeance R. ! me cria-t-elle à nouveau au visage en nommant enfin clairement à la fois le but et le moteur de sa démarche.

Je collai mon front au sien, le temps de fabriquer la bonne réponse ou plutôt de piocher parmi toutes les émotions qui tambouillaient dans mes entrailles. Elle voulait me venger, nous venger. J'expiai personnellement la vengeance depuis longtemps, mais ce que je prenais depuis tout ce temps pour de la stabilité et de la force n'était en fait pour Claire qu'une rancœur qui mijotait silencieusement sous le feu de la détermination. J'avais personnellement tourné la page tandis qu'elle resta engluée dans ce tournant de notre histoire et cristallisa toute sa haine autour du *Smarty's*. Et puis, à force de rumination, elle fomenta son plan en faisant siennes mes blessures.

Je tanguais entre la honte et la certitude. Honteux d'être devenu si affligeant pour le regard de ma femme qui dut rétablir mon honneur à ma place ; mais certain d'avoir emprunté le bon chemin en abandonnant les recoins purulents de cette ville, même si j'y laissai, au moins de manière apparente, une part de ma virilité.

— Je suis désolé, dis-je à mon tour. Je ne t'ai pas vue souffrir, en fait, je n'ai pas vu grand-chose…

— Heureusement, j'ai cessé de souffrir quand j'ai commencé à mettre tout ça en place… Ça m'a pris des mois, tu sais.

Nos fronts se décollèrent et elle se livra enfin sans être interrompue par mes pleurnicheries. Elle devait nous venger, c'était la seule réponse à tous mes pourquoi. Sur la méthode, à l'entendre tout était limpide. J'avais besoin d'argent et de me remettre au boulot, alors elle monta d'abord l'affaire de monsieur D. et sa fausse filature. Elle emprunta de l'argent, me fit faire des cartes de visite, engagea un faux privé pour lui tirer le portrait et envoya ses fameux courriers à ce pauvre homme.

— Mais pourquoi cette histoire de faux roman ?

— Je n'en sais rien, peut-être parce que je ne connaissais pas moi-même la fin de cette histoire. Peut-être aussi parce que je me suis dit que ces lettres et ces écrits qui se recoupaient te redonneraient envie d'enquêter. C'était juste un prétexte, mais finalement, tu as plutôt bien mordu… dit-elle en lâchant un semblant de rire dans une petite expiration nasale.

Les débuts de son plan furent minutieusement préparés, mais la fin n'eut toujours le droit qu'à une vision floue. Tout lui semblait clair au moment de me lancer dans les premiers détours de son histoire, mais devant ma progression et mes initiatives, elle s'égara et se laissa gagner par la nervosité et la peur, celles qui la rendirent si acariâtre au téléphone. La manipulation n'avait jamais été son truc et cette notion de personnage fut bien plus abstraite que ce qu'elle avait pu imaginer. Alors au fil des décisions que je prenais, ses nerfs la quittaient, ce qui la mena au faux pas de trop : suivre ses lettres de menaces et se rendre elle-même au *Smarty's*.

— Tu crois qu'on va encore entendre parler d'eux ? demanda-t-elle pour conclure son récit parcellaire. Je veux dire, ils vont chercher à se venger ?

— Je ne sais pas si on se venge d'une vengeance… Mais je pourrai mieux te répondre demain matin. Va te coucher, j'ai encore une fin d'histoire à écrire… dis-je avec un sourire rassurant.

— Comment ça ? Qu'est-ce que tu vas faire ?

Je l'embrassai en guise de réponse et l'accompagnai jusqu'au lit. Charly ronflait devant la TV. C'était un piètre garde du corps mais j'allais devoir me contenter de ça.

— Je ne serai pas long, essaye de te reposer en attendant.

— Ne me laisse pas seule ici ! implora-t-elle.

— Tu n'es pas seule, Charly veille sur toi, dis-je avec un fond d'hypocrisie dans la voix.

— Très drôle…

— Laisse-moi finir tout ça correctement, c'est pour ça que tu m'as engagé non ?

Elle acquiesça avec regret et lâcha ma main. J'attrapai mon blouson et sortis par la fenêtre de la salle de bain pour rejoindre l'arrière du motel, là où, déterminé et fiévreux, j'attendais de conclure tout ça. Il y avait encore des inconnues, mais si tout fonctionnait, la fin ne serait pas si mal que ça.

Des bruits de pas me firent enfin sursauter. Quelqu'un venait sans que je puisse discerner quoi que ce soit. Je me rendis soudain compte que je m'étais isolé à l'arrière de ce motel en offrant peut-être une belle possibilité d'exécution. Trop tard pour y réfléchir, le moment était venu. Le duel final à l'ombre du mythique et miteux motel de la ville.

— Merde R. c'est quoi ce cirque ? demanda une voix familière et grinçante.

Je me redressai et tentai de percer la pénombre. Ce n'était pas Marty, j'aurais reconnu sa voix dès la première intonation. Une boule de déception se figea dans ma gorge.

L'homme approcha encore, la nuit dissimulait toujours son identité, un zippo crépita et révéla enfin le mystérieux visage sous une lumière chaude et vacillante.

— Allez, arrête vieux, tu pensais quand même pas que Marty allait se pointer ici lui-même ? demanda Roger en plantant son long doigt osseux dans ma crédulité. Ça grouille de flics, tu sais bien qu'il n'est pas du genre à se compromettre aussi bêtement, surtout pas après le raffut que ces trois abrutis ont fichu par ici !

— C'est pas le genre à faire dans la dentelle… confirmai-je, les images de Diego mutilé à l'esprit. Si t'es venu les récupérer, fallait pas te donner la peine de passer me voir, répondis-je en fixant ce long et maigre visage qui savourait la surprise qu'il m'infligeait.

— C'est toi qui as cramé leur bagnole ? me coupa-t-il en approchant le Zippo de sa bouche pour s'allumer une sèche. Destruction du bien d'autrui par le feu, nomma-t-il en soufflant sa première bouffée, ça peut aller chercher dans les dix ans ça vieux.

— Rien à voir avec ça, crachai-je froidement, agacé de devoir me farcir ce baveux à la place de Marty.

— T'as pourtant envoyé ta copine mettre le feu au *Smarty's*… Tu crois pas que t'es allé un peu loin sur ce coup ? Et puis c'est quoi cette manie d'envoyer des gonzesses faire le boulot ? Franchement R., ta propre femme ?

— Ferme-là Roger, au point où j'en suis, je peux encore blesser quelqu'un de plus.

Le visage de la faucheuse se crispa, comme s'il retenait une mauvaise colique ou l'envie d'oublier sa maigreur pour me frapper.

— Tu devrais changer de ton. T'as peut-être récupéré ta femme mais il reste à payer pour le *Smarty's*. Crois pas que Marty va laisser passer ça. T'aurais pas dû R. Qu'est-ce qui t'a pris ? Les histoires de vengeance donnent le cancer de l'estomac ou une saloperie du genre, je pensais que t'avais laissé tomber depuis tout ce temps…

— Certains oublient moins bien que d'autres, dis-je en pensant à Claire et son estomac. Tu peux dire à Marty qu'il avait encore une dette, suggérai-je en dépliant mon poing devant la trogne de Roger. On peut pas briser quelqu'un sans rendre des comptes, je vais pas l'apprendre à un brillant avocat comme toi…

Il acquiesça en silence et laissa fuiter une pointe de compassion. Puis son habit le rattrapa vite :

— C'est moche pour Simon et ta main, sembla-t-il regretter. Mais vous fouiniez trop dans ses affaires, et mettre le nez dans les affaires de Marty c'est comme fouiller ses boyaux, tu dois t'attendre à un geste de rejet. Je bossais pas pour lui à l'époque, mais si tu veux mon avis, je crois que tout ça a dégénéré, Marty voulait juste de l'air, ça m'étonnerait qu'il ait commandé votre exécution. C'est sûrement allé trop loin…

Le reste de sa plaidoirie foireuse ricocha sur ma mine fermée. Mes nerfs et mes poings chauffaient à nouveau, mais toute mon attention se cristallisa autour du visage efflanqué et scélérat qui débitait ses vérités biaisées à quelques centimètres de moi. Il était le parfait porte-parole de la laideur du milieu qu'il représentait, de ce passé qui refaisait surface, paré de ses plus sombres promesses. Le cogner me faisait envie et enverrait un message que tout ce beau monde comprendrait parfaitement, mais je ne voyais plus à quoi tout ça rimait. Il n'y avait guère que pour Claire que cette vieille histoire avait encore un sens. Elle n'eut jusqu'ici pas la lâcheté nécessaire pour tourner la page, cette lâcheté qui ressemble à la sagesse et au pardon. Elle n'avait pas perçu mes changements sous le bon angle et avait intégré mes faiblesses sans voir les bienfaits que ce renoncement pouvait avoir sur ma personnalité. Même si mes nerfs faillirent lâcher à mesure que je remettais les pieds dans cette mélasse, tout ça était digéré depuis longtemps et je ne goûtais plus à cette hypothétique vengeance. Mes pas chancelants finirent par fouler un truc plutôt confortable qui devait ressembler à l'acceptation. Peu m'importait ce qu'ils avaient bien pu faire d'Eddy ou de quelle façon Drajenski pouvait couvrir ce qu'il se tramait à la Colline. Ce quartier ne faisait plus partie de ma vie, il m'avait lui-même recraché plus loin pour me laisser évoluer sur un trottoir moins cradingue. Ma prochaine mission consisterait à le faire admettre à Claire… Mais avant ça, j'avais encore un coup de canif à donner aux affaires de Marty, qu'il se soit déplacé ou pas…

Je ne savais pas où en était la Faucheuse dans ses déblatérations, je lui coupai la chique avec des paroles douces pour son oreille de conciliateur mafieux :

— Écoute, je voulais voir Marty pour négocier. Il faut que tout ça s'arrête.

— Faut que tout ça s'arrête ? Mais R. c'est toi qui as démarré ce merdier ! Tu l'as mis en rogne, fallait y penser avant ! Tu veux quoi ?

— La paix, la fin de l'histoire et ne plus voir ta tronche.

— Je suis pas sûr que tu sois en mesure de la demander ta paix. T'as mis le feu à son business et mis ses gars en pièce, c'était pas la meilleure méthode pour la demander ta paix, fit-il remarquer fort justement. Et puis c'est qui cette fille que tu nous as envoyée ? La première, celle qui joue les pyromanes, Marty se demande si…

— J'ai de quoi payer, coupai-je.

— Tu vois quand tu veux, miaula-t-il. Y a pas meilleure éponge que l'argent tu sais, dit-il en s'imaginant déjà annoncer une bonne nouvelle à son patron. On n'a pas encore chiffré les pertes mais…

— Arrête-moi ces conneries, tu vas prendre ce que j'ai à vous donner et me ficher le camp d'ici. Tu diras à Marty qu'il faut savoir s'arrêter de jouer quand on a encore quelque chose en main, il doit pouvoir comprendre ça.

Il tenta un instant de jauger ma détermination et la pseudo position de force que je m'octroyais. J'avais de la chance, négocier avec un poltron me facilitait la tâche. Il n'avait de toute façon guère le choix ; il pouvait repartir avec un peu d'oseille ou avec la promesse d'un conflit qui poursuit son chemin. Le *Smarty's* en partie détruit, ses acolytes blessés ou acculés, les dégâts étaient suffisants pour envisager d'arrêter la partie en récupérant quelque chose.

— Il est où ce fric ?

— Ici, dans l'une des chambres.

— Tu pouvais pas passer un coup de fil au lieu de nous mettre un tel foutoir sur les bras ?

— J'ai du mal à réfléchir avec ma femme enfermée dans un coffre de bagnole…

— Ouais… Bon, comment je fais pour récupérer ce pognon ? Ça grouille de flics là devant et tu sais comment les biftons et les flics sont de bons amis…

— Faut toujours autant te mâcher le travail Roger ? Continue à longer le motel et jette-toi par la première fenêtre ouverte, tu pourras rejoindre tes copains dans leur piaule et récupérer ton fric.

Il me toisa un instant pour mesurer la valeur de l'info.

— Ça pue le traquenard ton histoire, qu'est-ce que ton pognon fait déjà dans leur chambre ?

Tout ça était cousu de fils bancs, même pour un tocard comme Roger. Heureusement pour moi, ses collègues avaient préparé le terrain avec leurs gros souliers.

— Essaye donc de pas lâcher ton larfeuille quand un gros malin comme Diego te pointe une arme sous le nez ? Appelle-les, demande-leur si la sacoche est encore là, sur la commode.

— Il sort d'où ce flingue ? s'interrogea-t-il en dégainant son téléphone, c'est pas leur genre !

Quelques secondes plus tard, il reçut les vociférations de son ami qui déversait sa douleur dans le combiné et aboya à son tour :

— Mais qui t'a fait ça ? Il sort d'où ce flingue ? Passe-moi Mousse ! Qui est-ce qui lui a bousillé la main ? Comment ça, lui-même ? Bon, j'arrive ! La sacoche avec le fric, elle est toujours là ? La commode, ouais, j'arrive, on va appeler le toubib et sortir de là !

Il raccrocha et fixa un instant son écran en espérant avoir une explication à tout ça.

— Il s'est fait ça tout seul ? Comment on fait pour se mettre soi-même une bastos dans la main ?

— Toi non plus tu n'as jamais entendu parler de Jon Erik… soupirai-je pensant à Charly et son obscur passé.

— Qui ça ?

— Laisse tomber. Je serais presque tenté de t'accompagner pour qu'il nous le raconte, ricanais-je de bon cœur.

— Bon, c'est quoi la suite, je veux dire pour toi ? demanda-t-il presque amicalement, comme s'il n'était pas perturbé par ce qu'il venait d'entendre et surtout, comme s'il n'était pas totalement perverti pour les basses besognes que Marty lui confiait.

— Je vais rejoindre ma femme et, dans votre intérêt, je vais espérer ne plus vous croiser. Tu vas récupérer ce pognon et la page va se tourner pour de bon.

Il chercha un instant une conclusion, une dernière phrase à lâcher en guise d'adieux, mais rien ne vint. L'argent venait mettre un point final et sans panache à cette entrevue molle et décevante. Il jeta son mégot dans la nuit et, sans un mot supplémentaire, se mit à longer la façade de l'hôtel à la lumière de son briquet. C'est comme ça qu'il fila vers la fin que je leur avais concoctée, une fin aux allures faiblardes qui conclurait pourtant plusieurs histoires à la fois.

* * *

Le lendemain matin, quelqu'un tambourina comme un sourd à notre porte, nous réveillant d'une nuit trop courte et sans rêve. Sous les gémissements craintifs de Claire, je bondis vers la fenêtre, encore pris dans la nervosité et la paranoïa de la veille, et écartai le rideau pour jeter un coup d'œil dehors. J'aperçus un visage ami qui allait faire jaillir un flot de questions que je devrais tarir avec sincérité. J'ouvris à Jenna qui avait attendu que les choses se calment et surtout que les flics aient pris sa déposition pour venir nous rejoindre.

Claire, assise dans le lit, venait soudainement de perdre toute forme de tremblement en fixant cette femme inconnue qui me tombait dans les bras.

— J'ai cru qu'ils ne me laisseraient jamais filer ! Vous dormiez encore ? Je suis désolée ! Je débarque encore comme un cheveu sur la soupe, remarqua-t-elle avant de jeter un coup d'œil dans la pièce. Je vois que tout le monde s'en est sorti. Ton plan avait l'air d'une catastrophe mais heureusement je me suis trompée…

— Ça va, Jenna, on a pu dormir quelques heures, dis-je alors que mon cœur battait dans ma gorge, comme celui d'un ado, pris la main dans le soutif de sa copine. Assieds-toi, t'as passé la nuit dehors.

— Tu as vu ma dernière œuvre j'espère ? J'étais un peu sceptique en me lançant, mais finalement, bien qu'il s'agisse d'une œuvre éphémère, je suis ravie du résultat. Quand le tableau s'est disloqué, j'ai pensé…

— Jenna ! Ça suffit ! dis-je sèchement avant qu'elle ne se lance dans une analyse du chaos qu'elle organisa sur ce parking.

— R., tu peux m'expliquer ? demanda stoïquement Claire depuis le lit où elle retrouvait ses réactions d'épouse lupine.

La scène était digne d'un vaudeville pathétique : la femme effarouchée, le mari gêné, l'artiste cinglée, le tout observé par un SDF abîmé…

— Je te présente Jenna, dis-je en rejoignant le bord du lit, une amie de longue date que j'ai rencontrée du temps du journal. On a sympathisé pendant que j'enquêtais sur elle.

— Une amie de longue date ? Je connais tous tes *amis de longue date*, et elle ne ressemble pas aux types sur qui tu as toujours enquêté, fit-elle remarquer fort justement en fixant Jenna qui prit une chaise et qui, malgré son visage exténué et légèrement roussi, se montrait forcément plus agréable à regarder que n'importe lequel des déchets que j'avais pu côtoyer dans les tréfonds de cette ville.

— J'ai enrôlé Jenna dans notre histoire, c'est grâce à elle si on a pu te retrouver dans ce motel, expliquai-je en tentant de faire dévier la question, c'est aussi grâce à elle qu'on a pu sortir de cette chambre.

— Pourquoi je n'ai jamais entendu parler d'elle ?

— Parce que je lui ai demandé de ne pas parler de mes activités artistiques qui sont parfois mal comprises, mentit Jenna pour me couvrir.

— Je ne voyais pas comment te parler d'elle, corrigeai-je. Comment te parler d'une femme que j'interrogeais dans son bain ?

Claire se pétrifia sous l'image mentale de ces interviews qui prenaient dans son esprit des tournures scabreuses et adultères. Cette discussion me pendait au nez depuis des années, mais je n'avais pu mesurer à quel point je pourrais me sentir comme un étron sous son regard blessé et perdu. Aucun autre choix ne s'offrait à moi, pour tourner cette page proprement, il fallait éclairer les pans secrets de mon existence à coup de vérités difficiles à entendre.

— Tu veux dire que vous avez une liaison depuis l'époque du journal ? cracha-t-elle en masquant sa peur derrière son dédain de femme blessée, prête à en découdre comme si elle n'avait pas passé une partie de la nuit séquestrée dans la piaule d'à côté.

— Non ! hurla quasiment Jenna qui n'avait visiblement jamais été effleurée par cette idée. La nudité clarifie les choses, elle permet justement d'évacuer les tensions qui pourraient mener à ce que vous vous imaginez, tenta-t-elle d'expliquer en un débit insensé.

— Mais qu'est-ce qu'elle raconte ? Tu aurais aussi bien pu me laisser avec ces types plutôt que de venir ici avec cette trainée ! m'envoya Claire avec cet orgueil jaloux qui oublie d'être lucide.

Je la saisis alors fermement avant qu'elle ne sombre dans l'hystérie, avant qu'elle ne soit prise d'un nouvel élan de vengeance qui cette fois ne regarderait qu'elle, et plantai mes explications dans ses yeux mouillés.

— Je sais qu'on a toujours du mal à saisir Jenna, mais il n'y a jamais rien eu entre nous, rien, seulement ces discussions dans sa salle de bain où je n'ai jamais ôté autre chose que mes chaussettes. Jenna est cinglée et souvent incompréhensible, mais elle m'a, à sa manière décalée, aidé à m'en sortir elle aussi. Et puis comme je te l'ai dit, sans elle on n'en serait pas ici tous les deux, sains et saufs. Tu crois vraiment que je lui aurais demandé de l'aide si j'avais une liaison avec elle ?

— Et puis, quelle amante apporterait son aide à la femme légitime ? intervint Jenna qui ne put se la fermer.

Claire se laissa retomber sur le lit, vaincue par mes arguments et la sincérité qu'elle put lire dans mon regard.

— On a sûrement formé la pire escouade de la ville, je te l'accorde, mais on a été plutôt efficaces. Qu'est-ce que t'en dis vieux ? lançai-je à Charly pour clore cette discussion qui pour l'instant était suffisamment avancée.

La tension finit par tomber un peu. Charly ralluma la télé, sans doute pour masquer le silence gênant qui s'installait. De son côté, Jenna mit de l'eau à bouillir pour nous préparer quelques tasses avec les sachets d'infusion mis à disposition par l'hôtelier. Il ne nous restait plus qu'à laisser filer une ou deux heures pour éviter de croiser trop de clients sur le parking. On mettrait un peu d'ordre puis on pourrait abandonner cette chambre pour retourner à nos vies. Le reste des explications que Claire me devait pouvait très bien attendre que nous ayons définitivement quitté cet endroit.

L'espèce d'apaisement glauque qui s'installa dans la pièce, fait de gêne, de méfiance et de fatigue, fut finalement brisé. On frappa encore à la porte. Cette fois, c'est Milky qui fit son entrée fracassante dans notre piaule qui devenait de plus en plus étroite. Une fraction de seconde après avoir baissé la poignée, Milky me sauta à la gorge à la manière d'un chien fou qui aurait manqué son rendez-vous pour l'euthanasie. Les femmes assoupies sursautèrent et hurlèrent de concert, Charly se leva aussi vite qu'il put pour m'apporter une aide inutile. Le pauvre jeune était éreinté et moins lourd que moi ; dès que j'eus l'espace nécessaire, je lui balançai un gauche hasardeux au menton. La rotation brutale imposée par l'impact lésa ses cervicales, il dut abdiquer à peu près calmement.

— Désolé l'ami, mais va falloir revoir ta manière d'aborder les gens, dis-je alors que Charly m'aidait à me relever. Jenna, apporte-lui une tasse, lui aussi à passer la nuit dehors.

— Où est mon pognon ? aboya-t-il depuis le sol en tenant fermement son menton douloureux.

— Sur la commode, on a perdu ta sacoche mais tout est là.

Il y jeta un coup d'œil dubitatif et finit par se ruer vers ses quelques liasses avec une précipitation canine. Charly m'interrogea du regard, curieux de voir quelle suite on pouvait donner à son arrivée. Mais je ne pouvais que lui servir une moue consternée. Le voir se ruer sur son argent suffisait presque à m'ôter le léger goût de victoire que je parvenais enfin à ressentir. Qu'est-ce qui pouvait bien compter sinon l'argent ? Celui qu'il espérait ou celui qu'il tentait désespérément de garder lui maintenait bien fermement la tête dans son milieu, sans même qu'il envisage un jour d'en changer. Ce gosse piétinait, et à moins d'un choc, le genre qu'on m'infligea un soir sur un parking, je ne voyais pas comment il pourrait en sortir.

Il rafla le tout avec autant d'incompréhension que de soulagement et se retourna brusquement, éperdu et méfiant.

— Je crois que je te dois des explications, admis-je amicalement.

Il jeta un coup d'œil circulaire dans la pièce, remarqua enfin la présence des deux femmes et du SDF qu'il avait aperçu dans le coffre. Dans un silence perdu, il admit à son tour qu'il n'y pigeait rien. La nuit passée lui donna la nette impression que je tentais de le dépouiller : le rendez-vous manqué au *Smarty's*, le faux rencard au motel, la rixe effrénée avec Léon, aussi tenace qu'inconnu au bataillon, la perte de sa sacoche… Et le reste, l'incendie, les coups de feu, tout ce beau monde dans notre chambre et son argent qu'il récupérait sans qu'il ne fût jamais question qu'on lui subtilise, finissait de lui donner le tournis et de nous faire passer pour une sacrée bande de tarés.

— J'avais besoin de mains fortes pour retrouver ma femme, ces types qui t'ont accueilli sur le parking la tenaient dans leur chambre, expliquai-je.

— Qu'est-ce que j'ai à voir avec ça ?

— Tu as enrôlé encore beaucoup de monde dans cette histoire ? interrompit Claire.

— Seulement la fine fleur, plaisantai-je sans qu'on puisse vraiment mesurer le degré d'ironie. Tu n'avais rien à voir avec tout ça, j'avais juste besoin d'un sérieux coup de main, expliquai-je à Milky. Tu sais ce que ça fait quand on essaye de prendre ce que t'as de plus cher, dis-je en lançant un petit coup d'œil aux poches de son gilet.

— Toi, le clodo, t'es avec lui ? demanda-t-il brusquement à Charly, comme si sa réponse pouvait confirmer l'absurdité de la situation.

— Moi c'est Charly, et ce gars-là c'est mon patron, lui répondit-il fermement en me désignant du menton.

— J'y comprends rien à vos conneries !

Claire m'interpella du regard et dit dans un soupir proche du gémissement qu'elle n'y comprenait rien non plus. Il était franchement temps de s'expliquer une bonne fois pour toutes et de mettre les voiles.

21

L'équipe avait clairement besoin de caféine et d'éclaircissements. Je proposai alors de quitter la chambre pour rejoindre le café du motel.

Un vent frais et printanier nous décoiffa, Claire se serra à moi sans pour autant desserrer la mâchoire. Depuis l'arrivée de Jenna, elle ne m'avait plus réellement adressé la parole, la découverte de cette femme cachée depuis des années dans les plis de mon emploi du temps avait jeté une dose de doute qu'elle n'était plus en mesure d'absorber. Ma conscience était nette, mais des larmes et des mots devaient encore couler si on voulait vraiment effacer l'ardoise.

Le parking avait retrouvé son calme. La plupart des routiers firent probablement leur déposition dans la nuit avant de reprendre la route. Autour de la carcasse calcinée et des traces de sang laissées par Diego, quelques rares clients discutaient encore des évènements. Ils ne nous prêtèrent aucune attention, on passa calmement devant la chambre 17 qui portait les scellés de la police avant de tirer la porte de la réception.

Quand mon vieux copain, le réceptionniste et son bel uniforme, vit entrer la troupe fatiguée et loufoque que nous formions, son rictus préféré lui déforma le visage. Même si personne ne m'avait vu de la soirée et que rien ne pouvait directement me lier aux évènements, ma présence ici avait trop souvent rimé avec un tapage mémorable pour qu'il puisse prendre ça pour une coïncidence. Il ne dit pourtant rien et, de l'effarement dégoulinant de sa bouche pendante, il nous observa nous installer à l'une des tables.

Charly, en grand amateur de petit déjeuner hôtelier, prit les choses en main et alla commander une tournée de cafés et d'excellents croissants décongelés quelques heures plus tôt. Milky se leva aussi, pour s'en griller une attendant sa tasse. Je soufflai un grand coup et décidai de laisser les deux femmes le temps d'aller m'expliquer avec lui dehors.

— C'est pas comme ça que tu imaginais jouer avec les gars du *Smarty's*...

Il regarda mon entrée en matière en me soufflant une bouffée de dédain au visage.

— Ouais... fit-il entre le regret et la rage. Je sais pas lequel de nous deux est le plus taré, mais Ingrid avait raison, t'es un aimant à problèmes mec !

— On est fait pour s'entendre alors...

— Va te faire foutre ! Compte pas sur moi pour faire partie de ta clique ; tu traines avec un clodo et une pyromane, cracha-t-il en jetant sa cigarette à moitié consumée. Et avec ça, ta femme se retrouve enfermée dans une chambre d'hôtel avec des mecs de la Colline ! Franchement, j'suis pas le plus à plaindre.

Je n'aimais pas son analyse, mais je devais bien admettre que notre rencontre avait une allure boiteuse et que l'image que je laissais de moi n'était pas très reluisante.

— Je ne m'amuse pas autant tous les jours...

— J'veux pas le savoir ! En tout cas, tu m'en dois une, lança-t-il en massant son menton tuméfié. Mon histoire d'huissier court toujours, va falloir trouver une solution !

On revenait à l'argent, le poison et le remède. J'esquissai alors un petit sourire en pensant à la liasse maculée que j'avais remplacée dans la sacoche de Milky. Les flics l'avait forcément retrouvée dans les mains de Roger après le petit coup de fil que je leur passai avec le portable de Mousse pour balancer le numéro de leur chambre. Je n'avais malheureusement pas assisté à la scène, mais je l'imaginais parfaitement. Les billets maculés puent le vol, surtout entre les mains de types comme Mousse ou Diego. Ils étaient inutilisables, je ne savais pas pourquoi Charly les avait gardés, mais on remonterait bien vite l'histoire de cet argent volé lors de ce fameux casse du Trésor Public. J'aurais bien lâché un billet pour les voir embarqués, mais je me contentais des scellés sur leur porte, première trace des doigts fouineurs de la justice. Ils ne remonteraient pas forcément jusqu'à Marty, mais Roger aurait bien du mal à expliquer ce qu'il fichait dans cette chambre avec ce pognon dérobé lors d'un braquage resté sans explication ni coupable.

— Qu'est-ce qui te fait sourire comme ça ? ragea Milky alors que Charly sortit pour nous dire que nos tasses nous attendaient.

— On arrive Charly, dis-je en perdant subitement ces belles images d'arrestations et de procès. Je me suis servi de toi, je t'en dois bien une. Mais cet argent que tu dois, c'est ton histoire, pas la mienne. Va voir ce vieux rapace et demande-lui un délai ou un échelonnement, on en est plus ou moins tous là.

— Tu travailles pour lui, tu peux négocier pour moi.

— J'ai déjà été un bien mauvais négociateur pour mon cas, mieux vaut éviter de causer de notre amitié naissante, crois-moi.

Il ne répondit rien, jaugeant probablement la sincérité de mon refus. Charly attendait dans l'encadrement de porte, Milky lui jeta un coup d'œil méfiant et trouva peut-être un gage de fiabilité dans l'étrange amitié qui existait entre ce clodo et moi.

— Écoute, j'aurais pas dû t'embarquer dans cette histoire, je me suis servi de toi, répétai-je avec de réels regrets. Je t'en dois une, mais j'ai pas un rond et des ennuis pleins les poches, alors si je peux t'aider d'une autre façon…

Je n'obtins qu'un regard mauvais, mais pour ce que j'avais pu apprendre de lui, ça devait correspondre à ce qu'il pouvait me servir de mieux.

— Pour l'instant, laisse-moi t'offrir un café avant de rentrer et de laisser Ingrid s'occuper de ta tronche.

Il me prit au mot et suivit Charly qui lui tint la porte. Je ne lui avais fourni finalement aucune explication, mais son instinct primaire n'accordait en fait aucune valeur aux causes, il reniflait simplement les grosses conséquences et demandait des résultats. Les résultats étaient misérables et mes promesses d'aide risibles, mais pour l'instant il se satisfaisait de ça et avait heureusement eu la lucidité de croire en ma sincérité ; je m'estimais heureux, après cette nuit, je n'étais plus d'humeur à jouer avec lui et ses réactions démesurées.

On rentra donc tous les trois sous le regard du réceptionniste qui s'imaginait encore les pires suites à notre arrivée. Jenna et Claire patientaient trop silencieusement pour me rassurer, elles avaient l'air de deux chattes en pleine séance d'intimidation. Quatre tasses nous attendaient sur un plateau, Jenna s'était déjà servie alors que Claire semblait encore prostrée dans ses doutes et ses questions. Quand je me tirai une chaise, Charly saisit deux tasses et fit un signe de la tête en direction de Jenna. Claire et moi avions besoin de causer, il le savait et installa ses deux nouveaux amis un peu plus loin. Charly était le clochard idéal pour des retrouvailles au motel du coin.

J'attrapai une tasse à mon tour et observai la salle un instant. On parla de la fin de l'histoire dès les premiers instants de cette affaire et je l’avais enfin devant les yeux. Le plan ne m’appartenait pas mais je pouvais quand même me satisfaire de ce qui ressemblait à peu près à une fin heureuse. C’est du moins ce que je me dis avant de croiser le regard fermé de Claire. C’était l’heure de justifier les risques et les non-dits, l’heure aussi des voix chevrotantes et des prunelles humides. On but quelques gorgées jusqu’à ce que le silence se transforme peu à peu en une gêne qui pousse à trouver ses mots. J’estimais mériter le plus d’explications mais c’est elle qui commença :

— Dis-moi qui est cette femme, R.

— Elle s’appelle Jenna, je...

— Elle peut bien s’appeler comme elle veut, d’où est-ce qu’elle sort ?

Sa jalousie m’apaisait. Quelques heures plus tôt, elle était encore séquestrée dans une chambre d’hôtel, menacée par une arme feu après m’avoir mené en bateau et avoir fait chanter une bande de malfrats, et pourtant, le seul point qu’il lui fallait éclaircir concernait une femme qui gravitait autour de moi. Le traumatisme n’était visiblement pas assez profond pour lui faire oublier ses instincts d’épouse monogame et possessive.

— Qu’est-ce qui te fait sourire comme ça ?

— Je comprends que tu t’en fasses pour Jenna, mais franchement, si tu connaissais l’oiseau tu trouverais ça drôle aussi...

Elle n’apprécia pas mon humour mais me laissa la convaincre un instant de la folie salvatrice de Jenna, et surtout, du peu de danger qu’elle pouvait représenter pour notre couple. M’échiner à me justifier alors qu’elle venait de me jeter malgré moi dans une vendetta qui ne m’intéressait plus me restait un peu en travers de la gorge, mais tourner cette maudite page demandait d’aplanir ses doutes. Alors malgré ses sourcils qui me lorgnaient avec suspicion, je cherchais les mots justes pour décrire la place de ce drôle de personnage dans ma vie. La description empruntait les virages biscornus que l'esprit de Jenna prenait sans arrêt, son mode de vie, ses œuvres, ses contradictions. En la dépeignant ainsi, je saisissais moi-même à quel point rien dans son esprit ne laissait de place au charnel, même nue dans une baignoire. Jenna était bien plus romanesque que moi, elle était aussi cinglée qu'imprévisible et méritait parfaitement sa place dans cette histoire, le personnage boiteux qui prend parfaitement les tournants inattendus. Je fis ensuite mon *mea culpa*. La tenir depuis toutes ces années dans le secret était lâche et stupide. Puis je repris enfin la main en rappelant qu'elle ne nous aurait probablement pas été d'un grand secours si je n'avais pas gardé cet atout caché dans ma botte secrète. Je le répétais une fois de plus, sans son aide, notre fin d'histoire aurait pris des senteurs de sapin. Claire manifesta sa retraite en regardant d'abord au fond de sa tasse, puis jeta un coup d'œil derrière son épaule, vers Jenna, et tenta encore de lancer un dernier coup, une dernière pique accusatrice :

— C'est une belle femme.

— Qu'est-ce que ça peut faire ? Elle peut bien ressembler à la Joconde, qu'est-ce qui change ? On a peut-être d'autres choses à se dire, recadrai-je enfin fermement.

Elle comprit que c'était à son tour de s'expliquer, tritura un instant sa cuillère et plongea son regard dans le mien. J'y lus toute la détermination et le désespoir qui la jetèrent dans son projet. Je ne lui en voulais pas, elle avait pris à son compte mon combat perdu et n'était jamais parvenue à le digérer. Certaines batailles s'imposent, alors elle m'enrôla par la ruse dans ce qui était devenu sa propre revanche. On ne pouvait pas refaire le match, mais si j'avais senti tout ça, si elle avait laissé fuiter sa détresse d'une manière ou d'une autre, j'aurais pu l'aider à percevoir correctement le glissement de ma personnalité, cette violence qui s'évaporait peu à peu pour me laisser peut-être plus faible mais aussi plus serein. Quelques mots échangés et elle aurait sans doute pu jeter l'éponge, elle aussi.

— Tu aurais dû me parler de tout ça, Claire, ça aurait pu mal tourner, vraiment mal tourner.

— Tu sais bien que ça n'aurait servi à rien. Tu as abandonné depuis bien longtemps, déplora-t-elle encore une fois. Alors j'ai dû imaginer cette histoire d'enquête, je me suis dit que ça t'intéresserait forcément, surtout s'il y avait de l'argent à la clé.

Je me revis, le premier jour, ouvrir cette fichue lettre et ses billets qui scellèrent mon engagement dans l'histoire.

— Et tout ce fric, tu l'as trouvé où ?

— Pas sur notre compte… Je l'ai emprunté, il y a des mois déjà, je te l'ai dit. Les prêteurs sont friands de gens au bord du gouffre… Sans cet appât, rien n'aurait fonctionné. Et puis j'avais besoin d'argent pour tout mettre en place.

— Ce qui explique l'huissier…

Elle sembla accuser soudainement le coup, comme si elle venait de se rappeler qu'il restait des conséquences à tout ça.

— Si je n'avais pas ignoré les risques, l'histoire n'aurait pas eu lieu. Je crois qu'il faudrait modifier le dicton, c'est surtout épicée que se mange la vengeance. Je n'avais plus le choix… soupira-t-elle avec regret avant de reprendre avec plus d'haleine, mais tu as été à la hauteur, tu leur as flanqué une sacrée trempe d'après ce que j'ai compris, sans parler de ce que tu as mijoté cette nuit, dit-elle d'une voix flatteuse que je n'avais pas entendue depuis longtemps, une voix qui glissa en moi, quelque part où on fabrique l'assurance et la plénitude.

Caressé par ses mots et la fierté qui brillait à nouveau dans son regard, je laissai un instant l'ancien R. montrer sa bobine et lui dire les risques qu'elle me fit courir, les parties du roman que son personnage avait pris à son propre compte : le rendez-vous dans ce même motel avec monsieur D, le couple brisé, le motard et ses flashs, le marché avec l'huissier, la rencontre avec Milky, la ruche, la rixe au kebab, l'incendie du *Smarty's*, la consigne de Charly, son argent inutilisable et son flingue factice... L'auteure de ce foutoir se délectait de mes aventures et entendait avec joie les déboires de son personnage qui avait recouvré ses forces. Je me laissais pour l'instant griser par son plaisir mais devrais tôt ou tard lui faire avaler mon changement de méthodes pour susciter la fierté autrement qu'en tapageant dans cette ville.

Plongé dans mon récit et cette dernière réflexion, je n'avais pas remarqué les trois autres qui semblaient prêts à mettre les voiles. Charly se pencha sur mon épaule :

— On va y aller, patron, j'ai connu de meilleurs buffets... J'ai peut-être une piste pour le jeune, laisse-moi voir avec lui.

J'essayai un instant d'imaginer ce que Charly pouvait encore cacher, puis j'abandonnai. La faculté de Milky à se fourrer dans les mauvais coups m'inquiétait, mais je devais encore une fois accorder toute ma confiance à mon vieil acolyte. Il avait été assez solide pour tourner sa propre page, une page dans laquelle il n'aurait pas replongé sans mon intervention. Il serait sûrement assez costaud pour gérer ce chien fou, et surtout, il n'était plus l'heure pour moi de me disperser mais de conclure l'histoire avec Claire. Je devais les laisser filer avec mon meilleur silence gêné.

Notre collaboration se conclut avec la main fraternelle de Charly sur mon épaule et l'impatience de Milky qui s'était déjà collé une clope dans le bec. Jenna ne faisait plus partie du tableau, elle fila sans apporter un mot à notre conclusion, fidèle à la consternation qu'elle avait l'habitude de semer. Claire remarqua à son tour son absence. Elle aurait sans doute aimé l'affronter du regard une dernière fois, marquer encore son territoire en pissant sur elle son pire regard d'épouse, mais elle dut se contenter de serrer sa tasse en contenant les émotions contradictoires qui la balayaient.

La porte claqua et il ne restait plus que Claire et moi sous l'œil du réceptionniste sur les nerfs.

— Alors, tu trouves que ce motel est un bon endroit pour une fin ? Mieux que chez Franck... demandai-je en cherchant l'apaisement nécessaire aux pas suivants.

— On y voit d'autres têtes en tout cas... Mais franchement, tes fréquentations font peur à voir. Cette trainée qui sent la fumée et ce jeune avec le drôle de nom ont l'air encore plus dangereux que ces sales types du *Smarty's*, regretta-t-elle.

La vision de mon équipe, aussi bancroche qu'improbable, me fit sourire un instant. Puis, regardant Claire, une autre image me vint. Sans son intervention, aucun d'entre nous n'aurait pris ces risques. À l'heure du point final, l'auteure jetait la faute sur ces personnages qui avaient pourtant gesticulé sous sa houlette hasardeuse et revancharde. Sa vision étroite laissait s'échapper une petite odeur d'ingratitude que je goûtais peu. Je gardais pour moi la réflexion, j'essayais plutôt de garder à l'esprit qu'elle avait fait sien mon honneur pour balayer dans mon passé crado. Je posai simplement ma main sur la sienne, amorçant gauchement un apaisement bien mérité. On but comme ça deux ou trois gorgées puis on récupéra la BM pour prendre la direction de la ville qui commençait doucement à s'agiter.

Dans mon rétro, le motel rétrécissait en gardant avec lui ces mauvaises pages de notre histoire. J'y laissai la colère, la peur et la rancune en y récupérant Claire indemne ; de loin, j'avais vaguement l'air d'un gagnant. La route s'ouvrait devant nous et semblait dessiner un chemin qui n'avait plus l'air d'une errance, je rentrais simplement chez moi, fin de la tournée. J'aurais sans doute dû filer tranquillement, une main sur la cuisse de Claire et un goût de victoire sur les lèvres, mais quelque chose m'en empêchait, comme toujours, je gambergeais devant le défilement de l'asphalte. Cette foutue page venait bien de se prendre le revers qu'elle méritait, mais le goût rance de la trahison venait en gâter la saveur. Si tout ressemblait grossièrement à une fin heureuse, je voyais ma place dans cette histoire d'un bien mauvais œil. À bien y réfléchir, j'étais le héros d'une histoire à qui rien n'appartenait. De l'amorce aux péripéties, tout me fut dicté, à coups de biftons ou de téléphone, en me donnant l'allure d'un pantin bien docile. Et la fin... Je la devais en grande partie à mes acolytes, pyromane, clochard ou simple castagneur enragé, qui piétinèrent copieusement mon beau costume de personnage principal en suivant leur instinct plutôt que mes directives. Je fixai la route et me forçai à redresser mon maudit pessimisme : les victoires sur soi-même sont plus glorieuses que les autres. Pantin ou héros, je venais de tourner la page en maîtrisant les pulsions d'un passé qui aurait bien aimé me trainer avec lui dans la boue.

On arrivait aux abords de la ville quand mon téléphone sonna. Je gardais les yeux sur la route mais accordais mon attention à l'affreuse voix sèche qui soufflait dans le combiné : l'huissier. Claire m'interrogea du regard, inquiète de replonger dans l'agitation de la nuit passée. Je la rassurai d'un petit sourire apaisé. Il n'y avait aucune surprise, je restais simplement dans la course. Pendant les semaines de balade qu'on venait de m'offrir, je m'étais suffisamment ébroué pour ne pas me laisser rattraper par mon ancien milieu et la violence qu'il requérait, mais il restait l'argent. Le milieu, la violence, l'argent. On ne s'écarte jamais totalement de ce qui nous définit ; à tour de rôle ou unis, ces trois-là ne lâchent jamais. Une page était tournée, le passé renvoyé dans les cordes, mais je continuerai à errer dans cette ville : nouvelle page, nouvelles dettes, nouveaux jobs, les mêmes gesticulations jusqu'à la fin de l'histoire.

Imprimé en Allemagne
Achevé d'imprimer en novembre 2021
Dépôt légal : novembre 2021

Pour

Le Lys Bleu Éditions
40, rue du Louvre
75001 Paris